Sonya
ソーニャ文庫

不滅の純愛

荷鴣

イースト・プレス

contents

序章

「王女さま、少しだけでも構いませんから微笑んでくださいませんか」

長椅子に座るトリアはぎこちなく口の端を持ち上げた。うまく笑えていないのは、画家の顔つきからも瞭然《りょうぜん》だ。笑わなければと思うが、いまのトリアには難しい。

画家が微笑むように勧めてくるのも無理はなかった。彼女は人生を諦めきった面持ちをしている。陰気、という言葉がふさわしい。それは明かり取りから陽が注いでいても、檸《れ》檬《もん》色のドレスを纏《まと》っていても、少しも薄まらないほどだった。

そんなトリアに向けて、画家はひとつ咳《せき》払いをした。

「実は……秘密を明かしますと、あなたは私の初恋の方に少々似ているのです」

トリアが顔を上げると、画家は「恥をしのんで打ち明けますが」と、小声ではじめる。

「当時告白に失敗しまして。いざ膝《ひざ》をついて愛をささやかんとしたところ、ズボンがぴちぴちすぎて、ぱんと尻の部分が裂けてしまったのです。私は見てのとおり見栄《みば》えのよい男なのですが、それ以来『尻裂け』などと不名誉なあだ名をいただきまして……あなたを見ていると、甘酸っぱい思い出とともに苦い記憶がこう、泉のように湧き出て胸が締めつけられます。愚《おろ》かな男だとお思いでしょうか。ええ、あのズボンの選択はなしでした」

画家はトリアを和《なご》ませようとしているのか、おどけつつも劇的に語ったけれど、楽しいとは思えなかった。

トリアが十七歳を迎えたこの日、異国から画家がやってきた。世間知らずな王女でも、父が肖像画を依頼したわけは知っている。国と国の縁を結ぶこと。王女に生まれた以上、婚姻は義務だった。

けれど、見知らぬ誰かに嫁ぐと思ったとたん思考は闇に閉ざされる。

心に決めているのはただひとり。二度と会うことができない彼だけだ。

うつむけば、肩にあるはちみつ色の髪がすべり落ちる。

「……ごめんなさい。うまく笑えなくて」

「いえ、もちろんその愁《うれ》いに満ちたお顔も、大変魅力的なのですが」

困っているのだろう、画家はこめかみをこりこり掻《か》いた。

「こうしてみてはいかがでしょう？　なにか楽しい思い出はありませんか？　それを思い浮かべるのです。なあに、ずっと笑顔でいる必要はありません。私は腕のいい画家ですから、あなたの一瞬をこの目に記憶し、見事描きだしてみせましょう」

「楽しい、思い出……」

消え入りそうな声でつぶやくと、画家は片目をつむってみせた。

「本来なら笑っていただく必要はないのですが、あなたは笑顔が似合うお方だと確信しています。ここだけの話、詐欺《さぎ》と言えるほど美化して描くことがほとんどです。太っちょをすらりとさせたり、低い鼻を高くしたり。でも、私はあなたを忠実に描きたいのです」

画家はかつかつと靴《くつ》を鳴らしながらトリアに近づいた。

「あなたは国王さまの見事な緑の目を受け継ぎ、すばらしい乳白色の肌をしておられる。鼻も高すぎず低すぎず、画家冥利《みょうり》に尽きるよい形です。その可憐《かれん》な唇が笑みを刻み、頬が薄薔薇《うすばら》色に染まるさまを想像すると、こう……私の創作意欲がむくむくと掻き立てられます。少し前に老人に三十は若く描けなどと無理難題を押しつけられたこともありまして、今回はぜひありのままを描かせていただきたい。そう願っています」

反応できずにドレスの飾りを握ると、画家はトリアが座る長椅子のへりに腰掛けた。

「トリアさまの初恋はいつでしょうか。恋でなくてもいいのですが、好ましく思う方がいらっしゃるのでは？　男性でも女性でも構いません。なんなら犬や猫など愛らしい動物でもいい。笑った過去はありませんか？　なにかをもらってうれしかったこと、それでもいいのです。この私に笑顔をくださいませんか？」

ゆるりと顔を上げたトリアは、画家に目を向けた。

恋も喜びも幸せも、悲しみも絶望も、そして笑顔も、行き着く先はひとつだけ。

心はあの日に置き去りのままだ。

トリアの目からあふれたそれは、しずくとなって、頬を伝った。

一章

花は好きだ。赤、白、黄色、どれも綺麗だけれど、清楚《せいそ》な母に似合うのは白い花。トリアは小さな手で花を摘んでいた。両手いっぱいになるまで集めるのが目標だ。

しゃがんだ足が痛くなってきたけれど、目標を達成するまで耐えようと思った。

青い蝶々《ちょうちょう》がひらひら飛んでゆく。追いかけたくなったが、がまんと自分に言い聞かせ、花と向きあう。花束を渡せば、病床《びょうしょう》の母はきっと元気になる。

片手が花にまみれるころには、地面に映る城の影は位置を変え、代わりに陽射しがトリアを包む。煌々《こうこう》と照りつける太陽に、次第に汗が滲《にじ》んだ。

「なにをやっているんだ。土いじりとはまるで農夫だな」

知らない声だった。嘲《あざけ》りの言葉にトリアは身体をこわばらせる。トラウドル国の王女である自分に対し、不敬な言葉をかける者などここにはいない。少なくとも兄や姉以外には。

いつのまにか、桃色のスカートの近くにぴかぴかの靴がある。声の主はすぐ傍に立っているのだ。王族しか立ち入ることができないはずの裏庭であるにもかかわらずだ。

この時、トリアは相手と顔を合わせては負けだと思った。

「ばかだなおまえ。白っちいちびのくせにこんなに陽に当たっていいと思ってるのか？」

ちび、という言葉にぴくりと鼻先を上げたトリアは唇を噛《か》みしめる。姉のようになりたくて、毎日ミルクを飲んでいるのだ。好きでちびでいるわけではない。

トリアは黒い靴をにらみつけ、絶対に見上げるものかと誓った。こんな無作法者とは目を合わせる価値などない。

「なんだ？　聞こえないふりか？　下手くそな演技だな。ぐずめ」

トリアは口を引き結ぶ。ちびの上にぐずとは理不尽すぎて感情を抑えるのは限界だった。

「あなたの目はふしあななの？　見てわからない？　わたくしはいま、とてもいそがしくて手が離せないの。じゃましないでくださる？」

とげとげしい口調で言ってやった。これで相手は萎縮《いしゅく》し、立ち去るだろう。

うつむいたまま、したり顔でいると、聞こえてきたのは噴き出す音だ。相手はいかにもおかしそうにげらげらと笑い出す。

かっとトリアの頬に朱が走る。勢いよく振り仰げば、青い空を背景に、目の覚めるような白に近い金髪の男の子が立っていた。あごの位置で切りそろえた髪や首もとで結んだりぼんのせいもあるけれど、一見、女の子に見える綺麗な子だ。

半円形の群青《ぐんじょう》のマントに、同じ色の仕立てのいい上衣は、とても素敵でよく似合う。

相手の無礼な態度を忘れて見入っていると、少年の唇が皮肉そうに歪《ゆが》んだ。

「土いじりで忙しいだと？　おまえのそれは、ただ庭師の仕事を増やしているだけじゃないか。迷惑極まりないな、庭師に謝れ」

その一言で我に返ったトリアは頬をぱんぱんに膨《ふく》らませた。

「なによえらそうに！」

少年は青空よりも鮮やかな青い瞳を猫のように細めると、胸を張った。

「偉そう？　当たり前だ。おれは偉い」

予想外の答えにトリアは目をまるくする。すると、少年は大口を開けてまた笑った。

「なんて顔をしているんだ。ぶさいくだな」

――ぶさいくですって！

顔を真っ赤に染めて、唇をわななかせたトリアは「ふんっ」と盛大にそっぽを向いた。

「あなたといるとすごくいらいらするっ。わたしのまえから消えて！」

「そうはいかない。おれはおまえの命令を聞く気はない。なぜだかわかるか？」

「わかるはずがないじゃない！」

少年はトリアの傍にしゃがみこみ、こちらの顔を覗きこむ。むかつくことにその面持ちは得意げだ。なにを勝手に見ているのかと、トリアの頭は怒りでぐつぐつ煮える。

「なぜならおれは偉いからだ。ちびのおまえよりもな」

――ばかばかしい！

ふん、と唇を曲げたトリアは彼に背を向け、ふたたび花をちぎり出す。手つきに感情が表れて、ぶちぶちと音がなる。

「おまえは無知にもほどがある。供を連れずになにをやっているんだ？　知らないとは言わせないぞ。バーゼルト国でもトラウドル国でも、昔から女は神隠しにあっているんだ。これまで何人の女が消えたと思っている。ひとりで行動するなどもってのほかだ」

　少年が言うように、トリアのいるトラウドル国でも隣のバーゼルト国でも、古来より女性が消える事件が頻発《ひんぱつ》している。トラウドルだけでも年に五百人以上は消えている計算だ。この奇怪な失踪《しっそう》を解決するべく、両国は長年協力しているが、およそ百年を経ても解決の糸口さえ見えないのが現状だ。

「ここは安全だわ。王族しか入れない裏庭だから」

「ばか、絶対に安全な場所など存在するかよ。とにかく女は危険だ」

「トラウドルの騎士たちが守ってくれているわ」

「騎士が万能なら失踪事件はとっくに解決しているはずだ。結果を鑑《かんが》みろ」

　うるさいとばかりにトリアが花を手折《たお》ると、彼に手首をつかまれた。

「おい、花がかわいそうだろ。さっきからおまえはなっちゃいないんだ」

　少年は、「こうだ」と手本を見せるように花をつまむとわずかにひねり、綺麗に摘んだ。

「なかなかうまいじゃないの」

「なにがなかなかだ。なぜおまえは花を摘んでいる？　庭師に頼めよ、このど素人。見てみろ、爪だってなにかが詰《つ》まって汚いじゃないか。王女が不潔になってどうする」

「お母さまにあげるのだもの」

すると、先ほどまでの勢いはどこへやら、少年はおし黙り、長いまつげを伏せた。

「そうか。なら、おれも手伝う。どれを摘めばいいんだ？」

断ろうと思った。けれど、からかいを消した彼のまなざしはいたってまじめで言葉が出なかった。代わりに出た言葉は——。

「白い花。たくさん集めているの」

風がざあと吹き渡り、髪につけたりぼんが頬をくすぐった。

くすぐったいのはそれだけのせいではないだろう。無言で見知らぬ少年と花を摘んでいる。彼がいる左側に意識が集中し、毛という毛がちりちりとざわめいているようだった。

不思議なことに、彼といるのが少しも嫌だと思わない。そわそわしながら花を集めていると、彼はトリアに花を差し出した。

ひとりでは時間がかかっていたのに、少年が参加したとたん束になるのは早かった。

「マグダレーネさま、早くよくなるといいな」

それは母の名前だ。トリアはこくんとうなずき、彼から花を受け取った。

「なあ、おまえの髪や肌は色素が薄いだろう？　おれもだ。北方の国のおれらはな、太陽をあまり浴びちゃいけない。世界には浴びても平気な人種もいるらしいが、おれらは陽射しに弱い部類だ。どうしても外に出たければ、これからは必ず帽子《ぼうし》を被れ。いいな？」

少年の言葉を聞きながら、トリアはこの人は一体誰だろうと思った。

「あなたはだれ？　お名前は？」

「名を聞く時は先に名乗るのが礼儀だろ？　知らないのか」

礼儀知らずな人に礼儀と言われるのは腑《ふ》に落ちないが、トリアは素直に名乗った。

「トリア」

「ばか、それじゃない。真名《まな》を言え。それとも覚えていないのか？　ちびだから」

ぴたっとトリアは口をつぐんだ。真名はおいそれと口にするものではないと教えられている。いまのところトリアの真名を知るのは、授けた父と母のふたりだけだ。

「でも、それって……」

「でもじゃない。うじうじするな、早く言え」

トリアは半ばやけくそで言った。

「ヴィクトリア・アナ＝レナ・アンネッテ・バルベル・ブルヒアルト・トラウドル」

なぜか少年は片眉をついと上げ、勝ちほこった顔つきになった。

「おれの勝ちだな。おれはフラム。真名はヴォルフラム・ヴェールター・ティノ・ループレヒト・レナートゥス・ベーレンス・バーゼルトだ」

トリアは「なにが勝ちなの？」と緑の目をぱちぱちさせた。

「おれのほうが真名が長いだろ？　だから勝ちだ」

「そんなの、すごくくだらない！」

「いいか、真名はおれが許可するまで二度と言うな。誰にもだ」

無理を言わないでほしいと思いつつ、トリアは唇を尖《とが》らせた。真名は結婚式を終えた夫婦が夜に伝えあう習わしなのだ。だからトリアは未来の夫に言うだろう。

　しかし、彼を窺うに、反論すれば面倒くさいことになると思い、黙っておいた。

「真名を持つということは、あなたは王族？　王族しか持たないと聞いたことがあるわ」

「聞くまでもなく、おれは見るからに王族だろ。目がふしあななのはおまえだな」

　見るからに王族などと、威厳《いげん》があるとでも言いたいのだろうか。けれど、どこから見ても彼は女の子のようにも見えるかわいらしい少年だ。

　偉ぶって、つんとあごを上向けている彼の白金の髪はきらきらと揺れていて、青い瞳を彩《いろど》るまつげはうらやましいほど長かった。口角がきゅっと上がった唇、鼻すじが通った綺麗な鼻。彼は、城の礼拝堂《ブルクカペレ》にある天使の絵のように愛らしい。

　トリアが本気で怒れないのも、怒りを削《そ》がれるこの可憐な容姿のせいだった。おかげで情けなくも「ふしあなじゃないもの……」とつぶやくことしかできないでいた。

　かわいいくせにと思っていると、トリアはいきなりぐいと手を引かれて立たされた。

　その時トリアは気がついた。横に立つ彼は、トリアよりもちょうどこぶしひとつぶん背が高いだけだった。

　——なによ、ちびじゃないの。

　頭のなかで悪態をつくトリアに向けて、彼は「んっ」とひじを突き出し、腕に手をかけるように促した。どうやらエスコートをしてくれるらしい。どうしようかと迷ったものの、トリアはおそるおそる手をのせる。

「なんだ、びくびくしやがって。おまえ、早くおれに慣れろよ?」

「どうして?」と首をひねれば、少年は短く息を吐き出した。

「どうしてって、これだからちびは困る」

「さっきからなんなの。ちびちびってあなたもちびのくせに」

「あなたじゃなくてフラムだ。言っておくが、おれはちびにちびと言われようが痛くもかゆくもない。大人だからな。おまえも早くおれを見習って大人になれよ」

いちいち癇《かん》に障《さわ》る言い草で、トリアは唇をひん曲げる。

「すごくむかつく! なにが大人よ。わたしのほうが絶対に精神年齢は大人だわ」

「ばか言え。身も心も乳くさいやつがなにを図々しく精神年齢は大人などとほざいているんだ。だいたいこのおれにそんな口をきいていいと思っているのか」

トリアは緑の瞳をすがめて彼をにらんだ。フラムはどこからどう見ても子どもだ。

「それはわたしのせりふだわ。このわたしにそんな口をきいていいと思っているの?」

言ったとたん、ぶっと噴き出されたばかりか、「このわたし? はは!」とからかわれてトリアは憤慨した。しかしながら〝わたしは大人〟と唱えてやりすごす。

いまだにぷくくとしのび笑いをする彼に、トリアは深呼吸ののちに言った。

「わたしは九つだけど、フラムはいくつなの?」

「十歳だ」

トリアは王女らしからぬ声で吐き捨てる。

「はっ！　子どもじゃないの！」

「だまれちび。おれはバーゼルト国の後継者だぞ。ゆくゆくは王になる。おまえが惰眠《だみん》を貪《むさぼ》るなか、昔から武芸と学問にいそしんできたんだ。一緒にするな」

惰眠を貪るなどと言われて、トリアは憎々しげに口をすぼめる。が、言い返そうにも、貪ってきたのは事実だ。ぷるぷるとわななきながら鼻先を突き上げる。

「ふん！　武芸ですって？　鍛《きた》えたって無駄に決まっているわ。だって、フラムはわたしよりも女の子らしいしかわいいもの。鎧《よろい》よりもドレスのほうがうんと似合うはずよ」

トリアの真っ赤な顔が伝染したように、フラムの顔も上気《じょうき》した。どうやら彼にとって〝女の子〟や〝かわいい〟は禁句らしい。

「おまえっ！　このおれに……っ、許さないぞ！」

しかし、トリアだっていままで散々意地悪を言われてきたのだ。なのでさらに言い募る。

「フラムは細いし肌も白いし、ぱっちりおめめでかわいいわ。だからお兄さまのいいなずけにだってなれると思うの。もしもそうなったら〝お姉さま〟って呼んであげる」

「これ以上言うと泣かすぞ！」

トリアは優位に立てたのがうれしくて、威嚇《いかく》されてもますます調子づいてゆく。

「あら、王子ともあろう者がずいぶん荒い口調だわ。女の子だと思われたくないから、わざと荒くれ者のように振る舞っているのね。でも、言わせてもらえばそれってばかげているわ。どうやら大人になるべきなのはわたしではなくあなたのほうね」

「うるせえちび！　絶対泣かす！」

突然覆い被さってきたフラムにはさすがのトリアも驚いて、ふたりはもみくちゃになりながら花畑に倒れこむ。せっかく集めた白い花は、ぱらぱら落ちて辺りに散らばった。

「くそちびめ、まいったか！」

「フラムになんて、なにされたってこわくない！　だって、かわいいだけだもの！」

ふたりは互いの髪を引っつかみ、口汚く「ちび」とののしりあった。そのさまは、高貴なトラウドルの王女もバーゼルトの王子も形なしで、ただの活発な子どもでしかなかった。

争いは、第三者が裏庭に来るまで続いた。

「なにをやっているの。信じられない……恥を知りなさい」

トリアとフラムは取っ組みあったままでぴたりと止まった。

それは、薄水色のドレスを上品につまんでいるトリアのふたつ年上の姉ベルタだ。彼女は後ろに従えた召し使いになにかを言付け、受けた召し使いは足早に来た道を戻ってゆく。

「どういうことなの、フラム王子。あなたは貴賓室《きひん》にいらっしゃるはずでは？　それにトリアはいま刺しゅうの時間のはずよ？　外にいるなんて、またさぼったのね」

トリアはゆっくり立ち上がり、まごつかせた唇を引き結ぶ。はちみつ色の髪はあわれにもぼさぼさで、仕立てたばかりの桃色のドレスには土がこびりついていた。対して、背すじをまっすぐ伸ばす姉の凛とした姿はなんと美しいことか。彼女の金茶色の髪は綺麗に縦《たて》に巻かれ複雑に結い上げられている。特別な催しがあるのだろうか、ドレスからしていつもよりも豪華だ。がさつなトリアとは違い、姉は装いも動きもひたすら優美だ。

完璧な姉はトリアの憧《あこが》れであり、大好きで、けれど、追いつけないからほんの少しだけきらい。その差をいま、まざまざと見せつけられて苦しかった。

「その身勝手な振る舞いはいつになったら直るというの？　お父さまもお母さまもあなたの行く末を心底案じていらっしゃるのよ。もちろん私もお兄さまも心配しているわ」

返す言葉がなかった。トリアは自分のおこないが間違っていると知っている。「ごめんなさい」としょんぼりすると、トリアの頭に温かな手がのった。

「ちび、謝ることはないだろう？　おまえは言葉足らずだ」

見上げれば、陽を背負ったフラムが不敵に笑んでいた。

「ほらみろ、おまえが暴れるから顔に土がこびりついているじゃないか。ひどいもんだ」

そう言って、鼻をつねられる。遠慮のない手つきだ。

「なにをするの。あなたの顔だって土がついているくせに」

「じゃあ、おれの顔はあとでおまえが綺麗にしろよ？　全部おまえのせいだからな」

「フラムのせいだもの」と抗議するトリアを軽々いなし、フラムは姉に目を移す。

「こいつはマグダレーネさまのために花を摘んでいたんだ。まあ、おれが邪魔したせいで花は落ちてしまったが。それから刺しゅうか。さぼる気持ちはよくわかる。おれだって刺しゅうをさせられた日には、こいつと同様逃げ出すね。やってられるか、うっとうしい」

姉は持ち前の青灰色の瞳も手伝って、温度を感じさせない顔つきで言った。

「フラム王子、男と女の役割は違います。さぼっていいわけがないわ。甘やかさないで」

「それはそうだが、こいつにとっては刺しゅうよりも母への見舞いが大事だったんだろ」

そのとおりだ。母は長く臥《ふ》せっていて、みるみるやせ細っている。トリアはどうしても母の病が治ってほしかった。なにもできないなりになんとかしたかった。

「だいたい王族が手ずから花を摘むなど聞いたことがない。ベルタ、あんたもしたことがないだろう？　こいつの治ってほしい一心での行動は尊いと思うぜ。見ろよ、こいつの手。汚れているだろう？　爪なんて最悪だ。おれはこんなに汚い爪を見たことがない」

トリアは、先ほどまでけんかをしていたフラムが庇ってくれていることに驚きを隠せなかった。思わず、ありがとうと言いかけて呑みこむ。場にそぐわない気がしたからだ。それに、姉はおそらく気を悪くしている。そこでトリアは話題を変えることにした。

「お姉さまとフラムはお知り合いなの？」

「知り合いというほどではないな。ベルタと会ったのはおまえに会う少し前だ」

フラムの答えに、姉は表情なく小首を傾げる。王族は、自分の感情を表に出さないのが通常だ。いちいち顔に出すトリアとフラムははしたないといえる。

「王子、あなたは二年前から私を知っていたはずです。顔を合わせるのは確かに今日がはじめてですが」

フラムは鮮やかな群青色のマントを脱ぎ、土を払いながらうなずいた。トリアがぴくりとあごを上げると、姉がこちらに目を向ける。

「トリア、あなたは知らないわね。フラム王子は私の婚約者なの。私たちは二年前に肖像画を交換し、以来何度か手紙をやりとりしているのよ」

びっくりしたトリアは隣に立つフラムと姉ベルタを交互に見やり、首をかしげた。ふたりは釣りあわないと思ったからだ。姉のほうがフラムよりもこぶしふたつぶん背が高い。

「……大人と子どもみたいだわ」

声には出さないつもりだったのに、ぽろりと漏れてしまい、慌てて口を両手で塞《ふさ》ぐ。が、時すでに遅く、フラムにぎろりとにらまれた。

「だまれちび」

フラムは乱れた白金の髪をかき上げ、トリアから視線を外して姉を見た。

「違うだろ。まだおれとおまえの婚約は成立していない。正しくは婚約者候補だ」

「いまさらなにを言うの？」

「おれが聞いているのはトラウドルとの婚約。あんたとこのちび、どちらかとの婚約だ」

「待って王子。トリアは礼儀作法を一切身につけていないの。お父さまは外交はまだ無理だと判断しているわ。だから候補には含まれていないの。あなたと婚約したのは私」

フラムは高慢にあごを上げ、姉の言葉を遮った。

「それはトラウドルの都合だろ？　知ったことか。肖像画で嫁を選ぶなんてできるかよ。絵でなにがわかる？　そんなもの、画家の腕次第じゃないか。おれは自分の目で見たもの以外は信じない。実際におまえたち姉妹を見た上でこのちびを選んだ」

姉は淡々と話すフラムを信じられないとばかりに見ている。それはトリアもだ。

「悪いなベルタ。おまえはちびよりも美人だからすぐに相手は見つかる。でもこいつはおれしか選ばないようなちんちくりんでちんけな女だ。だからこいつにおれをゆずれ」

――ちんちくりんで、ちんけですって！

かっかと腹を立てたトリアは、フラムのぴかぴかな靴を無遠慮に踏みしめる。思いっきりだ。虚をつかれたのだろう、フラムは必要以上に見目のいい顔を歪める。

「痛っ……！　このちび、なにをする！」

「わたしはあなたみたいな子どもなんかと結婚しない！」

りんごのように真っ赤になりながら言い放つと、彼は鼻にしわを寄せて笑った。

「ばかかおまえ。おれは確かに子どもだが、結婚する六年後には立派な大人だ」

「いやよ、結婚しない！」

「もう遅い」

フラムは流れるようにトリアに顔を寄せると、いやらしく唇の端をつり上げる。息が吹きかかり、その生々しい熱と形のいい唇に、不覚にもどきどきしてしまった。くやしい。

「おれはおまえの真名を知っているぜ？　おまえもおれの真名を聞いただろ？　もうおれたちはどちらかが死なないかぎり夫婦になるしかない。契《ちぎ》りを交わしたからな」

「そんな……。真名って」

青ざめながらあわあわと口をまごつかせていると、姉のベルタが言った。

「なんてことなの。トリア、真名を言ったの？　結婚前の王女なのに」

「言ったわ。言ったけれど……でも、それは」

「いつかなにかをやらかすとは思っていたけれど、本当にやらかしたのね」

姉は深く息を吐きながら額に手を当てると、フラムを鋭く見やる。

「フラム王子、子ども相手に正気？　それがどういうことだかわかっているの？」

「わかっているさ。それにおれもおまえの言う子どもだろ。無論おまえだって子どもだ」

「屁理屈《へりくつ》だわ。とにかく卑怯《ひきょう》よ。大人ならまだしもこんな小さな子どもを騙《だま》すように」

あまりのことにふらついたトリアは、すぐにフラムに支えられる。彼は耳もとで「あとでくわしく話す」と姉には聞こえぬ声でささやいた。そしてすぐに切り返す。

「そもそも子どもと大人を見た目や歳によって分けること自体がばかげている。大人を観察してみろよ。図体だけがでかくて中身は子どもなやつがたくさんだ。人間とは、大抵子どものまま形だけ大人になっているんだろうな。知恵が伴わないやつばかりだ」

フラムの手がトリアの肩にのり、ぐらつく身体が傾かないように固定する。

「おれは大人か子どもかは関係なく国を背負っている。その国に、おれの妻はトラウドルの王女だと定められた。おれたちの国は同じ重大な問題を抱えている以上協力する必要がある。でもな、わかっているが納得できなかった。おれは指図されるのが大がつくほど嫌いだからな」

姉が眉をひそめると、フラムは鼻で笑った。

「あんた、おれの言葉遣い、いらいらするだろ？　下品で不躾《ぶしつけ》、下賤《げせん》、そう思うだろ？」

「……あなた、もしかして私との婚約を断るつもりでこの国に来たの？」

ゆったりとうなずいたフラムは、艶《つや》めく髪を耳にかけて言う。

「あんたのほうから婚約を断らせようと思った。妹も泣かせてしまえば、こんな男はありえないと思うだろ？　おれは政略結婚などごめんだ。結婚なんかしなくても同盟でいいじゃないいか、ってね」

「考えが甘いのではないかしら。野蛮な応対で婚約が成り立たなければ両国の関係はこじれるわ。私たちの国はもともと仲がいい国ではないもの。言ってしまえば敵国よ」

「そうだな。かつては女が消えるのは互いの国のせいだと思いこみ、戦いに明け暮れていた歴史がある。いまは表面上穏やかでも、昔からの火種はまだくすぶっている」

「だったらなおさら、婚約が成り立たなければトラウドル側から冷淡にあしらわれるとは思わなかったの？　そんな状態で同盟が結べるなんて本当に思っていたの？」

自信ありげにフラムは「もちろん」と白い歯を見せた。

「なにもバーゼルトが一方的にトラウドルと結びつきたいと思っているわけじゃない。トラウドルもだ。国というやつは利で繋がるもの。だったらバーゼルトをこのおれがいま以上に強国にすればいい話だ。強国になれば事はこちらに有利に運ぶ。だろ？」

「そう思っていながらなぜトリアと真名を交わしたの？　婚約よりも強い結びつきだわ」

「このちびは見上げたちびだ。いい意味でも悪い意味でも王族として生きていない。無作法に接しても、怯えず言い返してきた。それから目。おまえとは違う」

フラムは人差し指を突き立てて、ゆっくり姉の瞳を差した。

「その目。まだ十一だというのに諦めきった目だ。国や王の決定には従って当然だという目。自分を型にはめ、枠からはみ出ないように生きている者特有のものだ。気を悪くする必要はない。王族はそう生きるべきだしおまえが正解。だが、おれは対極にある。型になんてはまってたまるか。おれは自分のことは自分で決める。それが変則的だとしてもだ」

姉は首を横に振る。

「なにが言いたいのかわからないわ。具体的に言って」

「あんたはいわゆる王女の手本みたいな女だ。非の打ち所がない。しかし、だからこそつまらない。このちびがおれに合うのか、おれがこのちびに合うのか、それはまだわからない。だが、おれはこいつに興味が湧いたんだ。こいつとなら幸せになれるしこいつを幸せにしてやれる。おれは神より自分を信じているんだ。だからおれはおれに従った」

「お父さまがトリアとの結婚を許すとは思えないわ」

フラムは姉の言葉を嘲るように腰に手を当てた。

「報告してみろよ。きっと王は許してくれるぜ？　おまえはこのちびよりも上等な姫だから引く手あまただ。うちの国よりも大国に嫁ぐこともできる。でもな、このちびは幼く、王女としては破天荒《はてんこう》で、他国は敬遠する。おれの申し出は願ってもない話のはずだ」

姉は「あなたって」と言いかけたが口を閉ざした。

「代わりに言ってやろうか。ガキが小賢《こざか》しい、だろう？　おれの父もおれを煙たがっている。へらず口をたたくからな。だが、小賢しいのがおれだ。おれは生まれ持ったこの立場を大いに利用し、死ぬまで小賢しく生きると決めている。おれの人生はおれのものだ」

「おれの人生はおれのもの」と姉は小さく復唱する。

それまで家族以外に決して隙を見せなかった姉だが、いきなり顔を崩して笑った。

「おかしい。本当に小賢しいわね。私とあなたは合うはずもないわ。ふざけていると思うもの。でもね、少しだけ……ほんの少しだけだけれど、うらやましいとも思うわ」

「あんたには悪いと思っている。バーゼルトに嫁ぐつもりでずっと学んできたんだろう？次に会う時は敬意を持って接する。この言葉遣いも態度も今日が最初で最後だ」

姉はスカートの裾《すそ》を優雅に持つと、ドレーパリーを整えた。立ち去るつもりなのだろう。

「そう願いたいわ。あなたと話していると蛮族を相手にしている気分になるもの。あなたはいやでも王になるのだから、それ相応の対応をお願いしたいわ。妹の夫に収まるつもりでいる以上、私とあなたは近い関係になるのだし、野蛮な人は願い下げだもの」

わずかに足を引いた姉は膝を軽く曲げて会釈する。

「これで失礼するわ。さようなら、おちびさん」

姉は優美な動きできびすを返す。

この時トリアは、フラムが鼻にしわを寄せ、下唇を噛むのを見た。

「おまえの姉はいやな女だな。去り際に嫌みとは後味悪いぜ。このおれ、ひいてはバーゼルトをもばかにしたような大胆不敵な発言をしやがって。絶対に仕返ししてやる。あのすまし顔を完全に歪めさせてやるぜ」

フラムは〝おちびさん〟と言われたのがよほど気にくわないらしい。唇を尖らせている。

しかしながらトリアは胸がすく思いでいた。

「フラムだって、このわたし、ひいてはトラウドルをばかにしたような大胆不敵な発言ばかりしているじゃないの。わたしだって、あなたにぜったい仕返しをするし、そのかわいい顔を完全に歪めさせてやるわ。わたし、とってもおこっているもの」

言い切った後に頬をぷうと膨らませれば、両頬に彼の手が伸びてきて潰された。

「だまれちび。なにがひいてはトラウドルだ。おまえはおれのものだから、おまえもバーゼルトの人間だ。これからはバーゼルト側に立って発言しろ」

「むりを言わないで」

トリアはぷりぷりしつつ答えたが、しゃがんだフラムが落ちた白い花を集め出すと、慌ててそれに参加した。

「おまえ、花を摘むのははじめてなんだろう？　呆れるほど下手くそだったからな」

「そうだけれど」

「マグダレーネさまは相当悪いのか？」

こくんとうなずくと、フラムは「そうか」とつぶやいた。

「この先なにがあってもおまえにはおれがいる。困った時は頼ればいい。助けてやる」

「会ったばかりなのにどうして？」

「どうしてって、決まっているだろ。おれはおまえの夫になる男だからだ」

「どうしてわたしを選んだの？」

「めんどくせえ。どうしてどうしてって、これだからちびは……」

フラムは「まあいい」と、まつげを伏せた。

「話を聞いてなかったのか？　直感だと言っただろ。……て、おい。手もとがおろそかになっているぞ。ぐずだな。せっせと動かせ」

以降、散らばる花をもくもくと集めていると、彼が「手を動かしながら聞け」と言った。

「おまえはちびだが、将来いい女になる。おれの勘《かん》は当たるんだ。おれはおまえをもっと最高の女にしてやれる。だからおれを信じてそのまますくすく育てばいい。わかったか」

え？　と顔を上げれば、「さぼるな」と小言が飛んだ。なのでトリアは花を摘む。

「でも、突然わたしの前に素敵な王子さまが現れて、求婚されたらどうすれば……」

「ばかか、その突然現れた素敵な王子というのがおれだろ」

「えー」

「えー、じゃない。求婚だってしただろ？」

「求婚なんてされてない」

はたとフラムが手を止めたので、不思議に思ったトリアの手も同じく止まる。

「ちび、おれの目を見ろ」

軽い気持ちで従っただけなのに、白金の髪から覗く綺麗な青に見つめられ、トリアの鼓動は飛び跳ねる。おまけにぞわぞわと肌も粟立《あわだ》つ。その瞳は宝石みたいだ。

「ヴィクトリア・アナ＝レナ・アンネッテ・バルベル・ブルヒアルト・トラウドル、おまえを今日からおれの嫁にする。わかったな？」

「待って、どうしてわたしの真名を言えるの！」

「これくらい覚えるだろ」

トリアだって覚えるのに苦労したのに、それをいかにも簡単そうに彼は言う。

「一応言っておくが、おれの真名を誰にも言うなよ？　真名は結婚の際に伴侶《はんりょ》に伝え、後年、死を迎えた時に墓に刻まれて、はじめて公になるものなんだ」

「だれにも言わない。だって、長いからまったく覚えていないもの」

「なんだと!?　これだからちびは」

普通、真名は一度聞けば覚えられるものなのだろうか。トリアはひそかに落ちこんだ。

「そもそも、どうして真名は人に明かしちゃいけないの？　真名ってよくわからない」

「真名は古の呪術の名残《なごり》なんだ。かつて儀式に使われていたもので、王族はそれにより祝福を与えられていた。いまよりも長生きだったらしいぜ？　三百年生きた王もいる」

「三百年も！」

「ああ。だがな、いいことだとは言えないぜ？　おまえはミイラみたいな骨と皮のばばあになってまで生き長らえたいと思うか？　祝福は、不老ってわけじゃなくただの延命だ。じじいをさらに超えたじじいになるなど考えただけでおぞましい。おれはごめんだ」

うまく想像できないけれど、トリアは「わたしもいや」と同意した。

「だが、世は動乱期に移り、次第に真名は祝福ではなく相手を蹴落《けお》とすための呪詛《じゅそ》に使われ出したんだ。それからは他人に知らせないものになった。真名を明かせば呪いにかけられる。で、そんな危険なものなら赤子に真名をつけなければいいと思うが、どうもだめだったらしい。真名のない王族の子は不思議と夭折《ようせつ》したそうだ」

「なんだかこわい」

「いまの話は文献に書かれているだけで真偽はわからない。真名を与えなくても夭折しないかもしれないが、習わしがいまでも残っている。で、呪術が廃《すた》れてからは婚姻に使われるようになったんだ。夫婦の祝福にしようと後づけしたんだろう」

「……わたし、フラムと結婚していないのに真名を言ってしまったのね」

いきなり額を指でぴんと弾かれ、「いたいっ」とトリアは目をつむる。

「なにを失敗扱いしてやがる。おまえは誇《ほこ》るべきなんだ。あと五年もしてみろ。おれは誰も敵わないほどのいい男になるし背だって伸びる。必ずな」

「でも、他の人に恋をしたらどうするの？　その時はフラムの真名を忘れればいい？」

フラムを窺えば、ばかにしたように鼻をふんと鳴らされた。

「なにが他の人だ。恋はおれとするに決まっているだろ」

「でも、わたしはフラムに恋をしていないし、あなたもわたしにしていないでしょう？」

「当然だ。今日会ったばかりのちんちくりんなおまえに恋なんかできるかよ」

フラムの言葉がちくりと胸に突き刺さる。よくわからないが、急にさみしくなってきた。

「おい、ばか。落ちこむな。調子が狂うだろ。言ったはずだ。おれはおまえを気に入っているんだ。なぜ考えを曲げてまでおまえと婚約したと思っている」

「どうして？」と首をひねれば、フラムの顔がみるみるうちに真っ赤に染まる。

「おまえ、ばかなちびで本当にいらつくな。それくらい察しろよ」

「ほんとうにわからないもの」

「あー、くそ。……おまえなら、本気で愛せると思ったからだろ」

その言葉に、トリアの顔もフラムに負けないほど紅潮《こうちょう》する。

「なに赤くなってるんだ、ばか」

「……でも、フラム。わたしがあなたに恋……ううん、愛せなかったらどうするの？」

「それはない」とぴしゃりと言われ、トリアは目をまるくする。

「結婚まで六年もあるんだ。おれはおまえを口説くし、六年の間におまえのいいところをすべて見つける。おれはこのとおりいい男だしおまえはおれに夢中になる。心配しなくてもおまえのすべてを愛してやるし、おまえもおれのすべてを愛するようになる。必ずな」

傲岸不遜《ごうがんふそん》で勝手な人だと思うのに、自信たっぷりに断言されたからだろうか。トリアは苦しいほどにどきどきした。いままでにない不思議な感覚だ。

——恋は、フラムとするのね……わたし。

そんなトリアの思いをよそに、フラムは手に持つ花束を整える。

「花、集まったな。マグダレーネさまのもとに行くぞ。おまえを産んだ人を見たい」

さりげなくトリアの手からも花をとると、彼はそれをひとつにまとめた。

「トラウドル王にも婚約を報告しないといけないな。おれの父にも。だが、まずは身体の土を落とす。おまえの部屋に案内しろ」

「え、わたしのお部屋？」

「当たり前だ。土まみれのまま王や王妃に会えるかよ」

「でも、結婚前の女の人のお部屋に男の人は……」

「心配するな。真名を交わしあったおれたちは夫婦同然だ」

ひじを突き出すフラムは、腕をトリアに示し、手をかけるように促した。

「言っておくが、このおれがエスコートするのは後にも先にもおまえだけだ。喜べ」

「べつにうれしくない」

トリアはフラムに指先をのせつつ考える。

今日はじめて会ったばかりのこの人は、見た目は天使でも中身は悪魔のようだ。横柄で、強引で、口が悪いしその真意はよくわからない。けれど、数々のひどい言葉を投げつけられても、ちっとも傷ついていなかった。なぜそうなのか自分で自分がわからない。

「おいちび、なにを考えこんでいる」

ふいに覗きこまれて、なにもしていないというのに、彼は「ぶっ」と噴き出した。

「は。なんて顔をしているんだ。ぶさいくめ」

トリアは口をぱくぱくさせたあと、鼻にしわを寄せていく。

「ひどい！」

怒っているのに、フラムが屈託《くったく》なく笑うから調子が狂う。

光を浴びて、彼の髪も瞳もきらきら輝いた。神々しく見えるのは、きっと目の錯覚だ。

けれど、それでもトリアにはまぶしくて、まるで太陽みたいだと思った。


トリアが住むトラウドルの城は戦いを想定したつくりになっていて、切り立つ崖《がけ》の上にある。いわば天然の城塞だ。壁の孔《あな》に備えられた大砲はいつでも使えるようになっているし、一日中辺りの監視に余念がない。常時兵が控えているため、すぐに動ける状態だ。臨戦態勢なのは戦争に備えているというよりも、女性が神隠しにあい続けているからだった。

トリアは張り出した空中回廊を顔をしかめながら突き進む。いつもは風や景色を楽しむけれど、今日は前を見据えたままだ。虫の居所が悪いのは、後ろのフラムのせいだった。

男の子を自分の部屋に連れて行くなどはしたないから誰にも見つかりたくないのに、彼は立ち止まっては階下を眺めてしまうのだ。

「やめてよ、止まらないで」

「おれに指図するな」

かっと頭に血がのぼる。トリアは「もっとこそこそしてよ！」と地団駄《じだんだ》を踏んだ。

「ここそだと？　お断りだ」

フラムはトリアを相手にしているが、その視線は中庭にいる騎士たちに向いたままだ。

彼らは日々訓練に明け暮れており、回廊からはその雄姿《ゆうし》が見渡せる。

「さすがは世界で五本の指に入る騎士団なだけはあるな」

その小さなひとりごとを拾ったとたん、ぱあっと怒りは霧散《むさん》する。トリアは自分が褒《ほ》められているかのようにうれしくなった。

王族の男子は騎士団に所属して兵を率いるため、トリアにもなじみ深い。いま騎士団を率いているのは王の弟――叔父だった。トリアの兄もいとこたちも所属している。

「そうよ、トラウドルの騎士はとってもすごいんだから」

つんと鼻先を上げたトリアは、フラムの隣に歩み寄る。

「今朝の騎馬隊の模擬戦もすごく迫力があって見事だったの。あのね、お兄さまが言うには、うちの騎士団に相対したとたん敵は恐れおののいて逃げ出すらしいの。武勇伝は星の数ほどあるのよ。夜ふかししたって語り終わらないわ」

その武勇伝のひとつをつらつらと披露すれば、フラムが「だまれ」と眉をひそめる。

「一丁前に胸を張りやがって。いい気になるな。見事なのはトラウドルの騎士で、ちびなおまえじゃない。それに、うちのバーゼルトも五大騎士団のうちのひとつだ」

「それは、そうだけれど」

「おれたちの国は神隠しという問題を抱えているし、争いを続けてきた歴史がある。過酷な状況のなかで互いに世界に名が轟《とどろ》くほどの力を得た。そんな国同士の同盟は世界的に見て脅威に映る。新興国が頭角を現すいま、手を結ぶ必要があったし、重大な問題が解決していないからこそ対外的には盤石でなければならなかった。だから双方が同盟に動いた」

途中、フラムの髪が風に煽《あお》られ、彼はざっくりかき上げる。

「違うな、こうも同盟を急ぐのは、やっと重い腰をあげたのか」

「どういうこと？」

「おれたちの国は神隠しを早急に解決しようとしているんだ。そのためにも外国の動きを封じなければならない。問題に意識が向く間、外から攻撃されればおしまいだろう？」

ぱちぱちと目をまたたかせると、フラムが続ける。

「あの動きはだからか。騎士たちは森を想定しているな。……行くぞ、のんびりするな」

「待って、話がよくわからないわ」

「説明してほしいならおまえの部屋でしてやる。どこだ」

「回廊をまっすぐ行って、扉に入り、右に曲がって螺旋《らせん》階段をのぼるの。はじめの扉はお姉さまのお部屋で、次がわたしのお部屋」

フラムはトリアの手を取った。ぎゅうと握られ、トリアの顔が真っ赤に染まる。先導するフラムの顔は見えないけれど、彼の耳も赤くなっているようだった。

トリアは彼と繋いだ手を凝視する。

男と女が手を繋ぐのは、くちづけを交わすようなもので、とても破廉恥《はれんち》なことなのだと姉は言っていた。その時の姉の顔を思い出したとたん恥ずかしくなり、放そうと思った。

「ちび、急ぐからおれの手を放すなよ?」

「つながなくても急げるもの」

「おまえは自覚がないな。呆れるほどにのろまだぞ。おれに迷惑をかけるな」

彼の手は小さく、同じく小さなトリアの手によくなじむ。ぐいぐい引っ張られても、嫌ではなかった。それればかりか、わくわくするのはなぜだろう。

「……フラムの手、なんだか硬いわ」

「毎日剣の稽古《けいこ》をしているからな。おまえの手はやわらかい。軟弱だ」

「それはそうだわ。だって、剣の稽古をしていないもの」

「しょうがないからおれが守ってやる」

胸が締めつけられて、痛みを覚える。トリアは、はっ、はっ、と浅く息をくり返した。

――女の子みたいなのに……。

トリアは彼と繋がる手を意識しながら右手を胸に持ってゆく。激しく脈打つ鼓動は静まりそうもなかった。

居室に入ってからのフラムの行動は、トリアを驚かせるものだった。

まず、彼はマントを外して上衣を脱ぐと、シャツもぽいと剝《は》いでいく。恥ずかしげもなく肌をさらし、下衣以外纏うものはなくなった。

フラム本人ではなく、見ているトリアがひどく恥ずかしいのはどうしてなのか。彼はのんきに「くそ、砂でざらざらだ」などと言いつつ身体を払っている。

裸を見せるのははしたないことのはずなのに。明かり取りから差しこむ陽射しは、フラムの肌をより白く輝かせ、トリアのどきどきは強まった。目を逸らしたくても逸らせない。

そんなトリアに構うことなく、フラムは濡らした布で身体を拭《ふ》いて、こちらに近づいた。

「ちび、おまえも土まみれのそれを脱げよ。どうせ召し使いまかせで、ひとりで身体を拭いたことがないんだろう？　手伝ってやる」

トリアは「とんでもない」と首を振って拒絶する。

「だめよ、婦人は肌を見せてはいけないの。お父さまとお母さまに固く言われているわ」

「そんな汗くさい上に汚れたままバーゼルト王の前に出るつもりか？　外交欠礼になるぞ。他国の貴人に会う時はふさわしい装いでいるのが当然だろ？」

「でも、裸になるのは……おこられるわ」

「誰が怒るんだ？　この部屋にいるのはおれだけだ」

うつむいたトリアは「でも」とつぶやく。

「わたし、ドレスをひとりで脱いだことも着たこともないもの。いつもギーゼラたちがやってくれているから。それに、ドレスは複雑に結ばなくちゃいけないし……」

「は？　見せてみろ」

フラムはかつかつと靴を鳴らしながらトリアの前と後ろを確認する。

「複雑な結びって、これ、ただの蝶結びだろ。手伝ってやるから綺麗にしろ」

話しながら脇を止める紐《ひも》や腰に巻きつくベルトをフラムに取られ、トリアはぶるりと身を震わせた。とてつもなく緊張する。召し使い以外に服に触れられるのは慣れていない。

足もとに布が落ちていくたび、身体は身軽になってゆく。いつもは意識しないのに、心もとなくて、心臓が壊れそうなほど騒がしい。

「おい、手をあげろ」

言われるがまま従えば、頭から服を肌着ごと引き抜かれ、肌に直接空気が触れた。

「おまえ、本当に色が白いな」

トリアは腰に巻く布以外なにも纏っていない状態だ。彼と上半身裸で向かいあうのは奇妙な気分になった。

「フラムだって白いわ」

フラムはトリアの手を布でそれぞれ拭いて、おなかをつつく。

「おまえのここ、ぱんぱん過ぎるだろ。一体なにがつまっているんだ」

「さっき、たくさんパンを食べたわ。トラウドルのパンはとってもおいしいの」

「そうなのか？　うちの国のパンは岩みたいでまずいんだ。あとで食わせろ」

その後、胸とおなか、背中をごしごし拭《ぬぐ》われて、屈《かが》んだ彼は足も綺麗に拭いていく。

「見ろ、砂でざらざらだ。……あ、ついでに儀式をやりなおせばいいな」

「どういうこと？」

「本来真名は結婚した日に夫婦が全裸になって伝えあうものなんだ。おまえを正式に迎えるためにもいまやっておいたほうがいい。中途半端は男の責任上よくないことだ」

「そうなのね……。でも、全裸はちょっと……ううん、すごくだめな気がするわ」

「いまも裸同然だろ。気にするな」

フラムはトリアの腰に巻きつくりぼんを外すと、薄い布を取り去った。そして自ら下衣をするする脱ぎ捨て、ふたりは一糸纏《いっし》わぬ姿になる。

「……足の間に変なものがついているわ」

「ばか、じろじろ見るな。おまえだって、ないなんておかしいだろ」

「おかしくない。フラムのほうがおかしいもの」

「わかったから張りあうな。こうして膝立ちになれよ」

フラムが絨毯《じゅうたん》の上に両膝で立つと、トリアもならって膝をつけた。すると、彼はにじり寄り、「手を組むぞ」と小声で言った。

「指と指を絡ませるんだ。両手ともだ」

彼の指がトリアの十指にそれぞれ絡まり、とたんに胸が高鳴った。

「なんだかすごく恥ずかしい……。これで、おしまい？」

「違う。このまま肌と肌をつけるんだ。おれにくっつけ」

トリアは身体を反らして、フラムにぴたっとくっついた。すぐに彼の熱が伝わる。吐息も直に感じて、それが心地いいと思った。

「温かいわ」

彼の胸の鼓動が伝わって、トリアは口の端を持ち上げる。彼も自分と同じらしい。

「フラムったら、すごくどきどきしているのね」

「ばか、おまえがだろ。じゃあ言うぞ？　ヴォルフラム・ヴェールター・ティノ・ルーブレヒト・レナートゥス・ベーレンス・バーゼルトはヴィクトリア・アナ＝レナ・アンネッテ・バルベル・ブルヒアルト・トラウドルをとこしえに妻とする。――おまえも誓え」

トリアは目をまるくする。

「待って。もしかして、わたしもフラムの真名を言わなくちゃいけないの？」

「もしかしてもなにも当然だろ？　いま覚えろ」

結局トリアはフラムの真名を覚えるために三十分を費やし、その間、ふたりは指を絡ませ、肌をつけたままでいた。互いの熱で寒さはちっとも感じない。

「おまえ、時間がかかり過ぎだろ。風邪を引いたら看病しろよ？　ほら、はじめろ」

「わかったわ。えっと……ヴィクトリア・アナ＝レナ・アンネッテ・バルベル・ブルヒアルト・トラウドルはヴォルフラム・ヴェールター……ティノ・ルーブレヒト…レナートゥス……べ…べーレンス・バーゼルト、をとこしえに夫とする。……すごい、言えたっ」

フラムは「やっとだな。下手くそだがまあいい」と短く噴き出した。

「ほら、最後の仕上げだ。口を突き出せ」

指示どおりに口先を突き出すと、彼の口が、ちゅっ、とそこにつけられて、トリアの顔がりんごのように色づいた。

「どうしよう、これってくちづけだわ……」

「夫婦は真名を伝えあった時から接吻《せっぷん》を許されるんだ。これから憚《はばか》ることなくできる。誰にも咎める権利はない。おれはしたい時におまえにできるし、おまえもしたい時におれにできる。まあ、性交もいまから許されるがこれは後回しだ」

「性交って？」

「ちびだから知らないか。端的に言えば夫婦が生殖器を結びつける行為だ。おまえには早いし、おれにもまだその知識がない。これは男が覚えることだからおまえは気にするな」

彼はトリアの額に自身の額をこつりとつけて息を吐く。

「おれたちは夫婦になった。おまえはおれのもので、おれはおまえのものだ」

トリアが「うん」とうなずくと、彼は絡めていた指を解き、トリアの背に手を回す。

「恋はおれ以外とするなよ？」

「しないわ。ねえ、フラム」

先ほどしたように、トリアが唇を尖らせれば、彼が口を突き出した。それらがふに、とくっついた時、ふさりと彼のまつげが当たる。

「……おれ、すぐにおまえを愛するようになると思う」

トリアは彼の背中を撫《な》でさすり、「わたしも」と細い身体を抱きしめた。


フラムの衣装の土は簡単に落とせたけれど、トリアの桃色のドレスはだめだった。すると彼は勝手に衣装箱から淡い黄色のドレスを取り出し、トリアにふわりと纏わせる。しかし、脱がせる時は楽でも、着せる時はうまくいかずに、ドレーパリーに難儀しているようだった。完成した時には窓の向こうに見える空は、赤く色づきはじめていた。

「くそ……女の服は面倒だな。最悪だ。しょうがないから構造を調べておいてやる」

言いながら、フラムはトリアの手を引き、窓に近づいた。

嵩《かさ》を増した太陽は物悲しく目に入る。トリアは今日がまだ終わってほしくないと思った。

「外を見てみろ」

窓からは庶民が住む家々や蛇行する川、林が見え、はるか遠くに深い森が広がっている。

「あの黒い森の向こうにおれのバーゼルトがある。トラウドルとバーゼルトは争い、度々領地を奪いあっていたが、あの森は特別なんだ。どちらの国も領有を主張していない」

「迷いの森ね」

トラウドルとバーゼルトに跨る深い森は〝迷いの森〟と呼ばれ、ひとたび迷いこめば出

られないとされている。現に、調査を行った者はいまだ誰ひとり生還していなかった。

「先ほど五大騎士団の話をしただろう？　不思議なことに名高い騎士団がある国には必ず樹海が存在する。バーゼルトとトラウドルの〝迷いの森〟、シュムデーラの〝暗黒の森〟、いまはバルツェルに取りこまれたが、クライネルトの〝森の迷宮〟、そしてフェーレントの〝悪夢の樹海〟。これらのうち、規模は〝迷いの森〟がもっとも巨大だ」

フラムはトリアの肩に手をのせた。

「おれは昔からあの森が気になっていたんだ。古い文献によると、シュムデーラの〝暗黒の森〟には死霊魔術《ネクロマンシー》、クライネルトの〝森の迷宮〟には魔女の伝説がある。おれたちの〝迷いの森〟とフェーレントの〝悪夢の樹海〟は文書がなくてはっきりしないがなにかあるだろう。それにな、いま挙げた国には共通した問題が存在するんだ」

トリアはごくりと音を立てて唾《つば》をのむ。

「いずれも神隠しが発生している。そのうち、女限定なのはおれたちの国だけだが」

神隠しは昔から傍にある忌み事であり、これまでトリアはあまり考えないようにしていた。女性がどこに消えるのかと考えたとたん思考は闇の迷路に迷いこむのだ。

「おれたちは神隠しを互いの国のせいにしてきたが、同時に森が原因だとわかっていた」

「そうなの？　どうして森が原因だとわかっているのにお互いのせいにしたの？」

「手っ取り早く民や兵の不安を薄めるためさ。〝迷いの森〟は森全体が神域と捉えられていて、足を踏み入れれば呪われると昔から恐れられてきた。得体が知れない脅威よりも目に見える脅威のほうが都合がいい。だからその場しのぎに互いを利用していたんだ」

「でも、呪いは本当よ？　森からだれも帰ってこないし、帰らずの森とも言われているわ。お父さまは毎年調査団を送っていたけれど、全員消えてしまうから今年は見送ったの」

「それはバーゼルトも同じだ。だが、呪いに怯えるなどありえない。解決する必要があるんだ。女が消える国など男は腰抜けだと触れ回っているようなもの。おれは王になったらトラウドルの協力のもと、あの森をしらみつぶしに調べ、問題を根絶するつもりでいた」

トリアは回廊での会話を思い出し、フラムの青い瞳を覗きこむ。そこに自分が映った。

「お父さまたちが動き出すから、フラムが動く必要がなくなったということ？」

「ああ。だからおれはおれにできることをする。トリア、よく聞け」

彼の手がトリアに伸びてきて、まるい頰をそれぞれつまむ。

「おまえ、いつまでもちびでいるなよ？　おれに合わせて大人になれ。全力でおまえを守ってやるから、絶対に神隠しにあうな。おまえが消えれば次期王のおれは妻がいなくなる。王はひとりで後継者を作れない。その意味をつねに考えろ」

トリアはうなずこうとしたけれど、彼に顔を固定されているため、二度またたいた。

「よし、あいさつに行くぞ。綺麗に着つけてやったんだ。ちゃんと行儀よくできるな？」

「できるに決まっているじゃない。子ども扱いばっかりして」

「そのうちそれなりの扱いをしてやるから、いまは我慢しろ。なんだその顔」

フラムはトリアの膨れっ面を見て、「ははっ！」と口を開けて笑った。

二章

あの日のことに思いを馳《は》せれば、トリアはたちまち火照《ほて》ってしまう。

姿見に映るトリアは、かつての九歳だったちびではなく十二歳になっていた。頰がうっすら染まっているのは、はじめて彼に会った日のことを思い出しているからだ。

鏡の前に立っていてもろくに自分を見ることもなく、心はふわふわ揺れてうわの空。過去に引き戻されてゆく。

三年前、真名を伝えあう儀式をしたあと、トリアはフラムに連れられ父王の居室を訪れた。フラムは長椅子でくつろぐ父の前にすっくと立つと、綺麗な所作でこうべを垂れる。

父は、熊《くま》を思わせるがっしりした体格と勇猛な雰囲気で、周囲に威圧感を与える人だ。父を前にして震え上がる人を何度も目にしてきたが、フラムは少しも萎縮しなかった。

『トラウドル王、ぜひ聞き届けていただきたいことがあります。どうかぼくに、トリア王女を幸せにする権利をください。ぼくは彼女と結婚したいのです』

フラムは生意気さと傲慢さをみじんも出すことなく、十歳の少年らしい口調で言った。

彼の変化にびっくりしたトリアが固まるなか、父が『ん？』と怪訝《けげん》そうに眉を動かした。

『結婚とは青天の霹靂《へきれき》だな。きみの妻にふさわしいのはベルタだと思っていたが。トリアは幼く、まだ余所《よそ》に出せるような子ではない。赤子同然だ』

——赤子だなんて……。

わななくトリアが唇を嚙みしめていると、『いいえ』と聞こえてきて震えが止まる。

『ぼくは幼いとは思いません。先ほど城内を散策させていただいた時に、偶然トリア王女に会いました。会話を進めるうちに、彼女の純真な心に触れ、ぼくはすぐに王女が好きになりました。すばらしい王女です。気持ちを抑えられずに、すでに求婚もしました』

足を組み替えた父は、トリアと同じ緑の瞳でこちらを射貫《いぬ》く。

『トリア、おまえはなんと答えた』

びくっと肩をはね上げたトリアは、もじもじと腰の紐飾りをいじくった。

『それは……あの、はいって言いました。お父さま、おこっていますか？』

『怒っていない。おまえが受けたのだから致し方ないが、結婚は早い。婚約なら認める』

父は『結婚ではなく婚約だ』と念を押す。するとフラムは天使さながらに笑った。

『ありがとうございます。ぼくは一日でも早くトリア王女を迎えに来ます』

『気が早いぞフラム王子。迎えに来るのは、きみもこの子も大人になってからだ』

苦々しい顔つきの父の前にもかかわらず、フラムはトリアの手を取り、掲《かか》げ持つと、その甲にキスをした。貴公子然とした、彼らしからぬ行動だ。

『かわいいトリア、ぼくはきみを世界で一番幸せにするからね』

この信じがたい変貌にトリアは返事を忘れて呆然とした。肌だって総毛立つ。

しかし、それは一時的なものではなかった。フラムは父だけでなく、寝台にいる母に向けても同じように振る舞った。

『さっきからどういうことなの、フラム』

トリアは母の居室を辞した後、彼をずるずると物陰に引っ張った。両手で柱に押しつけても、フラムは声を荒らげることもなく穏やかだ。おかしいと思った。

『どういうことってどうしたのかな？　言ったままだよ』

『ぜんぜん説明になっていないわ』

トリアが口先を尖らせると、フラムはすかさず顔を寄せ、そこに音を立ててくちづけた。

『きみが好きだよ』

『待って、別人すぎるじゃない』

『きみはやさしいのが好きなんでしょう？　だからやさしくする』

『やめて、急に気持ち悪いわ。あなたにやさしくされるのはぜったいに嫌』

フラムはとろけるように笑っていたが、次の瞬間、唇を歪めた。皮肉げだ。

『わがままなくそちびだな。人が努力してやっているのにいい気になりやがって』

トリアは知らず頬を赤らめた。意地悪なほうがしっくりくるし、彼らしい。

『なによ。わがままなのはフラムじゃないの。くそちびだし、無茶ばっかり』

『ふん、おれはおまえに合わせて低次元な言い争いをするつもりはない。時間の無駄だからな。それより、この先おまえのことを全力で口説くから覚悟しろ』

　フラムが高慢についと鼻先をあげると、トリアは見下ろされている気分になった。

『おまえには早くおれに夢中になってもらう。人間の平均寿命は四、五十年と言われているが、あまりにも短い。おれはやりたいことがたくさんあるから、基本的に生き急ぐ。おまえにはすべてに付き合ってもらうからな。とにかく時間が足りない』

『え、でも、結婚まで六年あるって』

『気が変わった。六年もかけていられるか』

　トリアがぱちぱちまたたくと、彼に手をにぎりしめられる。強い力だ。

『おまえがだらだらとおれの真名を覚えている間、ひまだからこれからの人生を考えた』

　彼は、『おまえの人生でもある』と付け足した。

『仮に四十年生きるとしよう。いま、おれは十でおまえは九つ。おれたちはあと三十年しか一緒にいられない計算になる。――いや、違うな』

　話の途中でフラムは三本の指を立てていたが、二本に変えた。

『人間は睡眠なしでは生きられないし、記憶のある時間はさらに短かくなる。おれたちの時間は総計二十年がせいぜいだろう。だからそのぶん生き急いで一生を濃いものにする』

『濃いもの？　それって……』

『濃いものであれば、死んでまた生まれた時に覚えているかもしれないだろ？』

『もしかして、生まれ変わってからのことも考えているの？』

『ああ、そうすればおれはおまえをすぐに見つけてやれるし、おまえもおれを見つけられる。だからおまえはこの先、一生をかけておれとの時間を空っぽなここに濃く刻むんだ』

トリアははちみつ色の頭を指でつつかれながら考える。

なんて突拍子もないことを言うのだろう。けれど、心はぽかぽかした。生まれ変わってまた彼と出会っても、悪くないような気がした。

『やさしくされたいならしてやる。おまえはちびで弱虫だからな。無理するな』

小憎らしく彼が言うから、トリアも負けじと言い放つ。

『さっきのやさしさはいらないわ。だって、すごく気持ち悪い』

『ばか』

フラムはトリアの両頬にそれぞれ口を押しつけると、最後にトリアの唇めがけてそれをぷちゅ、と押し当てた。心なしか彼の顔は赤かった。トリアの顔も赤いはずだ。

『なによ、ばか。わたしだって……』

トリアはフラムの頭をがしりと両手で押さえると、思いっきりキスをし返した。


三年前の出来事をここまで鮮明に覚えているのはなぜだろう。すぐにまなうらに蘇る。

フラムは強烈だ。忙しい彼とは三か月に一度ほどしか会えないけれど、来訪するたびトリアに新たな記憶を植えつける。そして胸がぎゅうぎゅうに満たされるのだ。

トリアは鏡の前で指を折る。フラムに会ったのは十一回。多くはない。にもかかわらず、頭のなかはつねに彼で占められていて、まるで自分は彼でできているかのようだった。

姿見の前で長い髪を梳きはじめると、なぜかふと、裸同士で誓いを立てた真名の儀式が脳裏に浮かび、櫛《くし》を握る手がわななないた。頭を振っても消えてくれない。

――わたしったらなんてはしたないの……。

トリアが己を恥じるのは、他でもない、彼の股間を思い出すからだった。当時はさほど気にならなかったのに、どういうわけか最近異様に気にしてしまう。自分にはない器官だからかもしれないが、思い出していいものとは思えない。否、絶対にだめだろう。

しゃがんで頭を抱えていると、羽音が聞こえ、トリアは窓に目を向けた。とたん、顔がほころび緑の瞳はきらめいた。窓枠にちょこんと鳩《はと》が留まっている。

三年前、鳩がはじめてだしぬけに窓枠に留まった時は、トリアは驚きすぎて『きゃあ！』と尻もちをついたけれど、フラムの鳩だと知ったいまは、毎日楽しみに待っていた。

「こんにちは、ビショフ。手紙を取らせてね」

鳩が来たのは十日ぶりのこと。その細い脚には、銀色の小さな筒がついている。

そこから出した紙を広げれば、流麗な文字が現れた。フラムは言葉遣いは荒くれ者だが、書かれてある文字のひとつひとつは繊細な外見と同じく芸術的だ。

〈いまから国を出る。一週間後につくと思うから大人しく待っていろ〉

待ちに待った手紙だ。トリアは胸の位置で両手を組んで、その場でぴょんと飛び跳ねた。

ただでさえいつもフラムのことを考えているのに、この手紙の知らせは大変だ。さらに深く彼のことを思わずにはいられなくなるからだ。

彼ははじめて会った日、『恋はおれとするに決まっているだろ』と言ったが、本当だった。彼の帰国後、その姿は毎夜夢に登場し、日を重ねただけ、思いはどんどん増していた。

四か月が経ち、二度めに会った時には、心臓が爆発しそうなほど脈打って病気なのかと思ったほどだ。足だって震えたし、顔も身体も湯気が出そうなほど火照っていた。

そんな自分の変化におののいて、耐えきれず全速力で彼から逃げれば、『待てよちび』とすぐに捕まえられた。そして、どきどきするのも恥ずかしいのも、うれしいのも楽しいのも、あまりごはんが食べられないのも、ぼんやりして気づけば時間が過ぎてしまうのも、すべて恋のせいなのだと教わった。

あの日の彼を忘れない。

白金に光る髪や長いまつげに縁取られた青い瞳。深緑の凝ったマントに水色の上着は彼に似合っていて最高だった。不敵に鼻先を上げるしぐさは相変わらずだ。以前となんら変わりはないはずなのに、彼は初見の時よりも、うんと素敵に見えていた。

胸が苦しく、息がしにくい。トリアは酸素を求めて肩を動かした。

『どうして……フラムはそんなにきらきらしているの？』

『は？　きらきら？　なんだそれは。それより言ったとおりだろ。おまえはおれに恋をした。おれはな、はじめからこうなるってわかっていたんだ』

トリアが『なんだかずるい』と頬を膨らませれば、噴き出した彼は両手を広げて言った。

『ほら、来いよ。抱っこしてやる』

『できっこないわ。同じくらいの身長なのに』

『ばか、おれは男だぞ。おまえよりも力があるんだ。いいから来いよ』

眉をひそめて彼に近づくと、フラムはトリアの腰に腕を巻きつけ、ぐっと力をこめて持ち上げた。ぎこちない抱っこなのに、彼はいたって得意げだ。

身体同士がぎゅうぎゅう密着し、互いの息も吹きかかる。トリアはそこかしこから火が出そうなほどの熱を感じつつ、フラムの瞳を見下ろした。

綺麗な空色に真っ赤な顔の自分が映る。見つめていると、唇をぺろりと舐められ、やわらかなものがくっついた。くちづけだ。

『おれたちはずっと恋をするんだ。死ぬまでずっとだぞ。わかったな？』

否定する気など起きず、トリアはこくんとうなずいた。


トリアは城に五つある塔のうちもっとも高い塔にのぼり、窓から景色を見回した。九歳の時はやっと背が届くほどだったけれど、十二歳のいまはつま先立ちにならなくても楽々だ。その部屋は有事の際の備蓄倉庫になっているため、普段は使っておらず埃《ほこり》っぽいが気にしない。

しかし、風ではちみつ色の髪ごと埃が舞い上がり、何度もくしゃみをするはめになる。目だってごろごろしたけれど、不快であるどころかトリアの顔はほころんだ。

フラムの知らせからちょうど一週間目の今日、大人しくしているのは無理だった。いつもは三か月に一度は会えていたのに今回は半年ぶりだから余計に急き立てられていた。

トリアは窓ぎわで頬杖をつきつつ、城からバーゼルトまで続く道を目で追った。

城の近くは家々がひしめいているが、遠ざかれば次第に建物は消え、木々の割合が増してゆく。川に沿ってくねくねと蛇行する道には白い石畳が敷き詰められていて、先を急ぐ騎士が馬を走らせ、行商人の隊列を追い越した。

トリアは空に目を移す。大きな猛禽《もうきん》が一羽優雅に飛んでいる。陽射しは強いが、〝迷いの森〟の上空にはぐろぐろとした重苦しい雲があった。

――雨が降らなければいいけれど……。それにしても、迷いの森は今日も不気味ね。

迷いの森は草木が鬱蒼《うっそう》と生い茂り、ほぼ年中濃霧に覆われている。トラウドルやバーゼルトが晴れていても、森の付近は雨が降っていることが多いらしい。

女が神隠しにあうトラウドルでは、昔から王族の婦人は城外に出るのを固く禁じられているため、生まれてこのかた外を知らないトリアにとって、迷いの森は現実味がない場所だった。神隠しも怖いと思うが、被害については実感が湧いていないのが現状だ。

ぼんやりと外を眺めて三十分ほど経ったころ。遠くの道に砂けむりを認めたとたん、トリアは窓から身をのりだした。バーゼルトの王子の隊列はひときわ厳重だからよく目立つ。

決して彼には見えないとわかっていても、「フラム！」と大きく手を振りたくる。

こうしてはいられないとばかりに、トリアはスカートをつまみ、扉に向けて駆けてゆく。階段だって、一段抜かしで早く早くと飛び下りた。

トリアとすれ違った貴族や騎士、召し使いは、息を切らして走る姿に一様に目をまるくした。なかでもとりわけ目を剝《む》いたのが、たまたま居合わせた兄のヨシュカだ。

「おまえ、着飾っているのに走るとはなんてやつだ。皆の手本となるべき王女が悪しき例になってどうする。これでは示しがつかない。王女どころか女失格だぞ」

兄は頭が痛いとばかりに、金の髪ごと額に手を当てた。

「お兄さま、それどころではないの。もうじきフラムが来るわ」

「あの悪たれ王子か。彼にこう伝えておいてくれ。〝今回は絶対に負けない〟」

半年前、兄はフラムにコインゲームで負けていた。それは陣取りゲームの一種で、十六歳が十三歳にこてんぱんにされたなど、矜持《きょうじ》が許さないらしい。

「やめたほうがいいわ。フラムは天才だもの。お兄さまはまたお金を巻き上げられるわ」

「ばか言え、あの時は調子が悪かっただけだ。あのちびに得意げな顔をさせてたまるか」

「フラムはもうちびじゃないわ。うんと背が伸びたもの」

兄は、「なんだ、やけに肩を持つな」とトリアの鼻をぴんと弾く。

「だが、このぼくよりも背が低いやつはもれなくちびだ」

「だったらお父さまもちびということ？」

「おまえ、父上をちび呼ばわりするなどなんてやつだ。トラウドルの最高権力者だぞ」

「なによ、お兄さまが言ったんじゃない」

トリアがむっと唇をすぼめると、兄は腰に手を当て息を吐く。

「それはそうと、不穏な噂を聞いた。フラム王子はぼくに情報を漏らさないだろうがおまえは別だ。おまえに懐いているからな。ぼくから見れば、犬にしか見えない」

怪訝そうに眉をひそめるトリアに、兄は口の端をつり上げる。

「杞憂《きゆう》ならいいが。まあ、そういうことだ。なにか話を聞いたら教えろよ？」

兄は軽く手を上げ立ち去ったが、トリアは噂のことが気になった。けれど、塔から見た景色を思い出せばもやもやは晴れてゆく。なによりフラムに会えることがうれしかった。

城の跳ね橋の前に着いたトリアはいまかいまかと彼の到着を待っていた。跳ね橋まで王女が出るなど前代未聞だ。門を守る騎士たちは戸惑いを隠せないでいたが、トリアはおかまいなしに陣取った。

待つ間、召し使いにせがんで着つけてもらったドレスを見下ろした。それは母が十二歳の祝いに仕立ててくれたひだ飾りが見事なもので、袖口がじょうご型に大きく開き、動けば薄布がふわふわ揺れる意匠を凝らしたものだった。その上にアーミンの毛皮があしらわれた短いマントを重ねていたが、どうも他のマントがいいような気がしてきて、トリアは一番近くに立つ重装備の騎士のマントを引っ張った。

「ねえ、グンドルフ。これってどう思う？」

騎士は重そうな鎧をがちゃ、と鳴らしてこちらを窺った。顔は兜《かぶと》に覆われているため、目しか見えない。勇ましそうな双眸《そうぼう》だ。

「どう、とは」

「変じゃないかしら？　王女らしく見える？　お化粧もしてみたのだけれど、綺麗？」

「はい。豪華な衣装で大変王女さまらしいですし、お綺麗です」

トリアは胸を撫で下ろす。フラムの前では綺麗でいたい。

「そう、よかったわ。あのね、はじめてのお化粧だからどきどきしていたの」

自信がついたトリアはつんと胸を張る。すると、「おまえはばかか」と皮肉げな声がかけられた。そちらを見れば、待ちに待った人が立っていた。

灰黄色のマントに白い上衣がよく似合う。あごで切りそろえていた白金の髪は、少し短くなっていた。背もさらに伸びたようだった。トリアよりも頭ひとつぶん高い。

子どもから大人に変わりつつある中性的な美しさ。見惚《みと》れそうになるけれど、トリアは頬を膨らませた。

「なによ、ばかだなんて。半年ぶりなのに、もっと言うべき言葉があるはずだわ」

「ばかなことをしているからばかだと言ったんだ」

フラムはポケットから布を取り出すと、トリアの赤い口をぐいぐい拭き取った。「やだ、やめてよ」と言ってもやめてくれない。おまけに目もとの青い飾り粉まで残らず消された。頬紅もだ。大人っぽくなったと思っていたのに。

「おまえは化け物でも目指しているのか。ちびが化粧など百年早い。それになにを着飾っているんだ？　式典でもあるのかよ」

「ひどいっ。フラムのばか」とトリアは地団駄を踏むが、フラムに手を引かれて歩き出す。

最初はむくれていたものの、一歩、一歩と進むうちに、彼の歩幅がトリアに合わせられているのに気がついた。とたん怒りは忘れて、顔がゆるんでしまう。厳しいことを言ったとしても、行動が伴わない。彼はさりげなくやさしい人なのだ。

「おまえ、跳ね橋まで出て来るな。神隠しにあいかねないだろ？」

「だいじょうぶよ。城の守りは鉄壁だもの。でもこれからはフラムの言うとおりにする」

見上げた横顔は精悍《せいかん》だ。環境によるものなのか、以前よりも鋭さを増している。だが、トリアはようやく会えたうれしさが上回り、それについては言葉にしなかった。

時折重なる彼の足音に意識が向く。

「フラムと会えなかった間に、わたし、十二になったわ」

「じゃあああと一年だな。王族の女はだいたい十三で嫁ぐ」

「でも、お姉さまは十四だけれどまだ嫁いでいないわ」

「あいつはバウムヨハンに嫁ぐことになっているだろ。城の完成待ちだと聞いている」

バウムヨハンは南西にある大国で、姉のベルタは半年後、若き王に迎えられる。

「それはそうとおまえ、はじめての月の障《さわ》りはきたのか？」

——月の障りですって!?

回廊にさしかかっていたトリアは紅潮しながら辺りをきょろきょろ見回した。幸い誰も歩いていない。他の人の目も耳もないことに安堵する。

「なんてことを言うのっ。月の障りは婦人だけの秘めごとなのに！」

「は？　秘めてどうする。大事なことだろ」

「でも、男の人が口にしていい言葉ではないわ」

「女は月の障りがきて身体の機能が大人になる。こればかりは精神うんぬんの問題じゃない。で、どうなんだ？」

羞恥のあまりぷるぷるわななくトリアがかすかに唇を動かすと、ちょうどフラムがそこに聞き耳を立てていた。

「ん、まだだって？　本には十歳か十一歳程度でくると書いてあったが」

「すごく気にしているのに……遅いとでも言いたいの？」

トリアは先を見据えて生き急ぐという彼に合わせ、早く大人になりたかった。

「まだきていないなんて、どうせまだまだ子どもだわ」

「そうは言っていないだろ。この先の計画を立てるには、おまえの状態は不可欠だ」

ふたりはまっすぐトリアの居室を目指していたが、大人とすれ違っても、誰にも止められたりなどしなかった。通常、結婚前の男女は一緒にいてはいけないものだが、いかにも子どもらしい見た目と、さも友だちのようにじゃれあうふたりは特段警戒されることもなく、父王も品行方正でいるフラムを信頼しきっていた。

衛兵が守る扉を過ぎて螺旋階段をのぼると、ようやく居室にたどり着く。扉を開ければ、閉まりきらないうちに、フラムの唇はトリアの唇にくっついていた。

唇が離れてから「会いたかった」と伝えると、もう一度彼は、ちゅ、と吸いついた。

一回、二回、三回と、互いに唇を押しつけあう。トリアの胸ははちきれそうになり、フラムが好き！　という想いがますます湧き上がった。

「おまえ、しばらく見ない間にほんの少しだけ背が伸びたな」

「フラムはたくさん伸びたわ」

とろけるトリアを映しこむ青い瞳が細まった。

「服、手伝ってやるから着替えろよ。次にまたいつ手伝えるかわからないからな」

「どういうこと？」

フラムは扉がきちんとしまっていることを確認してから口にする。

「くわしくは言えないが、いまうちの国はごたついているんだ。解決するまではここに来られない。今日はおまえにそれを伝えたくて無理に来た」

「無理にって、そんな。今回はいつまで一緒にいられるの？」

「夜には発つ」

しゅんとうつむくトリアが肩を落とすと、フラムは短く息を吐き出した。

「二度と会えないわけじゃないし、手紙も書く。問題もそう長引かないだろう。最悪長引いたとしても、おまえが十三になったら迎えに来るつもりだ」

「トラウドルは力になれる？　お父さまに相談するといいわ。だって、同盟国だもの」

首を横に振った彼は、部屋の隅にある衣装箱に近づいた。

「バーゼルトとトラウドルは戦いに明け暮れていただけあって、根本的な確執《かくしつ》があるんだ。いまは平和で穏やかな関係が築けていても内部に引き入れるわけにはいかない。国と国の関係は一筋縄じゃいかないんだ。おまえには難しい話だが」

フラムは言葉を切って「おまえがバーゼルト入りするぶんには問題ない」と付け足した。

「おれたちに子ができれば解決する。バーゼルトにトラウドルの正統な血が入るからな。それに、いまの問題は他国の力を借りるだとかそういったたぐいの話じゃないんだ。これを解決できないとすれば、バーゼルトは話にならない。遅かれ早かれ滅亡する」

不穏な話にぶるりと身を震わせると、フラムは箱から薄水色のドレスと紐を取り出した。

「そんな顔をするな。弱き者は淘汰されるのが世の常だろ？　そういうことだ。まあ、バーゼルトがどうにかなるってことはない。なにせおれがいるからな」

立ちつくしていたトリアの前にフラムが立った。その手がはちみつ色の髪にのせられる。

「子どもというのは厄介《やっかい》だな。十三歳の王子の言葉は、くやしいほどに軽いんだ」

めずらしく彼が弱音を吐いている。きっとバーゼルトの内情は思った以上に深刻なのだ。

どくどくと、鼓動は重苦しくなり速さを増してゆく。

顔を歪めて見上げると、彼は「余計なことを言った」とつぶやいた。

「フラムになにが起きているの？」

「まあ、試練のようなものだな。おまえを娶《めと》る前に軽く越えてやる。だから待っていろ」

ここでしつこく食い下がっても、彼は教えてくれないだろう。

トリアがうなずけば、フラムが腰の紐に触れてきた。いままでとは違い、遠慮がちに。

「ドレス、脱がせていいか？」

もう一度こくんと首を動かすと、彼はトリアのマントを外し、ドレスを解いていく。肌着に手をかけられた時、以前真名の儀式でしたようにすべて脱がされるのだと思った。

「また真名を伝えあうのね？　わたし、あなたの真名をちゃんと覚えているし言えるわ」

「あれは何度もやるもんじゃない。一生に一度きりだ」

「でも、フラムはわたしを裸にしようとしているわ」

頬を赤くした彼はそっぽを向いた。

「……男だからしかたないだろ」

「なにがしかたないの？」

彼は自身の額に手を当て、「おまえは答えにくい質問が好きだな」と吐き捨てた。

「おれはおまえの身体が見たいんだ。男はな、いやでも溜まるんだ。それを出さなきゃいけない。いままでは九歳のおまえだったけど、はっきり言って無理がある。だから今日は見ようと決めていた。考えてみろ、十三歳の男が九歳の女でするなんておかしいだろ？」

ぱちぱちとまたたくトリアを見た彼は、ぞんざいに髪をかき上げる。

「おまえは相変わらず疎いな。トリア、おれがおまえ以外の女の裸を見たらどうする？」

言うまでもなくだめなことなので、トリアは「いや」と即答する。

猛烈なしかめ面のトリアがおもしろいのか、フラムはぷはっと噴き出した。

「なにがおかしいの？　わたしにはフラムだけなのに」

「じゃあおれのために耳を貸せよ」と言われるがまま耳を向ければ、彼はぼそぼそと語り出す。最後まで聞いた時、トリアはこれ以上赤くなれないくらいに真っ赤になった。

「言っておくが、おれが特別いやらしいわけじゃない。自慰《じい》はこの世の男すべてがしていることだ。おまえの父親も兄も誰かを想像して毎日しているんだ。絶対に」

トリアは慌てて両耳を塞いだ。父と兄の顔が脳裏に浮かぶ。

「やめて、お父さまやお兄さまはしないわ」

「しないわけがない。だいたい男が女の裸に興味がなければ人は死滅する。世はうまくできているよな。性欲があるから人は性交したくなる。男と女が好き合っても欲望に忠実なだけでも、行き着く先は結局そこだ。人は増えるようにできている。自慰も性交も抗《あらが》えない欲求だ。おれは特別神を信じちゃいないが、神の力だと言われてしまえば納得できる」

「性交って、……フラムはわたしとしたいの？」

「わかりきったことを聞くな。おまえは、三年も前からおれの好きな女なんだぞ」

トリアがごくっと音を立てて唾をのむと、フラムはトリアの肩に手を置いた。

「この話は仕舞いだ。本当はまだおまえに言いたくなかったし、おまえとはもっと他に話すべきことがある。おれは夜までしかいられないからな」

その言葉にはっとなり、トリアは自ら肌着のりぼんを解いた。とたん布が床に落ち、同時に空気が身体を包む。肌が一気に粟立った。

彼との時間を少しでも多く作りたい一心での行動だったが、心臓がやけに騒がしい。彼にこの裸はどう映るのか。あまりの恥ずかしさにわななくトリアはぎゅっと目をつむる。

彼の視線を肌で感じた。

「……わたしはちびだし子どもだわ」

「自分をよく知っているな」

「お姉さまのように胸も張り出していないし……その、女らしい体型ではないわ」

「まだ十二のくせになにを言っているんだ。そもそも、そんなものは人と比べるものじゃない。おまえはおまえだ。おれに不満はないから自信を持て」

トリアはそろそろとまつげを上げて彼を見た。首を傾げた彼の髪がきらきら光る。

「ねえフラム。あのね、あの……わたしで自慰できそう?」

伝えたとたんフラムの顔に朱が走る。ぐしゃりと雑に白金の髪をかきまぜた彼は、トリアの腕を引っ張った。そして屈みこんだと思った瞬間、唇にやわらかなものがのせられる。

至近距離にある彼の顔を窺えば、憂いをたたえた青い瞳と目が合った。

「おれに幻滅するなよ?」

「しないわ。大好きだもの。どうしてそんなことを言うの?」

フラムは「だったらいい」とつぶやいて、下に落ちた肌着を拾うとトリアに羽織らせた。

答えに納得できずに質問しようとしたけれど、声は彼の口にぱくりと食べられた。

フラムに薄水色のドレスを着つけてもらったトリアは、暖炉の近くに寝そべって、彼と頬杖をつき合った。向かい合わせで交わす会話は彼が描く未来のことだ。その未来に当たり前のようにトリアがいるから、わくわくしながら参加した。とりあえずブランコと犬を飼うことはゆずれない。そして、フラムの希望で子どもは五人以上なのは決定だ。

途中、兄のヨシュカからの伝言〝今回は絶対に負けない〟を伝えたけれど、フラムは「時間の無駄だ」とすげなく一蹴した。

「お兄さまが拗《す》ねてしまうわ」

「拗ねたって構わない。それよりも、おまえ、たぶんそろそろ月の障りがくると思うぜ」

トリアは「また月の障りの話？」と眉をひそめる。

「おまえの胸、ほんの少しだけ膨れていただろ？」

「ほんの少しだけだなんて、悪意を感じるわ」

「悪意もなにも事実だろ。で、膨らみはじめる時にくるって本に書いてあった。仮に二か月後にきたとしても、十三で子づくりは無理だよな。妊娠するととんでもないほど腹が膨らむし、細くてちびなおまえが一年後にあれを支えられる体型になっているとは思えない。骨がどうにかなりそうだからな。結婚してから数年は様子を見ないと無理だと思う」

ふたりの間で来年結婚するのは決定事項になっていた。

「でも、フラムはわたしとひとつになりたいのでしょう？　わたしもそう思うわ」

「もちろん一年後の初夜には必ずする。真名の儀式の続きをしないと本当の夫婦にはなれないからな。したとしても、なかに出さなければ平気だと思う」

「なにを出すの？」

笑顔のついでに鼻にしわを寄せたフラムは、トリアの頬を突っついた。

「さっき説明しただろ？　男の機能の話を思い出せ。子種のことだ」

理解したトリアが真っ赤になると、フラムはごろりと仰向けに寝そべった。彼は明かり取りから降る光を見つめる。

「おまえを選んでよかった。おれの勘って冴えてるな。自分の優秀さが怖いくらいだ」

フラムはゆっくりとまぶたを閉じる。

「おまえとこうしていると現実を忘れられるし未来の話は楽しい。これからやらなければならないことは山積みだ。でも、おまえが待っていると思うと力が湧く。おれはやれる」

身を起こしたトリアは、伏し目がちに彼を見た。

「バーゼルトでなにが起きているのか、話してくれないの？」

「ああ、言わない。おまえには会いに来られないわけがあると知ってほしかっただけだ。巻きこむ気はさらさらない。さみしい思いをさせると思うが、おれを信じて待っていろ」

巻きこんでほしいのに……。けれど、わかるのだ。彼は涼しげにしているけれど、立場は危ういもので、もしもトリアが手を差し伸べたとしても、この小さな手では役に立てない。足手まといになるだろう。また、彼が望んでいない以上、信じて待つのが正解だ。

トリアは唇を噛みしめた。次第にぶるぶる震えて、頬に熱いものが流れてゆく。

「……どうしてわたしは十二歳なのかしら」

閉ざされていた彼の長いまつげがぴくりと動く。

「いまほどちっぽけな自分が情けないと思ったことはないわ。力がないってつらい」

青い瞳をあらわにした彼は、こちらに手を差し伸べて、いかにも大切そうに「トリア」と呼んだ。若干かすれている。

「ばか。おまえはおれのものなんだ。そのおれのものに対して情けないなんて言うな」

トリアはフラムを覗きこむ。ぼたぼたと彼の顔にしずくが落ちたが、彼は文句も言わずにそのままでいた。ただ、瞳が熱を宿していた。

「泣くなよ。言っただろ？　迎えに来るって」

こぼれたしずくはちょうど彼のまつげに当たり、そこから頬に飛び散った。

「泣くなって。ぶさいくだぞ」

「ぶさいくでいいっ」

「は、嘘だ。おまえはかわいい。どんな時でもかわいくて、おれの」

言葉の途中で彼の薄くて形のいい唇めがけて口を押し当てる。

すると、身を起こした彼に引き寄せられて、ぎゅうぎゅうと抱きしめられながらキスをした。トリアもぎゅっと抱きしめる。離れたくなくて、ずっと唇をつけたままでいた。だんだん息苦しくなり、息継ぎをしてふたたびつける。離そうとは思わなかった。

その後、感情が堰《せき》を切ってあふれ出し、トリアは声を上げて泣いてしまい、泣きやむことができずに彼に慰《なぐさ》められていた。辺りは黄昏《たそがれ》色に包まれ、彼との時間が刻々と減ってゆくのに涙が止まらず、情けなくてまた泣いた。

トリアの時間は、きっとこの日で止まったままだ。一秒たりとも進んでいない。

ようやく泣きやみ、「目がすごいことになっているぞ」と大笑いした彼の顔。

すぐに笑みを消し、「必ず迎えにくるから」と言ってくれた時の真摯な瞳。

トリアの涙をぺろりと舐めて、「しょっぱいな」と言ったその口で、やさしくキスをしてくれた。一度ではなく何度も。

跳ね橋まで見送りに行きたかったのに、「絶対だめだ」と拒んだ時の彼の顔はいつになく厳しくて、けれど弱々しかったようにも思う。

あの日、一緒にバーゼルトについて行っていたなら、未来は変わっていただろうか。それは考えてもしかたのないことだとしても、考えずにはいられない。

「またな」と言って彼は手を振った。

十三歳。白に近い金の髪、夏の空のような青い瞳。それが、最後に見た彼だった。

三章

結局、画家の前でぴくりとも笑うことができずに、次第に光は薄まり夜が訪れた。

トリアは、塔の居室の窓からぼんやりと外を眺めていた。道には人がいるのだろう、ぽつりぽつりと明かりが見える。黒に浮かんだか細い光の点線は、あの日、彼がトラウドルを去るさまを彷彿《ほうふつ》とさせるものだった。

「わたし、十七になったわ。もう、大人なのよ」

闇に向けて語りかける。彼と会えなくなってからの五年間、トリアは返事はないとわかっていても、彼に言う。

「……ちびって言ってくれないの？」

あれから毎日彼を思い、鳩の便りを待ち続けた。けれど鳩のビショフは一度も訪れない。それでも信じて待っていた。彼が迎えに来るって言ってくれたから。迎えに来てほしいと願っていたから、トリアは先へ進もうとは思えず、あの日から止まったままだった。

夜空には無数の星が散らばっているけれど、トリアの瞳には映らない。彼がいない世界は虚無だ。喜びも未来もない。なにも感じず、暗闇だ。

トリアは頭を抱えこむ。檸檬色のドレスの生地がぽたりぽたりと落ちる滴で濃くなった。フラムと最後に離れて半年が過ぎたころ、父が言った言葉を思い出す。

『トリア、落ち着いて聞きなさい。フラム王子が亡くなった』

その言葉は耳について離れない。ふとした瞬間浮き上がり、そのたびに鼓動は急き立てられて、彼を追おうと考える。でも、聞かずとも彼の答えがわかるのだ。

〝ばかか、おまえは。ふざけるな〟

怒られたっていい。いっそ怒ってほしい。怒られたい。声が聞きたくてたまらない。以前兄のヨシュカが話していた、バーゼルトの〝不穏な噂〟とは内乱だ。それは噂などではなく、本当だった。

バーゼルト王はフラムが十一歳のころに後妻を迎えたが、その後妻はいわゆる傾国の美女で、王は徐々に心を蝕《むしば》まれていった。民に重税が課せられるなか、王城では来る日も来る日も酒池肉林がくり広げられ、罪人まがいの野蛮な輩《やから》が重用された。王や後妻の機嫌を損ねればたやすく人は処刑され、宰相すらも粛清《しゅくせい》された。止められる者はいなかった。

悪政に耐えかね、我慢の限界に達した民や騎士、および王弟デトレフは反旗をひるがえし、王位を簒奪《さんだつ》せんと兵をあげた。結果、王も後妻も処刑されたが、フラムもまた動乱に巻きこまれたという。そんな過酷な状況のなかで、彼はトリアに会いに来ていた。

あの目、あの顔、あの声にはもう会えない。

でも、諦めたくない思いが強い。彼がくれた言葉の数々を、ずっと反芻《はんすう》し続けている。

トリアが肩を震わせていると、扉が二度叩かれた。

「トリア、ぼくだ」

兄の声に、トリアは手の甲で目もとを拭い、「どうぞ」と言った。

扉を開けたとたん、兄は眉をひそめて「また泣いていたのか」とこちらに歩み寄る。

「画家はどうしてもおまえの笑顔を見たいらしい。わがままを許すつもりはなかったが彼は貴族だ。困ったことに矜持がばか高くてゆずらない。泣きやむしかないぞ」

「……でも、笑うのは難しくて」

兄は「近くでおまえを見てきたんだ。わかっているさ」と肩をすくめる。

「これまで父上には、おまえが他国に嫁ぐのは早いと進言してきたんだ。まだ受け止めきれていないだろう？　婚約者と母上を立て続けに亡くしているんだ。無理もない」

二年前、病身の母マグダレーネが亡くなった。トリアは現実に耐えきれず、母の死から一年ほどの記憶がない。大切な人をふたりも失ったのだ。あまりにもつらすぎて寝台から出られずにいた。

それでも鳩の知らせを待って、視線は窓を向いていた。待つのをやめられないでいた。

「だがな、状況は変わった。絵は極力急いだほうがいい。ぼくは父上と同意見だ」

うつむいたままでいると、兄はトリアが座る長椅子の隣に腰掛けた。

「なぜ父上が急遽肖像画を依頼し、おまえの夫を探そうとしているかわかるか？」

首を横に振れば、兄は続ける。

「実はな、バーゼルトからおまえに婚姻の打診があったんだ」

まつげをめいっぱいにはね上げたトリアが兄を見ると、彼はふうと息を吐く。

「相手はフラム王子の叔父、現バーゼルトの国王デトレフ。彼の妃は亡くなったばかりな上にまだ息子がいない。それで適齢期のおまえに真っ先に話が来たんだ」

思わず膝に置いたこぶしに力が入り、白くなる。

国のために嫁ぐのは王女の務めだとわかっていても、フラムの叔父だけは嫌だった。深い事情があるにせよ、王弟デトレフが起こした争乱でフラムはいなくなったのだから。行き場のない燃えたぎる怒りや憎しみは、どうしてもデトレフに向かう。

「父上はおまえのバーゼルト行きには反対だし、ぼくもだ。フラム王子のこともあるが、おまえは迷いの森から遠ざけたい。神隠しのない安全な国に行ってほしい」

兄の視線がトリアの足に向けられた。

「その足ではいざというときに逃げられない。危険があってもおまえは走れないんだ」

トリアはドレスに隠れた右足をさすった。この足は五年前の怪我のせいで動きが鈍い。フラムの訃報《ふほう》を聞き、部屋に戻る途中に気を失って歩廊から転落したのだ。医師からは二度と走れないだろうと言われている。それほど重い怪我だった。

「お兄さま。……でも、わたしは」

「いまだに彼を待っているんだろう？　でもな、フラム王子はもういない」

震えるトリアの肩に兄の大きな手がのった。

「彼のことを忘れろとは言わない。だが、もう待つな。現実と向きあう時が来たんだ」

まつげについた涙はしずくを象《かたど》り、手に落ちた。

「もしおまえの立場と王子の立場が逆ならどう思う？　おまえが死んでいたとしよう。その時、残されたフラム王子におまえはなにを望むんだ？　悲しみにくれてほしいか？　忘れないでいてほしいか？　それとも、幸せになってほしいか？」

一体なにを望むのか――答えはひとつだ。

「……幸せに、なってほしい」

「フラム王子がいまのおまえの状態だとしたらどうする？　前を見てほしいと、笑ってほしいと思うんじゃないのか？　おまえが感じることは彼も同じように感じるはずだ」

うつむき加減の顔を上げれば、兄は励ますように微笑んだ。

「フラム王子のぶんまで生きて、幸せになれ。彼のために」


固い決意のもとで翌日を迎え、画家の前で笑おうとしたけれど、トリアはこの日もだめだった。きっと心がだめなのだ。頭ではわかっていても、幸せになろうとは思えない。

〝もしも〟をずっと考えてきた。もしもフラムが会いに来てくれたなら、もしも声を聞けたなら、もしも十三歳で嫁いでいたら。

考えている時は幸せだ。彼を傍で感じるからだ。けれど夢から覚めてしまえば悲しみがどっと押し寄せる。彼が明るかったから、そのぶん禍々《まがまが》しい闇が増す。取りこまれてしまいそうだった。否、彼がいない世界にいるくらいなら、取りこまれたいとさえ思う。もう、なにも考えたくはない。なにを考えたとしても、行き着く先は結局絶望だ。

寝台に座るトリアは燭台《しょくだい》に灯るろうそくの火を見つめる。

召し使いが丁寧に梳いたはちみつ色の髪は照り輝いているけれど、悲嘆にくれたトリアの顔には影が濃く差していた。

もしも怪我をしていなかったら。この足が自由に動くなら、城を飛び出し、真っ先にバーゼルトに行くだろう。行って、気が済むまでがむしゃらに彼を探す。彼の死を聞いただけのいまの状態では納得できない。この目で見るまでは終わりにできない。

トリアはすっくとその場に立ち上がり、傍机に立てかけてある銀製の杖を手に取った。花の模様が彫られたそれは、トリアの想いを憂いた亡き母が用意してくれたものだった。

歩くのはすっかり苦手になっていた。普段の食事も大抵居室でとるから、父や兄の要請がないかぎりは居室の外に出ていない。

ゆっくりとぎこちなくつま先を前に出し、こつりこつりと杖をつく。きしきしと痛む足で目指すのは兄の居室だった。時間をかけて兄の部屋にたどり着き、扉を叩けばすぐに開かれた。兄はトリアが自分の足で来たことに驚きを隠せないようだった。

「ひとりで来たのか？　歩廊も階段も？」

兄のヨシュカはトリアの膝に手を差し入れて、「ばかなことを」と抱き上げた。トリアは兄の首に手を回しながらうなずいた。

「くそ、衛兵はなにをしている。召し使いは？　揃《そろ》いも揃って役立たずだな」

「みんなついてこようとしてくれたわ。抱えようともしてくれたけれど、断ったの」

「は、なぜ断った？　連れてきてもらえばよかったじゃないか。転んだらどうする」

「そろそろわたしはひとりで歩けるようにならなければいけないわ。そう思ったから」

「そうだとしても、こんな夜更けにやるものじゃない。努力は明るいうちにやるものだ」

長椅子に下ろされたトリアは、肌着姿の兄を見上げた。

「お兄さま、いまから眠るところだった？」

「いや、眠れないから酒を飲もうとしていた。おまえも寝るところだったんだろう？」

トリアもまた、肌着の上に分厚いマントを羽織っている。

「眠る前にお兄さまにお願いがあって……居てもたってもいられなくなったの」

兄は水差しを傾けると杯を満たし、それをトリアに握らせた。

「なんだ、言ってみろ」

「わたしはやっぱりフラムがいないと幸せになれないの。でもトラウドルの王女ですもの、嫁ぐ必要があるってわかっているわ。だから、バーゼルトに連れて行ってほしいの」

自身の杯に琥珀《こはく》色の液体を注いでいた兄は片眉を引き上げる。不満げだ。

「まさかデトレフ王に嫁ぐなんて言うんじゃないだろうな？　そもそもバーゼルトに嫁ぐことに賛成したのは相手がフラム王子だったからだ。デトレフなんか冗談じゃない」

兄は、「そうではないわ」というトリアの言葉を遮って続ける。

「デトレフ王とフラム王子は顔が似ているんだ。その似ている男に冷たくあしらわれようものならおまえは耐えられない。密偵によれば、あの男の亡き妃は冷遇されていた。おまえがそうなるなど……。くそ、いまいましい。ぼくはあの国によい感情など一切ない」

トリアは首を横に振り、杯をぎゅっと両手で握る。

「お兄さま、違うの。わたしは嫁ぎたいわけじゃない、行きたいだけなの。行って、フラムのお墓をこの目で見たい。そうしないとフラムがいないって受け入れられないから。前を向くために、わたしは……そうでもしないと他国に嫁ぐなんて、……できない」

最後のほうは声が崩れてしまった。トリアはしきりに指で目もとを拭う。

本当は、フラム以外に嫁ぎたくはない。それを思うととめどなく涙はあふれる。

唖然とした様子の兄は、杯を傍机に戻し、がしがしと金の髪をかきむしる。

「叶えてやりたくても父上が許すはずがないじゃないか。王族の女は城から一歩も出ないしきたりなんだぞ。出るのは嫁ぐ時、または死んだ時のみだ。それをおまえは」

「お兄さま、死は突然なのだと知ったわ。誰の身にも起こりうるって。でも、いきなりその事実を突きつけられても信じられない。実感がちっとも湧かないの。お母さまには伝えられたけれど、わたしはまだフラムにお別れを伝えていないから……。いまのわたしは自分でも呆れる自分だってわかってる。生きていても死んでいるみたいだもの」

そう、死んだように生きてきた。息をしているだけだった。無為に一日を過ごしていた。

トリアは彼が言ったようには生き急げていなかった。ずっと澱《おり》のように停滞したままだ。

「きっと、フラムはいまのわたしを知れば怒るし、呆れて愛想をつかすわ。だから、せめてこれからは自分で誇れる自分でいたい。そうすれば、いつかフラムに胸を張れるから。そのためにバーゼルトに行きたいの。生きるために行きたい」

すがるように兄を見つめ、トリアは訴える。涙が頬にすじを作って流れた。

「わたしは、行かなければならないの。これから濃く生きて、生まれ変わって……」

——そして、もう一度フラムに会いたい。

低くうめいた兄は、屈んでトリアと目線を合わせる。

「外に出たがるなど愚かだぞ。おまえは神隠しを甘くみている。神隠しにあった女で生還した者は誰ひとりとしていない。幸い城内から失踪者は出ていないが、外に行くということは死と隣り合わせになるということだ。わかっているのか」

「それでも、たとえ命を落としたとしても行きたい」

「答えを変えるつもりはないのか?」

トリアは、「ないわ」と強くうなずいた。


難しい顔で考えさせてほしいと言った兄は、無言でトリアを居室まで送り、その後返事をくれたのは三日後だった。

トリアの居室に来た兄は、なぜか画家を連れていた。画家は「家具がすばらしい」だの「景色が最高ですね」だの一通り賛辞を述べた後、椅子に座るトリアの前に膝をつく。

「もっとも、一番すばらしいのはトリア王女、あなたですが」

「きみ、ぼくは妹を口説かせるためにここに連れてきたわけじゃないぞ」

兄のいまいましげな咳払いに動じることなく、画家はうやうやしくトリアの手を取った。

「トリアさま。僭越ながらあなたの過去を伺いました。愁いをたたえて儚《はかな》げでいらっしゃいますのは母君どころか最愛の方を失われたからなのですね。そして、バーゼルトにお行きになりたいのだとか。奇遇です。私はあなたの肖像画を描きあげた後、バーゼルトの城をこの目で見ようと思っていたのです。他にも叶えたい趣味があるのですが」

画家の唇は弧を描く。この時、トリアははじめてまともに画家の顔を意識した。

人好きのする整った顔立ちだ。見栄えの良い男だと彼は自称していたが、本当らしい。おそらく二十代半ばだろう。おじさんだと思っていたが、意外に若い。

「バーゼルトの城は古代の痕跡をいまに残しており、すばらしいと聞いています。もちろんトラウドルの城もすばらしいですよ？　堂々たる城壁。これでは敵も侵入どころかたちまちはね除けられるでしょう。そして張りめぐらされた空中回廊の美しさ。この目で見た時の感動ときたら。気づけば景色が滲んで……ええ、熱いものが込み上げました」

兄は黙って話を聞いていたが、耐えきれなくなったのか口を開く。

「アルベリック、ここからのきみの話は長いに決まっている。ぼくが辟易したほどだからね。二度も同じ話を聞く気はないし、妹は建築様式には明るくない。ぼくが端的に話す」

兄の説明は次のとおりだ。

兄は父王にトリアの外出についてそれとなく打診しようとしたけれど、まったくもって取りつく島もなかった。諦めかけた時、ふいに目に飛びこんだのがこの画家だ。彼は晩餐《ばんさん》の際にぺらぺらとトラウドルとバーゼルトの城について語っていたらしい。そこで兄は、画家にバーゼルトに行ってもらい、トリアを彼の助手に仕立てる計画を思いついたという。

トリアは緑の瞳を潤ませる。

「お兄さま……わたしはバーゼルトに行けるの？」

「ああ。女としてではなく男として行ってもらう。言っておくが、ぼくはいまでもおまえが外に出るのは反対だ。だが、おまえがこうも主張するのははじめてだし、一理あるとも思った。ぼくはおまえのたったひとりの兄だから、その兄が味方しないでどうするって考え直したんだ。もちろんぼくも同行する。……しかし、父上に知られれば牢獄行きだな」

兄は金色の髪をかき上げ、窓の外を眺める。そこに青空が広がっていた。

「あの空、彼の目の色だな。小生意気なちびだったが好きだった。共に別れを告げよう」

「ええ、お兄さま」

「ご安心ください、おふた方」と、穏やかに目を細めた画家が会話に割りこんだ。

「私はただの優男ではありません。衣装の下にはみなぎる筋肉が隠されています。こう見えて我がバイヨン家は誅殺《ちゅうさつ》の家系でして、少々腕に覚えがあります。そうでもないと、こうも身軽にトラウドル入りなどできやしませんからね。おふたりは必ず私が守ります」

「ぼくのことは結構だ。軟弱な男ではないのでね。トラウドルの男は王族に限らず剣の腕を鍛えるのが習わしだ。きみのほうこそ安心するがいい。敵などぼくがひねり潰す」

負けず嫌いの兄が言い返せば、画家は「期待しております」と楽しげに肩を持ち上げた。

「トリアさま、筋書きはこうです。あなたには私の助手のサッシャになっていただきます。サッシャ少年は実際に私の助手ですからまず疑われないでしょう。つまり表向きは、トリアさまの笑顔を待つ間に、気まぐれな私が助手とともにバーゼルトの城を写生しにいく、というわけです。強行軍となりますが、構いませんか？」

兄も言う。

「画家アルベリック・ピエール・バイヨンはヴィロンセールの貴族だからね。貴賓として滞在しているからちょうどいい。騎士が堂々と護衛につける。ぼくも気まぐれに参加だ」

トリアを思ったふたりの厚意に、咄嗟《とっさ》に言葉が出てこない。月並みなものではまったく足りない。どう伝えていいのかわからず、トリアはぎゅっと目をつむった。

「なんてお礼を言ったらいいのか、わたし……」

画家は満足した様子で首を傾ける。

「ただ、ありがとうでいいのですよ？　私は感動しています。なぜならヨシュカさまが騎士たちにトリアさまのバーゼルト行きをひそかに伝えたところ、命じずともその場の全員が護衛を買って出たからです。あなたは大変好かれている姫君なのですね。そんなあなたの肖像画を担当できる上、旅の友としていただけるなんて、この上ない喜びです」

さまざまな騎士たちの顔が脳裏に浮かぶ。ふさぎこむようになって以来、ずっと彼らに会ってはいない。

「ありがとう……」

トリアがぼたぼたと涙をこぼすと、兄がハンカチを差し出した。

「拭くんだ。道中涙は禁止だぞ？　おまえはサッシャだ。男は泣かないものだからな」

目に押し当てたハンカチは、ひんやりしているけれど、それでも温かかった。

「そうね、わたしはサッシャだわ。しっかりしなくちゃ」


それは、フラムを思い出に変えるための旅だった。いまだに彼との過去は色鮮やかで、まならうに、いま見たかのように映りこむ。

中庭で、彼が空に投げたハンカチを手を伸ばして取りあった。木の裏に回って隠れてキスをした。苦手な食べ物を『おまえが食べろ』『いやよ、フラムが食べてよ』と押しつけあったその陰で、机の下では手を繋ぎ、誰かに見つからないかどきどきした。

夜、貴賓室からこっそりトリアの居室にやってきた彼と、朝方まで話しこんだり抱きあったりした。けんかをしても、すぐに仲直りした。けなされてもばかにされても、そこにやさしさがあったから、腹を立てていても、怒りは続かずたちまち笑顔になった。

未来を語る彼は夢と希望にあふれてきらきらしていたけれど、いま、トリアはその未来にひとりで立っている。繋がっていた手は冷たいまま。それを認めるための旅。

トリアが纏った衣装は、画家と同じ異国のものだ。羽根のついた帽子を深く被り、狭い視界で辺りを窺う。はじめて穿いたズボンはまとわりつく布がもどかしく、フラムを思い浮かべて、男の人はこうなのねと理解した。

父の周囲に気づかれないよう、兄が先導して歩く。足の悪いトリアのために、画家は自身を同性愛者と偽り、トリアは宝物のように抱えられて移動した。跳ね橋近くにさしかかった時は、心臓が壊れるほどに脈打った。

怖さと希望。行きたいけれど行きたくなくて、知りたいけれど知りたくない。大人になりたくてなりたくない。なぜか、相反する思いがせめぎ合う。

城門を抜ければ日差しが強く降り注ぐ。がちゃがちゃと鎧を鳴らして騎士が歩き、すぐ傍では行商人が物を売っている。はじめて見る外の世界だ。土の匂い、陽の匂い、壁の匂い、人の匂い、空気は塔から嗅ぐよりもさまざまな色を持っている。

当然、外に女はいない。神隠しがある以上、女は屋内にこもるのが不文律だ。

トリアは切り立つ崖にある城を仰ぎ見る。五つの塔が空に向かってそびえ立ち、複雑に歩廊が配されている。まるで一種の飾りのようだ。画家は空中回廊がすばらしいと言っていたが、生まれ育った城は内から見るよりも外から見たほうが壮麗なのだとこの時知った。

――フラムもこれを見たのだわ。

トリアは彼が見た景色を忘れないよう心に刻む。まるで彼と時を共有しているような気分になった。大切にしたくて、五感すべてで外を意識する。

馬車には、トリア以外に兄のヨシュカと画家のアルベリック、トリアを世話する召し使いのギーゼラが乗りこんだ。

馬車を守る騎士は三十名。バーゼルトまで一週間、そして現地についてすぐ、ふたたび一週間かけてトラウドルに帰国する。画家が話したとおりの強行軍だ。

ここ最近、トリアが多忙の父王と会うのはひと月に一度だけだから、兄はすみやかに旅を終えれば問題ないだろうと目論んだ。

走り出した馬車は意外に揺れて、トリアはびっくりしたけれど、兄や画家、ギーゼラはなにも感じていないようだった。

トリアはギーゼラを窺った。彼女は女であることを隠さず、普段どおりの格好だ。

トリアの視線に気づいた彼女は「どうなさいましたか？」と頬をゆるめる。

「あなたはなぜ女性の格好をしているの？　神隠しがあるから危険なのではないの？」

兄はトリアを一瞥《いちべつ》し、すぐに外に視線を向けた。ギーゼラではなく、兄が言う。

「これだけ騎士が守りを固めているんだ。先々の宿にも他の騎士が待機しているし、問題ないとは思うが、それでも道中なにが起きるかわからない。ギーゼラが変装しないのは、いざというときにおまえを守るためだ。男の格好がいいとは思うが、彼女が断った」

そこからは聞かなくてもわかってしまった。ギーゼラが男装すれば、華奢なトリアがより目立つため、彼女はあえて変装しないのだ。彼女は昔からそんな人だった。つまり、ギーゼラは囮《おとり》としてここにいる。己を犠牲にしてでもトリアを守るため、ここにいるのだ。

茶色の髪をきっちりと後ろで結わえたギーゼラは穏やかに笑んでいる。

返す言葉が見つからず、うつむきかけたトリアに画家が言う。

「問題など起きませんよ。屈強なトラウドルの騎士の噂は遠い我が国にも聞こえてきますし、私もいますからね。私が筆を剣に持ち替えれば、たちまち死者の山ができますとも」

兄は画家を鼻で笑い飛ばし、トリアに向きあった。

「つねに警戒していろとは言わないが、勝手な行動は慎《つつし》むんだ。ぼくから離れるな」

トリアはうなずきながら決意する。自分のために、誰ひとり傷つけさせたりしない。

——わたしは、守られるのではない、守るの。


先ほどまでは光が差していたのに、〝迷いの森〟の樹海に近づくにつれ、雲は嵩を増してゆき、ついには重苦しいものとなる。ぽつぽつと馬車を打つ雨は、やがて間隔を狭めていって、屋根を激しく叩きだす。窓の景色はおびただしい雨の粒に隠された。

ほどなく馬車は停車して、建物の横につけられる。辺りが霞《かす》んでいるせいなのか、おどろおどろしく見えていた。思わず、抱き上げてくれている画家の服をつかんでしまう。そのさまが滑稽《こっけい》だったのか、微笑む兄はトリアの帽子に手をのせた。

「まったく、びくびくしすぎだ。少々早いが今日はここに泊まるんだ。ここは〝宿〟といって、旅人が利用する。食堂は地元の男たちも通うから、いちいち驚くなよ？」

外から見れば古い建物だが、なかは掃除が行き届いているようだった。兄は丁重に王子を迎えようとする宿主に「特別な対応は結構だ。食事も同じもので」と断りを入れていた。

宿とは大変興味深いものだった。食事の際も、普段目にしない人々との距離が近くて会話が聞こえてくる。やれ今年の麦は発育がいいだの、葡萄《ぶどう》酒は最高の出来だの、橋の修理が終わっただの、酒を楽しみながら騒ぎ立てている。ついには弦楽器に合わせて歌いはじめ、足を鳴らして踊る者もいた。地震がきたかのように机の杯や皿がかたかた揺れている。

出された大皿料理は、いずれもおいしいものだった。鳥を丸焼きにしたものや、塩漬け豚に魚のスープ。城とは違い、湯気が立つ熱々なそれらを食べて、料理は作りたてがおいしいのだとこの時知った。城の食事は毒味をする関係ですっかり冷めてしまうのだ。

「ここは騒がしいだろう？　この国の男たちは陰鬱《いんうつ》な日常を忘れるために、酒を飲んで必要以上に騒ぐんだ。鬱々としていては気が滅入るからな。城では無礼講の触れがないかぎり騎士たちは騒がないが、彼らも地元に帰ればこうして騒いでいるだろう」

肉の骨を外しながら兄が言う。その肉は「たくさん食べろ」とトリアの皿に移される。

「もう食べられないほどたくさん食べたわ」

「だが、その肉は食べておけ。正直、バーゼルトの食事はまずい。やつらは貧弱な豆が主食だからな。なにかにつけ豆ばかり出てくるし、どの料理にも豆がひそんでやがるんだ」

「とにかく最悪だ」とぶつぶつ文句をたれながら、兄は自身も肉を口にする。しかし、近くで聞こえた壮年の男の会話が気になるようで、すぐに手が止まった。

「俺の婆さんから聞いた話だが、あの迷いの森のなかには都があるらしいぜ」

「は、都？　本当か。おまえの婆さんといえばギッタ村の唯一の生き残りじゃないか」

ギッタ村とは、六十年ほど前、一夜にして老若男女すべての村人が跡形もなく消えた村である。その謎はいまだに解明されていない。生き残りはいないとされているが――。

「婆さんは絶対に口外するなと言っていたが。もう死んだんだ、言っても時効だよな」

「なんだ？　怖い話なのか？　怖いやつならよせ。俺、そういうのまったくだめなんだ」

なにを思ったか、兄のヨシュカは席を立つと、男たちの前に皮袋をどしりと置いた。

「その話、ぼくにも聞かせてもらおうか」

男たちは皮袋を怖々覗いたが、「こんなに！」と仰天したようだった。

「金はやる。しかし、知っていることを包み隠さず話してくれ」

見るからに上等な服を纏った兄に萎縮しながら男は言う。

「は、はい。婆さんが言うには、迷いの森のなかにある都は〝ウーヴェ〟というそうで」

「待ってほしい。迷いの森から生還した者はいないと聞いているし、調査に行った者も誰ひとりとして生還していない。きみの祖母はなぜそのようなことを知っているんだ？」

「生還といいますか、ギッタ村はウーヴェから出た者が作った村らしく……ウーヴェを出たのは二百年近く前だそうで。ウーヴェのことをよそ者に話せば災いがもたらされるから決して話すなというのが村の掟になっていたとか。……ああ、お貴族さま。俺は死に際の婆さんから聞いただけなんですよ。俺が見たわけじゃないし、本当かは」

兄は、「そのウーヴェについてくわしく」と、話している男の隣の椅子に腰掛ける。

「はい……ウーヴェの男は二種類に分けられていたそうです。強者と弱者に。強者は城に住み、弱者は農作業に明け暮れるのだとか。ひでえ話ですが、嫁を持つことは許されず、みんな親を知らずに生きていたそうです。ちびのころから作物を育て、死ぬまで作り続ける。ギッタ村は、そんな農作業をしていた者がウーヴェの外に出て作った村らしいです」

「男のことはわかったが、ウーヴェの女は？」

「さあ？　女がどうしているかは、婆さんはなにも言っていませんでしたね」

「嫁を持つことは許されず、親すら知らない、か。女がいれば、当然子を持つ者もいたはずだ。それがないなら、ウーヴェの農地にはひとりも女がいなかったと言うことか」

考えこむ兄の傍らで、画家は確信を持ったように会話に参加する。

「女は城にいるのでしょう。ウーヴェは強者にのみ子を許されているとみていいですね」

「ああ、そうだろうな。とにかく調査の必要がある。父上に伝えなければ」

壮年の男は「おっと、この話をしなければ」と慌てて付け足した。

「ギッタ村では毎年ウーヴェを讃《たた》える祭りをしていたそうなんですが、その時の夜の儀式で、村で生まれた女児を半数近く門に並べていたらしく……赤子たちは朝には綺麗さっぱり消えていたそうで、子どもだった婆さんはウーヴェに迎えられたと説明されていたんだとか。でも、ある年に村長の孫が祭りの儀式に選ばれ――ええ、村では儀式に選ばれる女児がいる家は、いつのまにか戸に赤い印がつけられていたそうで。村長は孫を門に置かないと宣言したらしく、婆さんは、その祭りの次の日に村人の姿は全員消えたと。『村長が孫を置かなかったから、ウーヴェの神がお怒りになったのだ』と怯えていましたね」

兄は眉をひそめて、男の肩に手をのせた。

「悪いがすぐに城に行っていまの話を父と宰相にしてくれないか？　騎士が案内する」

男は兄が王子なのだと気づいたらしく、ひええ、と椅子を引っくり返らせた。連れの男も同じ反応だ。

「ま、まっ、まさかあなたさまは……ヨ……ヨシュカさまで……？」

「そのまさかだ。ところで、まだぼくが聞いていない話はあるだろうか」

あわわと焦る男は、「ばばば、ば、婆さんが」と口をまごつかせる。

「婆さんが……ですね、あの、言っておりました。〝黒ずくめの男どもに気をつけろ。女に近寄らせるな、逃げろ〟と」

兄は「わかった、気をつけよう」と告げると、王子の登場に騒然となった食堂を見回した。そして、トリアと画家、ギーゼラに目配せをする。それは退散の合図だった。

一週間に及ぶバーゼルト行きの馬車のなか、トリアはフラムのことを脳裏に描き、思いを馳せていた。過去はすべてが輝いていて、楽しいものだ。けれど、あまりにも恋しくて、楽しければ楽しいほど悲しくなった。

『おまえがバーゼルトに来たら城を案内してやる。うちの城はな、隠し通路が張りめぐらされていて迷宮って言われているんだ。古《いにしえ》の城に長年継ぎ足しては大きくしていったから、いまだに知られていない道や部屋もあるんだぜ？　昔の財宝も出てくるかもな』

バーゼルト入りして、早くも数日が経っていた。彼がいないここはさみしい。

馬車は小高い丘に停車した。その丘からバーゼルトの王宮が見渡せるからだった。

トリアは兄の助けを借りて馬車を降り、杖をついて前へ行く。おぼつかない足取りだ。

バーゼルトの王宮は、もとは崖を掘って作ったのがはじまりらしい。硬い岸壁全面に複雑な彫刻が施され、模様に合わせて立体的に張り出された豪奢な建物が、後年付け足されたものだという。それらはうまく融合《ゆうごう》し、ひとつの大きな城になっている。

「これは噂に違わずすばらしいですね。光の陰影で表情が変わりますから一日中眺めていられる。私は写生していますので、おふた方はどうぞ王子のもとへお行きください」

画家の言葉に、兄は「行こう」とトリアの背中に触れた。

トリアは心のなかでくり返す。

——これは、フラムを思い出に変えるための旅。

馬車は画家を残して二十分ほど走ったのちにゆっくり止まった。

フラムの墓は、寂れた場所にあるようだ。草地にぽつんと立っている。およそ王族の墓所らしからぬ簡素な門をくぐれば、湿気った空気が鼻をついた。飾り気のない閑散とした霊廟《れいびょう》だ。兄はその様子が気に入らないらしく、「くそ」とこぶしをにぎりしめた。トリアも杖を持つ手に力が入る。まるでフラムが打ち捨てられているように感じられた。

トラウドルとバーゼルトの死生観は異なっており、バーゼルトは死者を不吉と考える。よって、誰も好んで墓所には近寄らないそうだ。霊廟には花ひとつ供えられておらず、等間隔に太い柱が立つのみだ。灯《ともしび》すらない。壁のステンドグラスから淡く光が落ちている。

トリアの緑の瞳に涙が滲む。フラムとの会話を思い出したからだった。

『トリア、おまえがおれより先に逝ったら、おれはおまえの胸に杭《くい》は打たない。だからおまえもおれの胸に打つな。おれ、母親の心臓が杭で貫かれた時、嫌な気分になったんだ』

『待って、胸に杭を打つってなに？　そんな恐ろしいこと……』

『バーゼルトでは死者の心臓に銀杭を打つのが習わしなんだ。蘇りを防ぐ目的らしいが、おれが王になったらこの風習を変えたい。なにが死者は不吉だ。死を冒瀆《ぼうとく》している』

トリアは、フラムの胸に銀の杭が打たれるさまを想像し、ぶるりと身を震わせた。

彼はいやがっていたのに、打たれてしまったのだろうか。

「トリア、どうした？」

「……なんでもないわ」

静寂が満ちた空間に、こつりと音がこだまする。隣の兄は、杖をつくトリアの歩調に合わせて歩いてくれている。兄の視線もトリアの視線も、前にある棺《ひつぎ》に向いていた。

青い布が被されている石棺《せきかん》の前に立ち、じっとその布を見下ろした。描かれている文様はバーゼルト王家のものだった。決意をこめてそれをめくれば、刻まれている文字がある。

〝ヴォルフラム・ヴェールター・ティノ・ルーブレヒト・レナートゥス・ベーレンス・バーゼルト、とこしえに眠る〟

一言一句覚えている。何度も何度も反芻してきた、フラムの真名だ。

トリアは膝からくずれ落ち、天を仰いで泣きさけんだ。

大好きで、大切で、そして愛するフラムは、もう、いないのだ。

＊　＊　＊

四日が過ぎた。

帰路につく道すがら、画家の質問をきっかけに、トリアはフラムの話をしはじめた。

どうしてか、彼の話をしたかった。フラムの墓に行けたから、少しは心の整理がついたのかもしれない。とにかく口が止まらなかった。

それまで静かに聞いていた兄だが、キスした時の話をした瞬間、目を剝いた。

「嘘だろう？　おまえ、九歳のくせに接吻までしていたのか」

「していたわ。婚約者なら普通だってフラムが」

「普通なものか！　そういうのは大人になってからするに決まっているだろう」

「お兄さまはいくつでしたの？」

「ぼくはそうだな、十八だったと記憶している」

おまえと違って健全だといわんばかりの兄を尻目に、画家は会話にのりだした。

「私は十一歳で接吻を交わしましたね。それから性交も同じ歳です」

「はあ？　きさま、十一だと？　ろくでもないやつだ！」

「まさかとは思いますが、ヨシュカさまはまだ性交はお済ませではないのですか？」

「おい、妹の前でその手の話題はよしてくれ！」

「失礼いたしました。文化の違いと申しましょうか、ヴィロンセール国は性に奔放《ほんぽう》です。子作りも国をあげて推奨《すいしょう》していますし、男子は精通とともに親が用意した娘と経験する者が多いのです。孕《はら》ませる結果になる者もいますが、その場合は親が赤子を養子とします」

こめかみを指で押さえた兄は、ぎろりと画家をにらんだ。

「やめろと言ったのにぺらぺらと……きみの耳はただの飾りだな。いっそ取ってしまえ」

兄はトリアに性交の意味を悟られないようにしているらしい。が、トリアは知っている。

「お兄さま、だいじょうぶよ。わたし、ある程度のことはわかるから」

ぎりぎりと歯を噛みしめる兄は、「フラム王子から聞いたんだな？」と吐き捨てる。

「あいつはやけに早熟だったからな。しかも、敬意という言葉をどこかに置き忘れたんだろう。ぼくよりも三つも年下のくせに、生意気にもつねに偉そうだった」

「フラムは、お兄さまが豆を嫌って食べないから、子どもっぽい上に頭と要領が悪いんだって言っていたわ。なんだか弟みたいな気がするって」

「弟だと？　ふざけたちびめ。ぼくは頭がいいし要領だって悪くない。しかしトリア、おまえに言われたくないな。おまえだって豆が嫌いじゃないか」

トリアは以前元気な時にしていたように、あごをつんと持ち上げる。

「だけどお兄さまほど苦手ではないわ。お兄さまは一粒も食べられないじゃない」

「あんなまずいもの、一粒たりとも食べてたまるか。おぞましい」

このふたりのへらず口のやりとりを、画家とギーゼラは微笑みながら見ている。

「トリアさま、やはりあなたは笑顔が似合いますね。私の考えは正しかったようです」

画家に言われて気がついた。トリアは五年ぶりに楽しい気分になっている。そしていま、どうやら笑っているらしい。トリアは自身の頬に手をやった。

「画家さん、わたし」

画家はわざとらしく眉をひそめる。

「画家さん？　トリアさまはいまサッシャとしてここにいるのにそれはひどい。私はアルベリック・ピエール・バイヨン。アルベリックとお呼びください。さあ、言ってみて？」

兄は「くだらない、ぼくの妹になにをやらせるんだ」と割りこんだ。

「トリア、この画家は放蕩《ほうとう》者だから気をつけろ。いつ妊娠させられるかわからない。……しかし、こんなことならもっと早くにおまえをバーゼルトに連れて来てやるんだった」

顔をほころばせた兄は、「笑うのは久しぶりだな」と、トリアの頭を撫でつける。

「ぼくに感謝するんだぞ？　これでも危ない橋を渡っているんだ。この旅が知られようものなら、おまえを危険な目にあわせた罪で父上から五年は口をきいてもらえなくなる」

「わたしも口をきいてもらえなくなるわね」

「それはない。父上はおまえに甘いんだ。おまえは昔、ベルタと比べられてばかりだとひがんでいたがそうじゃない。今度、ベルタに聞いてみろ。父上も母上もぼくとベルタにはやたら厳しかったんだ。トリアの手本になれってさ。おまえはのんきなものだった」

〝母上〟の言葉にトリアは目を細めた。フラムを失ってからというもの、母はトリアを心配し、病をおして何度も部屋を訪ねてくれた。

「おまえは子どもらしい子どもだった。ぼくとベルタ……フラムもだな。ぼくたち三人は似ているんだ。大人ぶっていたから、大人から見てさぞかしかわいげがなかっただろう。思い返してみろ。一番菓子をもらっていたのは誰だ？　おまえの部屋には山盛りだった」

確かにお菓子に困ったことはないとトリアが思っていると、ギーゼラが小さく笑った。

「ヨシュカさま。あなたはお菓子をお渡しすると『ぼくを子ども扱いするな』と怒っていらっしゃいましたし、ベルタさまは『太るからいらない』とおっしゃっていました」

「ああ。一時期のぼくは呆れるほどに愚かだった。甘いものが好きだというのに、それを女や子どもが好む軟弱な食べ物だと決めつけていたんだ。ばかげているな」

その言葉に、画家が「いります？」とポケットからハンカチを取り出すと、なかには飴が入っていた。兄は苦々しく「結構だ」と突っぱねる。「甘いですよ？」「いらないと言っているだろう」といったやりとりがおかしくて、トリアはギーゼラと顔を見合わせる。

そんな、穏やかな時が過ぎてゆく。

馬車は速度をゆるめることなく、順調だった。馬車を守る騎士たちにも問題はなかったように見えた。しかし、ほどなく前方からけたたましい蹄鉄《ていてつ》の音が聞こえてきた。

異変に気づいた兄は、窓を開けて顔を出す。早駆けの騎士の息が切れていた。彼は斥候《せっこう》を担っている騎士だった。

「ヨシュカさま、商隊を狙う賊《ぞく》を発見いたしました。交戦、回避、ご指示を」

「当然交戦して恩を売れ。しかし、まだ国境を越えていないからな。賊といえどもこちらが平らげるのは厄介だ。深追いせずに追い払うに留めろ。このまま突っ切る」

続いて兄は馬車の屋根をこぶしで二度打った。それは御者台に座る騎士への合図だ。

兄は椅子に腰を落ち着け直し、不安そうなトリアに言った。

「この先速度を上げて宿まで駆け抜ける。揺れるぞ。舌を嚙まないように注意しろ」

「トリアさま、そのようなお顔をされなくても、ここに剣豪《けんごう》の私がいますからご安心を」

画家は腰から剣を抜き、刃にきらりと光を当てた。

「きみが剣豪だと？　疑わしいな」

「まあ、ほんの少しだけ言い過ぎなのは認めますが、でくのぼうでないのは保証しますよ。

……しかし、バーゼルトは都から離れるほどに治安が安定していないようですね」

「そのようだ。デトレフ王は治安よりも前王派の残党狩りに躍起《やっき》になっていると噂で聞いたが、白昼堂々賊が闊歩《かっぽ》するとはな。噂は真実らしい。国境の警備兵を増やすべきだ」

トリアは兄の言葉を聞いて悲しくなった。

ここは、フラムが誇りにしていた国だ。いま彼がいたのなら、なにを思うだろうか。


速度が上がるにつれ車輪は軋《きし》む。轍《わだち》を踏んだ馬車が、がたんと跳ねた。

激しい揺れに慣れないトリアは縮こまって耐えていた。心臓が悲鳴をあげていた。

一行は、隊列を崩すことなく突き進み、けれど、十名ほどの騎士は離れ、商隊を襲う荒くれ者と対峙した。剣が交わる音がかすかに響く。とたん、トリアはめまいがした。

死は嫌だ。誰にも死んでほしくない。二度と会えなくなるなんて、絶対嫌だ。

これ以上身近な誰かが死ぬのなら、いっそ自分が死ぬほうがいい。

こぶしをぐっと膝の上で握れば、その上にギーゼラの手がのった。

「だいじょうぶですよ、トリアさま。必ずお守りします」

トリアは、画家の助手サッシャの格好をしているが、ギーゼラは変装していない。女に危険が及ぶこの国において、外で女であると示すのは命取りだ。それでも彼女はトリアのために、気丈に背すじをのばし、前に立とうとしている。

――ギーゼラ、わたしこそあなたを守るわ。

「ありがとう」と彼女に伝えると、ギーゼラはトリアの帽子を深く被せ直して言った。

「もうしばらくのご辛抱です」

国境を越えたのは、時間にして二時間ほど経ってからである。さらにしばらくひた走れば、今宵宿泊予定の宿がある村が見えてきた。トリアがほっと息をつくと、兄たちもまた緊張を解いたようだった。剣を腰に戻した兄は、髪を雑にかき上げる。

「ぼくたちは一足先に食事にしよう。腹が減った。バーゼルトの食はぼくには合わない」

「ヨシュカさまは半分以上残されましたからね」と画家がにやければ、兄は鼻を鳴らした。

「豆のペーストには参った。液状にされてしまえば避けきれないからな。嫌がらせだ」

トリアは気がついていた。兄も画家も場を和ませるためにわざと話題を変えているのだ。

「わたしはパンが食べたいわ」

「そうだな。バーゼルトの岩石じみたパンはこりごりだ。よし、店主に命じてやろう」

ゆるやかに馬車が停車して、トリアは兄に抱え上げられた。トリアはその横顔を凝視する。身内のひいき目かもしれないが、気だるげな姿には艶がある。

「……ねえお兄さま。好きな方はいるの？　結婚を考えている方は？」

「は？　おまえ、ふざけるなよ？　いきなりなにを言い出すんだ」

「なんだかその方に悪いような気がしてきたの。だってわたし、もしもフラムが」

話している途中、兄の顔が鋭さを増してゆき、不思議に思ったトリアは言葉を止めた。

「お兄さま、どうしたの？」

兄は宿のほうをにらみつけている。まなざしは研ぎ澄まされた刃物のようだ。

「なにかがおかしい……なんだ？」

それは第六感なのだろうか。宿はなんのへんてつもない三階建ての木造で、トリアに異変はよくわからない。

あごで画家に合図を送った兄は、トリアを彼に渡した。

「アルベリック、ふたりを連れて馬車のなかにいろ」

そして騎士に向かって言う。

「宿を検める。まず、ベリエスとファルコを探せ」

ベリエスとファルコとは、前もって宿に配置されていたトラウドルの騎士である。

指示を受けた騎士が鎧をがちゃつかせながら歩くその先で、突如として、内部から断末魔に似た悲鳴が上がった。

兄は騎士を引き連れ、一目散に宿へと駆けてゆく。入る間際にこちらに言った。

「アルベリック、頼んだぞ！」


風がざあと吹き抜ける。生ぬるさと湿っぽさを孕んだ空気が、ねっとり身体にからみつく。それは画家も感じたようで、「嫌な風だ」とつぶやいた。

「おそらく今夜は嵐になりますよ。まいったな。しかし、不気味ですねここは」

画家が言うのも無理はない。トリアたちがいるベネケ村は、石壁に隔てられているとはいえ、ほど近くに得体の知れない〝迷いの森〟があるからだ。時折、原生林や濃密な土壌の匂いをのせた風が流れ、恐怖を煽るかのように、ぎゃあぎゃあと猛禽類が鳴き叫ぶ。

まず、トリアを馬車の座席に下ろした画家は、続いてギーゼラの補助をする。そして自身もすかさず乗りこむと、音を立てて扉を閉めた。

「ああ、いやだ。閉めても鳥の声が筒抜けですね。なにが苦手って、私、鳥がだめなんです。あの足など見れば鳥肌がたちますよ。身体に対して細すぎます。しかもあの模様」

トリアは気もそぞろにうなずいた。視線は宿に向けたままだ。

「宿でなにが起きているのかしら」

「そうですね、私もよくわかっていませんが」と、画家は前置きをして続ける。

「このたび同行した騎士たちは精鋭揃いだと聞いていますよ。それにヨシュカさまもいらっしゃいますし。あなたの兄君は一見細いながらも力はお強く、戦場では果敢に戦われるのだとか。さすがはトラウドルの次期王です。大船にのったつもりで待ちましょう」

馬車の付近にいる騎士は八名。うち、ひとりは御者台に座って指示を待っている。画家も、一見緊張を解いているかのように見せかけ、いつでも剣を抜けるようにしていた。

画家は窓から空を見上げる。

「わっ、見てください。いつのまにか黒々しい雲が空を覆い尽くそうとしています。樹海付近は雨ばかりで濃霧に包まれがちだと聞いていましたが、本当のようですね。ほら、うっすらと霞んできました。森から流れてきたのでしょう」

画家の言葉のとおり、空には分厚い雲が垂れこめ、まだ日は落ちていないというのに、昼と夜のはざまにいるような錯覚を覚える。まるで黄昏時だった。

辺りはけぶって見えていた。トリアは寒気を感じて自身を抱きしめる。

「霧は得意ではないわ」

「ええ、霧はまずいです。動かず待っていてくださいね。騎士と話します」

画家は馬車を降りて、御者や近くの騎士たちのもとに行く。

ほどなく画家まで白く濁《にご》り、濃霧で視界はなくなった。

まるで白い世界に閉じこめられたかのようだった。

「トリアさま、こちらをお持ちください」

窓に張りつくトリアに、ギーゼラが銀の杖を差し出した。

「マグダレーネさまが、あなたを守ってくださいます」

「そうね、お母さまが……」と、トリアはぎゅうと杖をにぎりしめる。

「ギーゼラ、あなたはわたしのマントを被るといいわ。その格好では危険だもの」

「お気遣いありがとうございます。ですが、だいじょうぶです。それよりもトリアさま、私になにがあろうとも声をあげられませんように。そうして深く帽子を被っていらっしゃいましたら、少年そのものですから」

彼女に言い返そうとした時だった。ふいに馬車の扉が軋みを上げて開かれた。

トリアは、画家が戻ってきたのだと思った。が、次の瞬間、瞠目《どうもく》する。現れたのは、奇妙な人だった。顔は黒い布で覆われており、判別不能な姿をしている。

先端が鋭く尖った黒い頭巾《ずきん》に、目もとだけにそれぞれ穴が開いている。隙間から見える目はぎょろりと血走っていて、まさに異常。彼らは霧に乗じてやってきたのだ。

「何者です！」と短剣を構えたギーゼラの詰問に、相手はなにも答えない。

全身を黒に覆われたその者は、トリアが言葉を失うなか、ギーゼラの攻撃を軽々いなし、彼女をつかんでずるずると外に引っ張った。

「いや、ギーゼラ！」

トリアがさけぶと、「女か」と黒い頭巾がしゃがれた声でつぶやいた。ギーゼラを完全に馬車の外に引きずり出したあと、今度はトリアのほうに手が伸ばされる。大きな手だ。

どくんと心臓が飛び跳ねる。間違いない、これは、古くから続く神隠しだ。

「サッシャ！」と画家の大きな声がする。近くにいる。

「くそっ、なんだこいつら突然……邪魔だ！　どけ！　サッシャ！」

あちこちで剣がかち合う音がした。騎士たちが戦っているのだ。

トリアは、足に鋭い力を感じて、ぎゅっと固く目を閉じる。

痛かった。だが、それにも増して怖かった。怖くて怖くてしかたがない。喉が恐怖に引きつれて、声がまったく出てこない。代わりに出てくるのは震える息だけだ。

ずるずると身体が引かれ、トリアは杖を抱きしめた。

――助けてフラム！

四章

「サッシャ、起きてください。サッシャ」

身体が揺すられ、トリアはまつげを動かした。

やけに首の後ろが痛くて、思わずうめくと、もう一度「サッシャ」と声をかけられた。

薄く目を開ければ、そこに、ギーゼラの顔がある。心配そうなまなざしだ。トリアがトラウドルの王女だと周囲に悟らせないために、彼女はいまトリアをサッシャと呼んでいる。

「……ギーゼラ、ここは？」

「私にもわかりません。首を打たれて気絶させられたままでは覚えているのですが……」

手で口もとを隠した彼女は目を閉じた。震えだしたかと思うと、まなじりから涙が伝う。

「申し訳ありません……命に代えてもお守りすると誓いましたのに、私は」

「泣かないで、もとはわたしのせいだもの。こんなことになってしまってごめんなさい」

床に置かれた彼女の手に自身の手を重ねれば、ギーゼラは何度も首を横に振る。

「サッシャに責任などありません。私が必ずお救いしますから」

「いいえ、わたしを救おうとしないで。それよりも、あなたにお願いがあるのだけれど」

ギーゼラの悲嘆にくれた瞳を見つめ、トリアは恥ずかしそうに言葉を紡ぐ。

「わたしを、その、抱きしめてほしいの。ふたりとも無事なのだもの、一緒に喜びたい」

トリアは、ぼたぼたと涙をこぼして両手を広げる彼女の胸に飛びこんだ。小さなころ、よくこのギーゼラに抱っこをしてもらっていたのだ。トリアにとって、七つ年上の彼女はベルタとはまた違う意味で姉のような存在だ。

「あなたにこうして抱きしめてってせがむのは、五年ぶり？」

「ええ……。ええ、そうですね。あなたは十二歳でしたから……」

「わたしたち、いまからできることをなんでもしましょう？　どんなことがあっても、なにがあってもがんばるの。わたしを守ろうとしてはだめ。協力するの。わかった？」

「はい」と答えるギーゼラのぬくもりを感じながら、トリアは周囲に目をやった。

辺りは暗い。扉近くにある燭台にろうそくが一本灯るのみだった。その燭台から蝋《ろう》が幾重にも垂れ落ちて、現状がそう見せるのか、おどろおどろしいありさまだ。

壁は剝き出しの岩でできており、表面には黒々とした苔《こけ》がびっしり生えている。土の匂いに、鬱蒼とした樹木の匂い。ちょろちょろと水の流れも聞こえる。

もしもギーゼラがこの場にいなかったなら、きっと泣いていただろう。彼女がいるから耐えられる。自分を保っていられる。

「ここは迷いの森、なのかしら。どう思う？」

「はい、迷いの森だと思います」

「扉がひとつに、窓もひとつ。……あそこだけね」

ふたりが仰いだ先には、鉄格子の嵌まった小さな窓が見えていた。景色を楽しむものではなく、明かりを取るためだけの窓。手が届きそうにない位置にある。

「あの……」

か細い声に振り向けば、見知らぬ娘と目が合った。その目は不安げに揺れている。

ごつごつとした部屋のなかにいるのは、トリアたちだけではなかった。話しかけてきた娘やトリアとギーゼラを含め、八人いる。

「私はベネケ村の宿の娘、ヒルダです。ここは……あの、本当に迷いの森なのですか？」

どうやら彼女は、トリアたちが宿泊する予定であった宿の娘のようだった。

「わたしはサッシャ。それから彼女はギーゼラよ。たぶん、ここは迷いの森だと思うわ」

ヒルダはうっ、うっ、と泣き出した。

「どうしよう……迷いの森に一度入ったら二度と出られないって……」

「それは違うと思うわ。森から出た人はいるらしいの。昔、ここから出た人たちが外に村を作ったそうだから。出る方法は必ずあるはずよ」

「本当ですか？　あの、うちの宿に怪しげな人たちがやってきたんです。黒い服で、不気味にとんがった頭巾を被っていて……ふたつの小さな穴から目だけ見えていました」

あの時、宿から聞こえたさけび声はその時のものかもしれない。

「あの、ヒルダさん。宿でトラウドルの騎士たちを見たかしら」

兄や画家、皆の無事を確かめたい一心だった。しかし、ヒルダは「いいえ」と否定する。

「わかりません……私、ずっと囲まれていたんです。壁みたいにはだかって、黒くて周りが見えなくて、なにもわからないんです。父さんや、弟のことも」

トリアたちの会話に、こちらを見ていた娘たちもわらわらと参加する。

「黒ずくめのやつらを見たの？　私も無理やり連れてこられて。小さな息子がいるのに」

「私はバーゼルトのダイチェルに住んでいるんだ。これって、神隠しなのかい？」

「わたしが神隠しなんて冗談じゃないっ。帰る！」

「帰るって言ったって、どうするの？　なにをやっても扉が開かないのに」

話が白熱しかけたその時だ。かつんかつんと足音が聞こえ、皆、黙りこむ。

「誰か、来る……」

がちゃり、と施錠を外す音がして、ぎぎぎと軋みを上げながら、分厚い鉄の扉が開かれた。光のすじが、トリアの足もとにまで伸びてくる。

ぞろぞろと現れたのは、先の尖った黒い頭巾を被る者たちだ。その数、約二十名。彼らの不気味な格好自体がいやおうなしに恐怖を掻き立てる。変わらず布に覆われた顔。娘たちは、ありったけの声でつんざくような悲鳴をあげた。

「静粛《せいしゅく》に！」

腹に響く野太い声だ。心なしか地鳴りすら感じられるような声。

圧倒された室内は、急速にしんと静まり返る。

黒を纏う者たちのなか、声を発したその者だけは、特別な人物なのか、全身緑色の服だった。皆と同じ形の頭巾を被り、顔は見えない。

「喜ぶがよい！」

その両手は、大きな玉でも抱えるようにして、恍惚《こうこつ》と頭上に向けられる。

「そなたらは、とこしえの都ウーヴェに選ばれし民である！」

トリアはまばたきを忘れ、恰幅《かっぷく》のよい緑の頭巾を見つめる。

たしか、旅の初日に訪れた宿で耳にした都の名前は――ウーヴェだ。

「これより選定の儀を開始する！　男を知らぬ無垢な娘は前に出よ。ごまかしは一切きかぬ。偽りは死で贖《あがな》うことになると知れ！」

緑の頭巾が、ぱちんと指を鳴らせば、背後に立つ黒い頭巾が包みを掲げた。皆の視線がそちらに向かうなか、包みがふぁさりと開かれる。そこに、若い女の生首が現れた。

「刮目《かつもく》せよ！　この者は無垢と偽りを述べし悪。ウーヴェの民たる資格を失った。ウーヴェは偽りを断じて許さぬ。しかし、偽りを申さぬならば飢えなきとこしえの楽園ぞ！」

トリアは信じられない思いでいた。まざまざと死を見せつけられている。しかし、頭が拒否して受けつけない。血の気のない青い顔。生首が現実離れして見えるのだ。同時に湧き上がるのは、底の知れない恐ろしさと死への恐怖。身体はこわばり、動かない。

トリアー以外の娘たちもまた、悲鳴どころか一言も発することがなかった。

「いま一度言う。男を知らぬ生娘《きむすめ》は前に出よ！」

娘たちが目をさまよわせると、「急がぬか！」と怒鳴られる。すると、おずおずと前に出たふたりの娘を皮切りに、もうひとり、それから宿の娘ヒルダも従った。

トリアはギーゼラを窺った。彼女はまだ若いが未亡人だ。彼女の亡き夫は騎士であり、七年前に戦で儚くなっている。震えながらその目を見つめると、うなずきが返された。

彼女と離れたくなかった。けれど――。

トリアは前に出ようとつま先をぴくりと動かした。と、同時に強い力で腕をつかまれる。目をまるくしたトリアがそちらを見れば、いつのまに近づいたのか、黒い頭巾の者がひとり傍に立っていた。

あまりの恐怖に、トリアは浅い息をくり返す。うまく空気が吸えずに苦しくなって前のめりになれば、腰に手が回された。

「いや……放して」

絞り出した声は情けなくなるほどか細い声だ。けれど、その手はトリアを放そうとはしなかった。それどころかさらに絡まる。

「なにをしておる」

緑の頭巾が、トリアを抱える者に言う。しかし、しばらく待てど答えはない。

「ウーヴェの息子よ、そなたらに自我は許しておらぬ」

話しながらも、穴から見える双眸は愉悦《ゆえつ》に細まった。

「しかしながら逸る気持ちはわからぬでもない。今宵は満月。まあ、よい。好きにせよ」

続いて、緑の頭巾の男はポケットからきらりと光るものを取り出すと、生娘だと名乗りを上げた娘たちの前に移動する。

男は手に持つ金の小箱に指を浸し、娘たちの額に赤い塗料で印をつけた。

「乙女よ、我に続け」

娘たちは、黒い頭巾にひとりずつ羽交い締めにされながら、扉に歩かされてゆく。皆、顔が引きつっているのは恐怖のためだ。

緑の頭巾は鉄の扉が閉まる寸前、かすれた声で、「儀をはじめよ」と命じた。


トリアは不気味な黒い頭巾に抱えられていて混乱したが、現状を打破しようと必死に思いをめぐらせた。なりふり構わずもがいているというのが正しいが。

――考えなくちゃ。……フラム、あなたならどうする？　どう切り抜ける？

部屋のなかにいる娘はトリアとギーゼラを含めて四人。対して、黒い頭巾の者たちは少しは退室したものの、いまだに十二人も残ったままだった。

黒い頭巾たちは白い布を用意しているようだった。金色の輪っかをそれぞれの布にのせている。その数、四つだ。輪っかには鈴がいくつもついていて、ちりちりと鳴っている。

トリアは、ギーゼラを探して視線を泳がせる。だが、向きが悪いのか彼女が見えない。

「ギーゼラ」と声を出しそうになり、奥歯を噛みしめた。なにが起きるかわからないいま、不用意に名前を呼んではだめだと思った。

――女性は、生娘とそうではない者に分けられた。なぜなのかしら。宿で、ウーヴェの男性も弱者と強者に分けられていたって聞いたわ。……なにか関係があるのかしら。

まぶたをゆっくり上げたトリアは、音を立ててごくりと唾を飲みこんだ。

――わたしは生娘だわ。でも、いまはそうではないところにいる。

ふいに、先ほど見た生首を思い出し、めまいを覚える。

――わたしは、偽っている。ここは、わたしがいてはいけないところ……。

どくどくと、これ以上速くなれないほど脈打つ心臓は、いまにも悲鳴をあげそうだ。いまからでも謝って、緑の頭巾の人について行かなければならない。追わねばならない。けれど、萎縮しきっていて、声が出てきてくれない。

「………は」

腰にある、黒い頭巾の腕が恐ろしい。背中に熱まで伝わってくるから余計に。その腕をどけたくて、トリアは身をよじるが、放すまいとしているのか、おなかにまで手は回り、固定され、得体の知れない者とさらに身体が密着しただけだった。

ぶわりと汗が噴き出した。冷たい汗だ。

――首を落とされる……。嫌よ、わたしはまだなにもしていないもの。フラムにぜんぜん誇れない。ちゃんと、濃く立派に生きなくちゃだめだもの。

視界が滲み、トリアは頬が濡れてゆくのを感じた。

――泣いちゃだめ。泣いてもなにもはじまらない……。

トリアは震えながら自身のおなかを見下ろした。黒い布に包まれた手は、禍々しく目に映る。その上に、あごから滴る涙が落ちた。

――この人、どういうつもりなの？　わたしはあの時、生娘だと申告しようとしたのに。

トリアははくはくと息を吸い、ぎゅっと口を引き結ぶ。

――どうして邪魔したの？　わたしを、殺したいから？　嫌よ、こんなわたしのままじゃ、生まれ変わってもまたフラムに会えない。同じところに行けない。

「きゃぁあああっ！」

突然の悲鳴にトリアの思考は停止する。その声は至近距離であがった。

目の前の娘が、黒い頭巾の者たち三人がかりでびりびりと服を裂かれはじめたのだ。

止めねばならない。止めるべきだ。けれど、喉の奥からか細く動物めいたうめきが漏れただけだった。足もがくがく震えていまにもくずおれそうだ。衝撃のあまり、身体の重みがトリアを抱える黒い頭巾にかかったが、それをなんとも思えないほど動転していた。

たちまち全裸に剝かれた娘は、足首に金の輪っかをつけられていた。鍵をかけているのは、輪を外させないためだろう。その上娘は切れ味が良さそうな小刀で髪を落とされた。ちょうど肩の位置の長さでばっさりだ。いやがる娘が足をばたつかせるたびに、輪についた鈴がしゃらしゃらと鳴る。

部屋は騒然となっていた。背後でも、いや！　やめて！　といったさけびが聞こえる。

トリアは、このままでは娘が乱暴されてしまうと思った。しかし、白い布を被せられただけで済んでいるようだった。大きな円状に裁断されたその布の中央には穴が開いていて、そこに頭を通す形の簡素な肌着だ。腰は藁《わら》のような細い紐で結ばれる。

娘はそのまま三人の頭巾に抱えられ、部屋の外に消えてゆく。

トリアは唇をわななかせた。

背後からトリアを抱える者以外に、ふたりの黒い頭巾がこちらににじり寄ってきた。彼らの手にそれぞれ握られているのは、鋭く研《と》がれた小刀だ。

――いや。このまま服を裂かれるというの？　嫌よ……。

トリアはむせび泣きながら、震える指で胸のりぼんを外し、ボタンに取り掛かる。押さえつけられ、無理やり裂かれてしまうくらいなら、自分で脱いでしまいたい。ぶざまなのは絶対に嫌だった。それは、王女としての矜持に他ならない。

トリアの動きに気づいたからか、ふたりの黒い頭巾は傍観しはじめた。

裂かれる前に早く早くと気が急くけれど、手はこわばって動きは鈍い。その上、画家の助手サッシャの装いはトラウドルのものよりも複雑で、やたらとボタンが多かった。

すると、見かねたのか、背後にいた黒い頭巾が、もたつくトリアの代わりにボタンに手をかけ、それらを素早く外し出す。トリアは目をまるくした。

トリアのズボンを脱がして裸にしたのも、髪を肩で揃えて切り落としたのも、白い肌着を被せてきたのも、足に輪っかをはめたのも、トリアを抱えていた黒い頭巾の者だった。

トリアは足もとに弧を描いて落ちる、はちみつ色の髪を見下ろした。

『おまえの髪、綺麗だな』

フラムのほうが綺麗な髪なのに、褒めてくれた髪だった。

これ以上泣くなと自分に言い聞かせてもだめだった。後から後から涙がこぼれ出る。

黒い頭巾に手を引かれ、トリアは足を引きずった。すると、遅いことに苛立ったのか、その頭巾はトリアの膝に手を差し入れて、身体を抱き上げる。じっと、トリアの足を観察しているようだった。

「いや、下ろして」と訴えようとしたけれど、言葉にならないかすかな声しか出なかった。抵抗するのは無理だった。身体はこわばり動いてくれない。

黒い頭巾はトリアを抱え上げたまま、大股で歩き、鉄の扉に向かい出す。

トリアは部屋から出る間際、必死にギーゼラを探したけれど、黒い頭巾の衣装に阻まれ、彼女を見ることは叶わなかった。

扉から出れば、短い髪が風に遊ばれた。これまでお尻の位置まであったから、首の辺りが寒い。

強風が吹きつけ、吹きさらしの回廊は嵐の様相だ。真っ暗闇で景色は見えないが、さざめきからして、多くの樹木があるのだろうと推測できた。

時折、大粒の雨が身体に打ちつける。ここは、まぎれもなく迷いの森のなかだった。

明かりは灯っていないが、ぼうっと発光する石が、おぼろげに道を示していた。

いばらが複雑に組み合わされた回廊は、幻想的だが禍々しい。黒で塗られた髑髏《どくろ》が等間隔でいくつも飾られていた。地獄があるならきっとこんな場所だろう。まるで明けない夜を表すかのようだった。全容はわからなくても、トリアはここは城なのだと思った。

「あの……ここは、ウーヴェのお城？」

トリアがおそるおそる発した声に反応したのは、トリアを抱えている黒い頭巾ではなく、前を行く者だった。マントをつけた背中が騎士のように広いのは、男だからだろうか。

「女王の城だ」

やはり男だ。想像どおりの低い声。トリアは相手が機嫌を損ねないよう言葉を選ぶ。

「……あの、黒い衣装のあなたたちは皆、男性なの？」

男は前を向いたまま、こちらを振り返らずに言う。

「そうだ。我らは選ばれしウーヴェの息子」

選ばれしとは、きっと、弱者と強者のうちの強者を指しているのだろう。

「どうしてあなたたちは顔を隠しているの？」

「女王ベアトリーセさまのご意向だ」

トリアは頭のなかで〝女王ベアトリーセ〟と復唱する。ウーヴェの王の名前だ。

「先ほどいた緑の衣装の人は……？　あの人だけあなたたちとは色が違ったわ」

「あの方は司祭、ゴットヒルフさまだ」

司祭――おそらくウーヴェには独自の宗教観や文化があるのだろう。男たちの奇妙な格好はそれに基づくものだと思われる。そもそも、城の造り自体がなじみのないものだった。いばらが這《は》う壁には、時折薔薇や目のモチーフが刻印されている。

「……あなたたちは、どうして女の人をこの城に連れてくるの？」

以前、フラムが言っていたことがある。古代の王朝では生贄《いけにえ》の文化があるのだと。トリアはそうでなければいいと願っていた。だが、古くから神隠しで消える女性の多さはどうしてもそれを連想させる。

「我らには、ウーヴェの乙女とウーヴェの母が必要だ」

トリアは首を動かし、唾液を飲んだ。

「先ほど赤い印をつけられた娘たちがいたわ。彼女たちが、ウーヴェの乙女なの？」

「そうだ。ウーヴェの乙女は女王のものだ。以上か、ウーヴェの母よ」

母、という言葉に嫌な予感しかしない。想像できるものはひとつだ。

「……わたしは、子どもを産むの？」

「そうだ。ウーヴェの母はウーヴェの息子を産み続ける」

トリアは血の気が引く思いがした。つまりウーヴェは、娘を攫《さら》い、子を産ませて長らえてきた国なのだ。

「息子……ではなく、生まれた子が女の子だったら？　娘もいるでしょう？」

「それはウーヴェの乙女となる」

「では、ウーヴェの母はみんな外から連れてきた人たちなの？」

「そうだ。母よ、あなたはめずらしい」

男の語調が変わったような気がして、トリアはさっと青ざめる。少しでも情報を得ようと質問をしすぎたのかもしれない。びくびくしながら「ごめんなさい」とつぶやいた。

「あなたはよく喋《しゃべ》る。さけばず暴れない。母であることを受け入れた。よって教えよう」

男は振り向きざまにトリアを見た。布に開くふたつの穴は深淵まで続いていそうだ。

「ウーヴェの母には毎夜、ウーヴェの息子が三人与えられる」

ぞくりと悪寒が走り、トリアは震える。話している男、トリアを抱えている男、そして後ろを歩く男。黒を纏うウーヴェの息子がちょうど三人ここにいる。

「母に与えられし時は一年。母よ、我らを用いて一刻も早く孕むのだ」

「あの……、わたしは……」

トリアは、自分は生娘だと申告しようとした。が、先に男が言葉を紡ぐ。

「子を宿さぬウーヴェの母は、城を脅かす悪となる」

「……悪？」

男は親指をぴんと立て、自身の首の左から、すうと右へと抜ける線を引く。そしておもむろに柱に埋めこまれた黒い髑髏を指差した。

つまり〝悪〟が意味するところは〝死〟ということか。柱に、壁に、無造作に。光る石が映し出す黒い髑髏の数は、よくよく見ればおびただしい。床にまで埋まっている始末だ。

トリアは鋭く息を吸う。

——これは、悪とされた人たちの……。

「古き息子も産まぬ母も偽りの乙女もすべて悪。息子は悪の首を切り落とし、髑髏に黒を塗るのだ。母よ、我らに黒を塗らせるな。あなたは長く生きるがよい。昼も夜も求めよ」

それは、子を産み続けなければ悪とされ、首を狩られると宣告されているようなものだ。

ウーヴェの母とは間違いなく短命だ。長くてもたかが知れている。

トリアは荒ぶる呼吸を必死に整える。

「……は。……ウーヴェの母は、一年で身ごもらなければ悪となるのね？」

「そうだ」

「では……子どもを産んだあとは、それからはどうなるの？」

「一年が与えられる」

「その一年で、次の子どもを妊娠しなければ？」

「悪だ。母よ、あなたは早く孕むのだ」

さして暑くもないのに、こめかみから汗が滴る。ここは、本当の地獄なのだ。

——なんてことなの。大変だわ。早く、ギーゼラを見つけて脱出しなければ、殺される。

ばくばくと心臓が暴れるなか、男はトリアの頬に触れた。恐怖におののいたが、萎縮しきった喉では悲鳴すらもあげられない。

「初々しき母よ、そろそろだ」

愕然《がくぜん》とするトリアを尻目に、黒布の穴から見える男の目が笑う。

「今宵、我らは尽き果てるまであなたを満たすのだ」


これまでトリアは、足を引きずるようになってもとりたてて悲観はしていなかった。フラムを失い、それどころではなかったというのが正しいが。

しかしいま、トリアは足が悪いことを悲観せずにはいられない。ギーゼラとともに脱出しようにも、方法を考えれば考えるほど、ますます彼女の足枷になるとわかるのだ。

目の前に広がる暗闇に、押しつぶされそうになる。

激しい頭痛に、トリアは額に手を当てた。こめかみがちりちりする。

――お父さまやお兄さまは……城のみんなは、つねにわたしの足を気遣ってくれていたのだわ。移動もなにもかも、わたしは普通にできないのに、手伝ってもらえることが当たり前になっていた。医師は少しは改善するかもって言っていたのに、めそめそしてなにも努力しなかった。だから、この足はうまく動かないまま。

心にうずまくのは後悔だ。ここで、子を産み続けるしかないのだろうか――。

死んだほうがましだと思いかけて、トリアはぶるりと首を振る。

――だめよ、フラムが言っていたじゃない。なにごとも諦めるなって。諦めなければ絶対に、いつか、願いは叶うって。

絶望するのは簡単だ。希望を見出すほうが難しい。けれど、トリアは諦めたくないと思った。いま、トリアもギーゼラも生きている。

――とにかくギーゼラを逃がすことを考えるの。お父さまやお兄さまに知らせれば、きっとここまで助けに来てくれる。だから、わたしはそれまでここで生きることを考える。

ぎゅっとまぶたを閉じれば、あふれた涙がすじを作って落ちてゆく。

鼓舞した心はいまにもしおれそうだった。こんなところで生きたくない。

嵐はさらに激しさを増し、風がうなりをあげていた。依然としてトリアは黒い頭巾に横抱きにされたままだった。歩調は乱れず、前へと進む。

トリアが閉じていた目を開けたのは、扉が開かれる音を聞いた時だった。

観音開きの扉に立つ黒い男ふたりが、重厚な扉を重々しく押している。

飛びこんできた光景に絶句した。これが現実だなんて、嘘だろう。信じたくない。

女がつける鈴の音。苦しそうな悲鳴に、泣きさけぶ声。甘い嬌声《きょうせい》。ぐちゅぐちゅとした淫靡《いんび》な音。激しく肌と肌を打つ音。男の喘ぎ。それらが混ざりに混ざってトリアの耳をねっとりと侵す。いままで嵐が音を消していたが、いま、それらは嵐の音を上回っている。

赤が基調の大広間。その中央には、黒い鉄が複雑に曲げられて、枝を広げる樹木を象る。それは燭台になっていて、いくつも灯るろうそくが辺りを煌々と照らし出していた。

赤い絨毯の上、男が女を組み敷いている。その数はひと目で数えきれるものではない。

女は、全裸にされている者、服を着たままの者、腰の紐を外されて、首で白い布がわだかまっている者とさまざまだ。男は裸になっている者もいるが、服を纏ったままの者が多かった。いずれも、先の尖った黒い頭巾だけはつけている。

退廃的な、むんと沸き立つ熱気に気圧され、吐き気を覚える。やはり、ここは地獄だ。

「母よ」

トリアはおなかに手をのせられ、びくりと跳ねる。語るのは、先ほどまでトリアの問いに答えていた男だ。腰の紐に手をかけられて、トリアは悲鳴をあげかけた。

しかし、トリアを抱えている男が向きを変え、大股で壁のきわに移動する。

「おまえが先か」

話しかけられても、男は無言だ。トリアは赤い絨毯の上に寝かされた。

かっと全身に血が駆ける。恐怖に錯乱し、身をよじって逃げを打つ。が、男は素早くトリアに覆い被さった。

「い、……いや」

トリアは首を横に振る。

「わたしは、違うの。わたしは」

生娘だと訴えようとした刹那、トリアは男の腕に口を塞がれた。話している途中で遮られたから、腕をくわえこむ格好だ。これではうまく話せない。

「う――。う……」

トリアは男の腕に手をやり、爪を立て、それを外そうともがいたけれど、力の差は歴然としている。その間に、男はトリアの足を無理やり大きく開かせて、自分の身体をそこにすっぽり収めていた。トリアは息が止まりそうになる。

至近距離にある男の顔。それは黒布に覆われているが、ふたつの穴から覗く瞳は、鮮やかな空色だ。奇《く》しくもフラムと同じ色。

こんなところで彼の色を見つけたくなかった。幸せで、光り輝く過去の日々。だからこそ、現状との落差に心がずたずたに切り裂かれる。奈落の底にいるようだ。

男はトリアの腰紐を外すと、おなかの位置まで服をたくし上げてゆく。のしかかる男の身体の下で、トリアの下腹はさらされた。そこに、すかさず手がのった。股間の上だ。

トリアはかっと目を瞠る。秘部に感じるひんやりとした手に、気がどうにかなりそうになる。このままでは、犯される。彼以外に、誰にも触れられたくないのに。

――嫌……！

けれど、男の手はトリアの形を確かめるように、もぞもぞとそこをまさぐった。ふたつの膨らみをなぞり、秘裂を割って、繊細ななかを掻く。乾いたあわいは引きつれた。つきんと痛み、顔を歪めたトリアはうめく。

「う、うぅっ！」

トリアは男の胸を押しのけようとした。しかし、力が足りなくて退けるのは不可能だ。次に足で蹴ってみるが、足はむなしく空を切り、鈴がけたたましく鳴るだけだった。

嫌だ、嫌だと首を振りたくろうにも、腕をくわえこんでいるいま、顔は少しも動かなかった。得体の知れない手は、いまだ足の間に置かれたままだ。

男の澄んだ青い瞳がこちらを見ている。こんな時なのに、この目はひどい。

すぐさまそれは、あふれる涙で見えなくなった。トリアの目から、ぼたぼたとしずくが垂れ落ちる。

『子は、おれじゃなくて全員おまえに似ればいい。おまえごとかわいがってやる』

脳裏にしみつく過去の声。

――嫌よ、こんなの、嫌だもの…………助けて！

ここにいないとわかっていても、願ってしまう。二度と会えない人を呼ぶ。

――フラム！

トリアは、うっ、うっ、と子どものように泣きじゃくる。すると、股間にある男の手がトリアのおなかに這い上がった。

びくりと身体がこわばった。足をばたつかせて抵抗すると、男の指がおへその上部でうごめいた。最初、なにをされているのかわからず混乱した。だが、途中でそれが文字だと気づく。

【泣くな】

トリアはひくっと喉を動かす。まつげを上げれば涙が飛び散った。

【声を出すな】

怖々と男を窺えば、男はじっとトリアを見ている。

【女王は城のすべての音を拾う。話は筒抜けだ】

何度もまたたけば、男の青い瞳が細まった。

【夜は誰とも会話をするな。すべて聞かれていると思え】

口を押さえつけられているので、トリアは同意の代わりに、短く「う」と声を出す。内心、文字に困惑していた。信じがたいが、この男は味方なのだろうか。

【いまからおまえを抱く】

とたん、トリアの顔は恐怖で引きつった。が、身をよじった時に書かれた文字で、動きを止める。

【抱かなければおまえは殺される。痛いぞ。だが耐えろ】

トリアはそろそろと男を見やる。やはり、澄んだ空色だ。

青い色を見ていると別の感覚にとらわれる。その瞳は揺れている。たくさんの想いを放ち、トリアに語りかけている。

トリアはまばたきもせず、その瞳を凝視した。

なぜ、いままで気づかなかったのか――。毎日、毎日、夢見てきた瞳を。

そう、トリアがこの目を見間違えるはずがないのだ。

【おまえならできるな？　トリア】

どくん、と鼓動がはじけて、身体のそこかしこで跳ね返る。

――フラム！

ぶわりと涙が噴き出し、トリアは真っ赤な顔で、しきりに「う――！」と彼に訴える。生きていた！　生きていてくれた！

トリアは、彼の黒くて分厚い布をにぎりしめた。思いがあふれて、手が震える。話したいことがたくさんある。聞きたいこともたくさんだ。声が聞きたい。キスをしたい。抱きしめたいし、抱きしめられたい。傍にいたい。放したくない。離れたくない。もう二度と。

トリアはじっと彼の瞳を見つめた。きらきらと、熱くて甘い光を帯びている。その目が、愛していると言ってくれているような気になった。

――フラム、大好き！　愛してる！

彼の手が、ふたたびトリアの足の間に伸びてくる。彼の行動すべてが愛しく思えて、トリアは緑の瞳で言葉を返す。

なにをされても構わない。

ふにふにと彼の指が膨らみを押し、秘裂がぱっくり開いたその隙間に、別の指がしのびこむ。彼はなにかを探す動きをくり返し、たどたどしくあわいを移動する。

彼は目的のものを探し当てたのか、そこをゆるゆる押してくる。トリアでも触れたことがない小さな芽。かわいがるような、いじめるような、いたわるような手つきだ。

ぞくぞくとなにかがせり上がるのを感じた。

「う……」

快感に目を細めれば、彼の瞳も細くなる。

その秘めた芽は、指の腹でくるくる回転させたり、愛でるように潰される。

腰の奥がせつなくうずく。未知の感覚は広がりをみせ、ひくひくと秘部が反応し、そこがじわりと潤ってゆくのがわかった。

「……ふ。……ぅ」

トリアは唾液がこぼれてしまいそうになり必死に喉を動かした。依然として彼の指は止まらず、下に滑り、くちゅくちゅと花びらごといじくった。また、なにかを探す動きを見せたあと、ぴたりと止まる。力が入ったと思えば、指は小さな穴をこじ開けた。

痛みがじくんと身体を走るが、耐えられない痛みではない。けれど、指が増やされた時には、トリアはびくりと足を動かした。

──痛い……く、ない。

指は、なかをまさぐった。大きく広げるような動きだ。ぐちゅ、ぐちゅと音を感じて、羞恥に頬が紅潮する。四度ほど同じ行為をくり返した彼は、ごそごそと自身の服に触れ、ふう、と大きく息を吐く。

いまからなにをするのか、無知なトリアでもわかる。

トリアは彼の瞳を見ていた。また、彼も目を逸らさない。ずっとこちらを見つめていた。まばたきすらも惜しかった。五年も会えなかったのだ。彼を夢に見て、幸福に満たされ、現実を知り、いない事実に絶望し、虚無がくり返されてきた。だからいま、彼と過ごす時間がなににもまして尊かった。

トリアは一旦目を閉じて、ふたたび彼を見つめる。

彼がいる。夢ではない。まなじりから涙が伝う。

熱くて硬いものが秘部に当てられた。

——フラム、好き。

びくん、とトリアの身体がこわばる。彼の先が、トリアにぐぐっと押し入った。

その小さな身体は十分な支度ができていない。トリアは無垢で閉じたまま。しかし、時間はかけられないのだ。トリアは生娘としてここにいるわけではないのだから。

「うう、う……う！」

苦しい声を出したくないのに、彼に聞かせたくないのに、それでもおなかの底からうめいてしまうほど、その痛みは猛烈だった。あまりの痛みでトリアの肌は総毛立つ。ぶるぶると身体も震える。どこかの血管だってねじ切れそうだ。

黒い頭巾を被った彼は、じっとトリアを見つめる。彼の身体も震えている。

——大好き、フラム……。

トリアは大丈夫という気持ちをこめ、ぎゅっと目を閉じ、また開いた。

壮絶な鋭い痛みだ。裂けてゆくようだった。冷や汗が玉となって浮き出る。けれど、彼を愛しているから、なんだって耐えられる。

彼は指を秘部からおなかに移動させ、文字を書く。

【おれの腕を噛め】

拒否するトリアは目を伏せる。しかし、彼は引かないようだ。

【おれは夫だ。いいから噛め】

——夫？……夫。わたしは、フラムの妻。

なによりもうれしくて、幸せで、トリアは同意をこめて、彼の腕に軽く歯を立てる。もとより噛む気はさらさらない。

すると、図ったかのように、彼は腰を後ろに引いて、一気にそれを突き立てた。

トリアは緑の目をいっぱいまで見開いた。ぶちぶちとなにかが切れているようだった。焼けつく痛み。痛くて、痛くて、頭のなかが白くなる。息すらできない。

トリアは彼の腕を、知らず力のかぎり噛んでいた。気がついたのは、鉄の味が口いっぱいに広がってきてからだ。

上に被さる彼は小刻みにわなないていて、かすかに聞こえる彼の吐息はとぎれとぎれで苦しそうだ。トリアが怪我をさせたからだろう。ごめんなさいと伝えたくて彼の瞳を見つめたけれど、彼はなにかに耐えるようにまぶたを閉じていた。

舌を動かし、彼の腕をやさしく舐める。すると、トリアのなかで、硬い猛りがぴくぴくと脈打った。

トリアは彼を感じて愛しい思いが破裂して、無意識に、なかの彼を強く強く抱きしめる。

きゅうっと胸を高鳴らせていると、蠢動《しゅんどう》したあと、熱いものがどくりどくりと注がれるのがわかった。その熱は、じわりと染みいるようにトリアのなかに広がった。

息を荒らげた彼は、悔しそうに目を開く。

どうして悔しそうなのだろう。トリアは不思議に思ってまたたいた。

【もう少し奥までいく】

おなかに文字を書いた彼の指は、トリアの秘部に戻されて、小さな突起に触れてくる。そこをくちゅくちゅいじられて、トリアは官能に耐えきれず、胸をつんと突き出した。

鼻から抜ける息は艶を帯びていた。うずく奥が収縮する。トリアが悶えていると、勢いを失っていた彼の嵩も硬さもぐんと増す。彼は腰を前後に揺らし、奥までじわりじわりと割り入った。トリアの最奥と、彼の先端がくっついたのがわかった。

——フラム……。

彼の瞳は、幸せそうに細まった。彼は結合した部分をなぞる。

それは、ふたりがひとつになっていることをトリアに教えているようだった。

ふたりの交接は、愛があるものに見えてはならなかった。他の娘たちが犯されているように、無理やりなものでなくてはならない。なぜなら黒い頭巾をつねに被っている男と、攫われてきたばかりの娘だ。そこに特別な心の動きが生まれるはずがないのだ。

幸い、トリアの口はフラムの腕で押さえこまれているため、強引に娘を組み敷いているようにしか見えず、近くにいるウーヴェの息子ふたりは、この関係に気づいていなかった。

トリアは、つかの間だけれど周囲の狂気を忘れ、彼への想いを噛みしめた。

フラムは律動を開始する。彼を知ったばかりの入り口は限界まで開かれ、擦れて痛みを伴った。けれど、途中で彼が秘めた芽に触れてきたため、あふれた液で軽減されてゆく。

彼となら、なんでも耐えられる。彼の瞳はトリアを映し、トリアも彼だけを見ている。

様子が変わったのは、ほどなくしてからだった。

トリアたちを窺う黒い男ふたりは傍観に飽きたのだろう。ひとりは前方で四つん這いにさせられている娘のあごを持ち、「しゃぶれ」と己の性器を舐めさせた。

そして、残るひとりはこちらにゆっくり歩み寄ってくる。トリアはフラムに夢中で、顔の近くに男の靴が来るまで気づけなかった。男はぬっと、トリアの顔を覗きこむ。穴から見えるのは黒い目だ。上気していたトリアは表情を失った。

「母よ、どうだ気分は」

声で、先ほどトリアに話しかけていた男だとわかる。トリアはかたかたと震えた。

「善《よ》がれ」

黒い頭巾の男は、フラムの腕をつかむと、トリアの口から離させた。

トリアが瞠目するなか、男は目に愉悦を浮かべ、トリアの白い肌着を上から抜き取る。

肌が、明かりにさらされた。

――嫌……！

男は胸を凝視していた。手で隠そうとしたけれど、指がぴくりと動いただけだ。抵抗すれば、状況は悪化の一途をたどるだろう。下手に隠せない。

「あなたは身体も初々しい。乙女のようだ」

怯えていると、男の両手がトリアの乳房にそれぞれのった。円を描くようにもみしだかれて、左右の薄桃色の突起が指でぐにぐにに遊ばれる。

――フラムにも触れられたことがないのに。

声が出そうになり、歯を嚙みしめる。けれど漏れた。

「あ……、ああ……」

小さな尖りは潰され、爪でしごかれ、つねられる。鋭い刺激が身体を貫く。くしゃくしゃに顔を歪めて、喉をのけ反らせたトリアの腰を、フラムが持った。彼は激しく腰を打つ。トリアは彼の動きに合わせて揺すられながら、大きな手に胸を弄ばれた。

フラムが抽送を続けるのは、いま隙を見せたり、動きを止めたりすれば、黒い頭巾にトリアが犯されるからだとわかる。フラムの青い瞳は憎悪に燃えていた。

奥にずん、と彼が来るたび、内臓が圧迫されるが、苦しくても痛くても、もっとそうしてほしかった。

「んう。……あっ」

幸せはどこかに飛んで消えていた。それでも、フラムが傍にいて、ひとつになっているから救われる。

フラムには、助けてとは言えない。いや、絶対に助けてなどほしくない。わかるのだ。この黒い頭巾にいま歯向かえば、トリアもフラムも〝悪〟となる。

――一緒に、生きるんだもの。

「どうだ？　ウーヴェの母よ」

なんと答えるべきなのか。なにが正解なのかわからず、トリアは荒い呼吸をくり返す。一番避けたいことは、この男をなかに受け入れること。

想像だけで怖気が走り、死んだほうがましだと思った。

「……気持ち、いいわ。もっと……触ってほしいの」

思ってもいない言葉だ。少しも触ってほしくない。しかし言わねばならない。この男は自分を抱くためにここにいるのだ。そうさせない方法は限られている。失敗できない。

恐慌状態のトリアは唇を震わせた。泣きたくないのに涙が滲む。

「さらによいところがある」

手が下腹に伸ばされ、それが届く寸前、トリアは慌てて言った。

「わたしは胸が、好きなの。だからお願い……そっちを触って」

「いいだろう」

なにを思ったのか、黒い頭巾はトリアの胸に顔を埋め、自身の布をずらして舌を出す。その舌がトリアの胸を這いずり回る。小さな乳首はふるふる震え、舐めしゃぶられて、激しく吸われ、そして噛まれた。

「ああっ。く、……あ……」

先端がぴちゃぴちゃと口に含まれるなか、もう一方の先は指で強くいじられる。

切羽詰まったトリアが絨毯を引っかけば、上に熱い手がのった。汗ばんだフラムの手だ。

もっと、もっと突いてほしかった。痛みなどどうでもいい。胸のおぞましい感覚がわからなくなるほど、彼がもたらす刺激がほしいと思った。

察してくれたのだろう。トリアの奥の奥に彼が何度もきてくれた。抽送に合わせ、大きく足を開いたトリアの鈴が激しく鳴っている。

――フラムとなら、なんだって耐えられる。

おなかに彼を感じながら、トリアはぎゅっと目を閉じた。

＊　＊　＊

これが夢ならいいのにと、思いかけて否定する。夢など嫌だ。夢じゃないほうがいい。

こんな地獄のなかでもフラムに会えたのだから。

どんな不幸に見舞われようと、彼といられるならなんでもしたいし、できると思った。

下腹を苛む痛みが、確かな彼の存在を教えてくれて、トリアはふっと息をつく。

あれからいつのまにか気を失って、起きた時には、黒い頭巾の男たちは大広間から消えていた。フラムもいない。残っているのは女たちだけだった。

永遠にこの時が続けばどうしようと心底怖がりながらも、おなかのなかの彼は永遠であればいいと、行為のさなかに願っていた。あれがどのくらい行われたのかわからない。けれど、相当長い時間だったことは確かだ。

疲れ果てたトリアはいま、動けないでいた。熱を持つ身体は重だるい。なにを見るでもなく、ぼんやりと目を開けていたが、ふいに大広間の中央にある巨大な燭台が目に留まる。

大木を象った燭台は、半数近くの火が消えていた。節の部分に黒い髑髏が埋められており、その目の空洞は、こちらをうろんに覗いているようだった。

仰向けでいたトリアはゆっくりと横を見る。

他の娘たちも、トリアと同じ状態なのか、動いていない者が多かった。時折ちりちりと鈴の音がするのは、皆、足首に輪をつけられているからだ。

裸にされたはずなのに、トリアは白い服を着ていた。他の娘も同じく裸の者はいなかった。いまだに寝ている者も同様だ。全員が同じ服、同じ髪の長さだった。

トリアは服の隙間から、じくじくと痛む胸を見た。薄い桃色のはずの頂は両方真っ赤に腫れている。白い膨らみには赤い印が散っていて、歯の痕だっていくつもついていた。

トリアは、黒い頭巾がフラムに『代われ』と言うたび、男に胸への愛撫を乞うていた。擦れて腫れて激痛だったが、それでもフラムに取って代わられるよりはましだった。

「あんた、ここははじめて？」

突然話しかけられ、トリアはゆるゆるとそちらを向いた。赤毛の、人懐こそうな女性だ。

「ええ、昨日ここに連れてこられたの」

トリアが身を起こすと、秘部からとろりとなにかがこぼれるのがわかった。もぞもぞと足をすり動かせば、彼女がにじり寄ってきた。

「だろうと思った。神隠しにあったばかりの女は見ればわかるんだ。大変だっただろう？　少しここのことを教えてあげるよ」

女性は「あたしはヘルガ」と言ったので、トリアも「サッシャ」と名乗った。

「とにかく逃げないほうがいいよ。どんなに隠れても見つかるし出口だってないからね。どうしたって戸が開かないからなにをやっても無駄なんだ。ひどい拷問をされるだけさ」

トリアが困惑しきっていると、察した彼女が続ける。

「なぜ知っているのかって？　あたしがね、逃げて失敗したからさ。ひどい拷問だった」

ヘルガは腰の紐を解き、白い服をぺらりとめくって「ほらね」と自身の裸を見せた。そのおなかは痛々しかった。不気味な目と薔薇の焼印が押されている。赤くミミズ腫れになっている箇所は鞭の痕だろう。肌が所々裂けたのだ。いたましい傷跡に言葉を失う。

「これを見た女は大抵あたしに近寄らない。自分まで不興を買うと恐れているのさ」

ヘルガは、手で口もとを覆っているトリアをさみしげに窺った。

「あんたはどう思う？　あたしに関わりたくない？」

「いいえ、そうは思わないけれど……ただ、痛そうで……。痛くはないの？」

少し表情を明るくした彼女は唇を引き結ぶ。

「もうふた月以上は経っているから痛みはないよ。そうそう、あたしはここに来てから五か月ほどなんだ。だからわからないことはなんでも聞きな。それからね、ここでは毎日違う男が三人用意される。でね、赤子を身ごもれば待遇がはるかによくなるらしい」

「毎日、違う人が？」

トリアの鼓動はざわめいた。

「そうだよ。まあ見た目があの頭巾だろ？　違うって言っても同じようなものだけどさ、男は続けて同じ女と性交しない決まりになっているんだ。でも、そうだよね。男に種がなければ女は妊娠しないから、相手を固定したら確率が減る。とにかくこの城はやたらと子をほしがっているんだ。ここでは女は、卵を執拗に求められるにわとりってところだね」

動悸が激しくなって、トリアはそこに手を置いた。今夜、フラムは来ないのだ。

いままで再会できた喜びが強くて失念していた。彼がここで生きているということ。あの先の尖った黒い頭巾の格好は――すなわち彼は、〝ウーヴェの息子〟になったのだ。

フラムが他の誰かを抱くのを想像すれば泣きたくなってくる。

彼の子どもだっているかもしれないと考えて、トリアの気持ちは奈落に沈む。

――嫌よ……フラム。

トリアはすかさず思い直して首を振る。

――なにが嫌なの。フラムが生きているのだから、なにがあったって喜ぶべきなのに。

握ったこぶしが震える。そんなトリアに、ヘルガは「ねえサッシャ」と呼びかけた。

「ここは狂った所だろう？　悲観するのは当然さ。だから情緒が不安定な女が多いんだ」

トリアはヘルガの言葉に、うつむき加減の顔を持ち上げる。

「そいつらになにを言われても気にしちゃいけない。心ない言葉に傷つくのはばかげているからね。あのさ、ちょっと言葉が難しいんだけど、あたしのように、自分を人じゃなくて動物だと割り切ればここの暮らしもましに見える。衣食住には困らないし。ね？」

トリアはいたたまれなくなった。この城から逃げようとした彼女は自由を望んでいたはずだ。なのに、発言には諦めが滲んでいる。しかしながら、希望をへし折られても、彼女は明るくいるようつとめている。それはトリアへの気遣いだろう。

トリアはヘルガを好ましく思うと同時に、ふと、ウーヴェの男の言葉を思う。

〝ウーヴェの母〟の命の期限は一年だ。ヘルガはここに来て五か月ほどだという。つまり、残された時はあと七か月。彼女の口ぶりからして、期限があるなど知らないだろう。

トリアは事実を伝えるべきか、判断できなかった。期限を知れば、彼女の地獄がより地獄と化すのは間違いない。不用意に告げたあとの結果を思えば、心臓がきりきり痛む。

汗を浮かせて悩んでいると、ヘルガは両手を頭上にあげて「ん」とのんきに伸びをした。

「あたしはベンソン村ってところに住んでいたんだけど、そこで一緒に神隠しにあった幼なじみのヤネットは身ごもって別のところに連れて行かれたよ。だから早く孕んでヤネットに会いたいんだ。あの子、ずっとあたしにべったりでさ、いま、心細いと思うから」

「友だち想いなのね」

「そうだね、放っておけないよ。ああ、これを言い忘れてた。ここの大広間は満月の夜に必ず連れてこられる場所なんだ。妊娠しているのか調べる場所って言ったほうが早いのかな。儀式が終わったあと、女は性器を調べられるんだ。あんたも調べられたはずだよ」

ぞっとする話だが、トリアはフラムがおなかに書いた文字を思い出し、合点がいった。

【抱かなければおまえは殺される。痛いぞ。だが耐えろ】

だから彼はこの場所で、トリアを抱いたのだ。

そこで疑問を覚える。なぜフラムはトリアをウーヴェの乙女ではなく母にしたのか。

「あんたも災難だったね。攫われてきた日がちょうど満月だなんてさ。でも、こんな樹海のなかじゃ月なんて見えっこないのに、どうして月にこだわるんだろうね」

「もしかして月の満ち欠けを重視しているのかしら。人の体調や感情は月に影響されるのですって。満月の日に生まれる子どもも多いらしいわ。月はとても神秘的なものだもの」

それはフラムの受け売りだった。かつてふたりでトリアの部屋から月を眺めた時に、『ぜんぜん眠くない』とぐずるトリアに、『これだからちびは』と彼が語ってくれたのだ。

「へえ、博識だね。あたしにはさっぱりさ」

「わたしの大切な人が教えてくれたの。あの、ヘルガ。聞きたいのだけれど、神隠しにあった女性はウーヴェの母とウーヴェの乙女に分けられるでしょう？　乙女ってなに？」

ヘルガは「それはあたしもわからない」と肩をすくめる。

「乙女がどこにいるかも知らないんだ。少なくともあたしは一度も見かけてないよ」

「あの、もうひとついい？　わたしたちは行為を断れるのかしら。強制なの？」

「断れるよ。体調がよくない時や月の障りの時は、男に言えば手を出してこないんだ。でも、満月の日はどんな理由があってもだめ。女に拒否する権利はない。なにがあろうと抱かれる決まりだ。男だって普段は大人しくても満月の日だけは違う。あれは獣《けもの》だね」

「女性は満月の日は断れないし、そして、妊娠を調べられるのね」

トリアは唇を指でつまみながら思案する。ウーヴェでは、満月の日に女性を選定する習わしなのだ。つまり、一年という時の期限は、満月を十二回迎えることで測るのだろう。

「女は家畜みたいなものさ。男だって似たようなもんだ。あの黒ずくめのやつらは無口でね、話しかけても会話が成り立たない。性欲だけいっちょうまえのでくのぼうさ」

ヘルガは「そろそろ移動しないとどやされるよ」とトリアの手を引っ張った。

「誰もあたしと一緒にいたがらないけど、あんたは来てくれるだろう？」

「もちろん行くわ。でも、わたし、人を捜さなくちゃ」

「人を捜す？　こういった大広間は他にも三つあるよ。青の間、緑の間、黒の間ってね。ここにいないならいま捜すのは難しいんじゃないかな。結構離れているからさ」

「三つもあるのね」としょんぼりするトリアの髪をヘルガが撫でてきた。

「じきに会えるさ。同じ時に攫われてきた女は、一度めは場所を離されるって聞いたことがある。顔見知りが揃えば脱走しようって考えるからだろうね。でも確実にそうなるよ。

あたしはヤネットと二度めの大広間で一緒になって、それで話して逃げることにしたんだ。その時ヤネットは身ごもっていたから助かったけど、あたしは見てのとおり拷問」

話を聞きながら、トリアはフラムの言葉を頭に描く。

【夜は誰とも会話をするな。すべて聞かれていると思え】

トリアは頭上近くにある窓を見た。自然な光が淡く落ちている。

「あの、ヘルガ……その、ヤネットと話し合ったのは、昼だった？　それとも夜？」

「朝方だね。あの子とは寝る前に色々話していたんだ」

朝方──陽が昇る前なら、それは夜だ。

【女王は城のすべての音を拾う。話は筒抜けだ】

きっと、彼女たちの会話は女王に聞かれていたのだ。トリアは背すじに冷気を感じた。

「ヘルガは女王を知っているの？　見たことがある？」

「ああ、女王ベアトリーセ？　見たことはないよ。女王に会えるのは司祭ゴットヒルフとエミール、それからウーヴェの乙女だけって話さ」

「ゴットヒルフとウーヴェの乙女は知っているわ。けれど、エミールって？」

「あたしは見たことがないけどさ、びっくりするほど美形な男らしいよ。でもね、根暗な上、喉が潰れているとかで口が利けないんだってさ。あたしが話を聞いた子は──ああ、さっき話したヤネットなんだけどさ、あの子、エミールが好きなんだ。面食いだからね。あんたも見れば恋をしてしまうかもしれないよ。思春期だろう？　夢見る年ごろだ」

「わたしは、恋はしないわ。だって……」

トリアは彼を浮かべて頬を染めたが直後にうつむいた。会いたいけれど会えるだろうか。

「じゃあ、移動しようか」と言うヘルガに、トリアはうなずいた。


扉を抜けると、眼前に現れたのは深い緑だ。城は原生林のなかにある。木は太々しくそびえ立ち、幹は力強くうねって他の樹木と絡み合うものもある。木の向こう側は光が届かず濃い闇だ。風はない。獣の鳴き声がこだまする。猛禽も時折騒ぐ。

上を仰げば空は狭い。鬱蒼とした木が両脇から迫っている。垣間見える青空は、嵐が過ぎたことを告げていた。

トリアは目を閉じ、すんと鼻で息を吸う。空気はこの上なく澄んでいる。回廊から階下を覗けば、木の根が石造りの城に食いこみ、さも一体であるかのようになっていた。風化して苔むす様子から、この城の歴史が窺える。完全に浸食された歩廊の先にあるのは廟のようだった。人を寄せつけないありさまだ。おそらく、ウーヴェは相当昔から存在する。

「ここは四階。一階は男たちの巣窟《そうくつ》だよ。ごろごろいる。他にも建物があるんだけど、かなり広いよ。しかも迷路みたいに複雑なんだ。迷子にならないように気をつけな」

足を引きずるトリアに対し、ヘルガは「あたしにつかまりな」と肩を貸してくれたから、幾分歩きやすくなっていた。彼女は「その足じゃあ偏見《へんけん》にさらされてきただろう？」と憐れむので否定する。どうやら世間ではそうらしい。

「あんたはやさしい世界で生きてきたんだね」

ふいにトリアが足を止めると、ヘルガが不思議そうに顔を覗きこんでくる。

「ねえヘルガ、あなたの親切に本当に感謝しているわ。けれど、どうか、わたしの身になにか起きても犠牲になろうとしないでね。わたしは、それだけは嫌なの」

ヘルガは、ふっ、と息をこぼした。

「じゃあこうしよう。あんたはあたしの犠牲になってまであたしを助けようとしないこと。そしてそれはあたしもだ。でも、助けあっていこうじゃないか。あたしたちは仲間だ」

トリアがうなずけば、彼女がはちみつ色の頭頂部にぽんと手をのせた。

「あんたって不思議な子だね。あたしに偏見を持たない。不安そうだけど落ち着いているし、弱そうだけど芯がある。それに、絶望していないね」

絶望していないのは、ギーゼラがいるし、なによりもフラムに会えたからだろう。

「わたしね、ここから出られるって信じているの。絶望するひまなんてないわ」

「出られるって、本気かい？　さっきやめとけって忠告したはずだよ」

眉をひそめる彼女はトリアが歩きやすいよう、腰に手を添えた。

「あんたが逃げる時は協力しない。あんたが拷問される手伝いなんてしたくないからね。言っちゃ悪いけど、その足じゃあ無理だよ。あたしですら逃げられなかったんだから」

トリアは自分の足を見下ろした。右足は引きずっている。動くたびに、足首の金の輪につく鈴が、ちりりちりりりと鳴っている。

「確かに無理かもしれない。でも、諦めないって決めているの」

それに、奇跡を知っている。フラムに会えた。

「ねえヘルガ、わたしがこの城から出られる道を見つけたら、あなたも来てくれるでしょう？　あなたのいたベンソン村はトラウドルにはないからバーゼルトの村ね？　無事にここから出て、いつかあなたのところに遊びにいくわ。そして、思い出話をしましょう？それを目標にすれば結構がんばれると思うの」

涙を浮かべたヘルガはトリアの脇に手を差し入れて、いきなりトリアを持ち上げた。抱っこだ。「もう、あんたって子は」と、やわらかな口がトリアの頬にくっついた。

「あんたがベンソン村に来たら歓迎するよ。母さんに頼んでうんとご馳走を用意する。母さんの料理はとびきりおいしいんだ。あたしの自慢だよ」

「楽しみだわ。でも、お願いがあるの。豆はあまり得意じゃないから少なめにしてね」

ヘルガはぐす、と洟《はなみず》をすする。

「だめだよサッシャ、好き嫌いはいけない。あんたが食べられるようなおいしい豆料理を用意するさ。従姉妹も食べられなかったけど母さんのだけは食べられるんだから」

その後、ふたりで目を合わせて微笑んだ。

歩き慣れていないトリアの足は、ほどなく悲鳴をあげていた。すると、ヘルガは「おぶさりな」とトリアに背中を差し向けた。

トリアは感謝しながら首に抱きつくと、ヘルガはくすりと笑った。

「おかしいね、どうしてだろう。あんたには進んでなんでもしてやりたくなる」

「ヘルガがとびきり親切なのだわ。どうもありがとう」

話しているさなかに喘ぎ声を耳にして、トリアはぴしりと固まった。昨夜の大広間を思い出す。柱の陰で、黒い頭巾に抱かれている娘がいた。ヘルガは声をひそめ、「男を誘って早く身ごもろうとする女が多いんだよ。大抵はお産を経験した女だね。あっちの生活はよほどいいから戻りたいんだろう」と言った。

「男が怖いのはあの見た目だけさ。こっちが城から逃げ出そうとしないかぎりはなにもしてこない。やつらは満月の日以外は大人しいから、変な話、されたくない行為は拒めばしてこないよ。逆にしてほしいことがあればそれをしてくる」

ヘルガは声をひそめる。

「今夜、男が来たら性器を舐めさせてごらん？　そのあとで行為をはじめるんだ。そうすりゃしんどいのは犯される満月の夜だけになるから」

トリアはいくらヘルガが好きでも、いまの話には背すじが冷えた。身の毛もよだつ。

「抵抗があるかもしれないけど、舐められたほうが楽なんだ。ほら、あれを見なよ」と、彼女は遠くを指差した。そこでは、男が足を広げた女の股ぐらに顔を埋めている。

トリアがうろたえると、背後に影がちらついた。嫌な予感を感じつつ、振り向けば、傍に先の尖った頭巾を被った男が立っていた。

トリアは思わず小さくさけんだ。すると、男はなだめるようにトリアの背中に触れてきた。怯えきったトリアの目に映りこむのは、青い空色の瞳だ。じわじわと視界がぼやける。

「なんだいあんた。お呼びじゃないんだ、あっちへ行きな！」

捲したてるヘルガの身体にトリアは手を回して抱きついた。

「だいじょうぶよ、ヘルガ。違うの」

「は、違う？　なにを言ってるんだい？」

その言葉が終わると同時に、彼はヘルガの背からトリアを下ろし、抱き上げた。

「ちょっ…ちょっとあんた！　なにを勝手に！」

ヘルガは真っ赤な顔をしていたが、穏やかでいるトリアを見て、不満げだが言葉を止めた。そして彼に向けて指をさす。

「いいかい、後であたしのもとにこの子を連れてきな。連れてこなかったら承知しない。この子にひどいことをしたらただじゃおかないよ。あんたを八つ裂きにしてやる」

トリアは笑顔を浮かべて彼女に向けてうなずいた。

「だいじょうぶだから。必ずあなたのところに連れてきてもらうわ」

「約束だからね？」

ヘルガが心配そうにこちらを見守るなか、彼はきびすを返した。

五章

トリアは彼の目を見つめ、フラム、フラムと心のなかで語りかけていた。彼はまっすぐ前を見たまま歩いているが、時折視線をくれるから、胸がはちきれそうになる。

思いっきりフラムとさけんで飛びつきたいのに、できないからもどかしい。鼓動が高鳴りすぎて、周りに聞こえないかと不安になった。彼といられることが幸せすぎて、トリアは顔がほころばないよう、一生懸命しかめ面をしていた。

彼はふたつ角を曲がり、扉を開けて、奥まったところにやってきた。鉄錆《てつさび》と埃の匂いが充満する部屋だった。錆びた鎧がびっしり置かれていて、蜘蛛の巣だって張っていた。

仄暗い部屋は陰気に感じるものだが、いまは明るいよりも安心だった。気分が落ち着く。

外から開かないようにするためだろう。扉を背にしてトリアを下ろした彼は、おもむろに黒い頭巾に手をかけ、ずるりとそれを引き抜いた。とたんトリアは目を瞠る。

長いまつげはそのままだけれど、大きな空色の目は切れ長になり、すっと通った鼻すじと薄い唇は鋭利になっていた。五年を経てかつての面影を残しつつも彼は変わった。中性的でありつつも精悍さを持つ大人になった。しかし、もっともトリアが驚いたのは、きらきらと光っていた白金の髪が、いまは漆黒であることだ。

トリアがまばたきを忘れて魅入っていると、彼の顔が流れるように近づいて、形のいい唇が、そっと、遠慮がちにトリアの口にのせられた。

彼が深く息をつくから、トリアもついた。触れるだけのくちづけはくり返される。合間にフラムと呼ぼうとしたけれど、途中で彼が塞ぐように口を食む。息を止めていたため苦しくなって、大きく空気を吸いこめば、彼はトリアの手をとって、腕に指で文字を書いた。

【トリア、すまなかった。痛かっただろう】

行為のことだと思った。トリアは「痛くなかった」の意味をのせて首を振る。

青い瞳を見上げれば、光を孕んで揺れていた。涙がこぼれていなくても、トリアはわかる。彼はいま、泣いているのだ。昨夜もそうだ。泣くような人ではなかったのに。自分の行動に絶対の自信を持っている人だから、謝る人ではなかったのに。

【嘘だ。あんなに手酷く扱った。すまない、おれはおまえを犯した】

表情には疲れが窺えて、眠っていないのだと思った。

【それは違うわ。謝らないで。やさしくされていたらあの男に疑われていたわ】

フラムはきゅっと下唇を噛みしめる。そしてうつむく。

「触れさせたくなかった」と言っているかのようだった。

【あれはしかたがなかったの。でも、わたしはあなたと結ばれてうれしかった。本当の夫婦になれたのだもの。あなたもうれしく思ってくれるとうれしい】

せっせと文字を綴《つづ》れば、壊れるほど強く強く抱きしめられて、思わず動物のようにうめいてしまう。赤面するほど変な声だ。

聞きたいことがたくさんあるのに、彼は放してくれない。ぎゅうぎゅうと力がこもる。

トリアはとんとんと彼の背中を叩いて知らせ、そこに文字を書いていく。

【あなたのことが知りたい。いままでどうしていたの？】

フラムは目を伏せ、トリアから身を離した。十三歳の彼よりも十八歳の彼はずいぶん背が高く、トリアの顔は彼の胸の位置にある。彼は、ふたたびトリアの腕に触れてきた。

【おれの話よりも、おまえがこの城から出るほうが先だ。必ずおまえをここから出す】

ひょっとして、彼はトリアになにも語らないつもりだろうか。トリアは思わず口を噛む。五年前もなにも知らないままでいた。いまもまた知らないままでいるなんて、絶対に嫌だと思った。後悔したくないのだ。

【どうしても教えてほしい。わからないことだらけだわ】

自分が頼りないのはわかっている。でも、それでもフラムの問題を共有したかった。

【まだ声を出してはだめなの？　女王に聞かれるのは夜だけなのではないの？】

【夜だけだが、おれは声を出せない】

【どうして？　あなたの身になにが起きているの？　なぜウーヴェにいるの？】

【おれには唯一弱点がある。おまえだ、トリア】

彼は額に手を当て、ゆっくりと黒髪をかき上げる。言葉を選んでいるようだ。

【おまえの存在を女王に知られるわけにはいかない。だから説明できない】

それは納得できる答えではない。トリアはフラムがウーヴェにいる意味を必死に考える。

そもそも生き急ぐと宣言していた彼が、意味なくこの地に留まるだろうか。彼はつねに国を意識していた人だ。それに、逃げ出す人ではないのだ。困難でも戦いを挑まないわけがない。きっと、否、間違いなく、最後に会った五年前から戦い続けている。

トリアは頭のなかに状況を並べる。フラムの亡き父王は七年前に後妻を迎えた。そして悪政の末、弟のデトレフに王位を奪われた――。

【もしかして、バーゼルトの内戦はウーヴェになにか関係があるの？　あなたはお父さまの後妻をよく思っていないはずだわ。ひょっとしてだけれど、後妻はウーヴェの女王だったりするのかしら。そうでないと、あなたがウーヴェにいる理由がない気がする】

フラムはこれ以上文字を書かせまいとしているのか、トリアの手に手を重ねた。

その手は力強いものだった。彼は目を閉じ、首を何度も横に振る。

【この城からおまえを出して、おれも出たら、その時すべて話す。それじゃあだめか？】

食い下がってしまいたい。しかし、トリアはおなかに力をこめて耐えた。

【わかったわ。あなたが話してくれるまで聞かない。でも、ひとつだけ教えてほしい】

フラムがトリアの指先を見つめるので、トリアは文字を書いてゆく。

【あなたはわたしをウーヴェの乙女ではなく母にしたわ。それはなぜ？】

【おまえをウーヴェの乙女にするわけにはいかなかった。ウーヴェの乙女は女王の塔に閉

じこめられる。そうなれば二度とおまえに会えない。救えなくなる】

トリアはますますウーヴェの乙女とはなにかが気になった。

【乙女は閉じこめられてなにをされるの？　母のように役割があるの？】

【それはおれにもわからない。乙女は女王の所有物だ。もう、余計なことは考えるな】

彼は大きく息を吸って、ゆっくり吐いた。

【おまえは城から出ることだけを考えろ。おまえが殺されれば生きていけない】

【わたしは城から出ることだけを考える。あなたが殺されれば生きていけない】

フラムの手がトリアの頭に回り、ゆっくりと彼の胸に誘導される。頬に感じるぬくもりが愛しくて、トリアは彼の腰にぎゅっと抱きつき、寄り添った。すぐに背中は彼の腕に包まれ、ふたりの間に隙間はなくなる。永遠にこの時が続けばいいのにとトリアは願う。

しばらく動かず、彼の鼓動の音を聞く。生きている、と改めて思った。

顔を見たくて彼を見上げれば、空色の瞳と目が合った。熱く視線を交わしていると、伝えあわなくてもわかる。

トリアは彼を愛しているし、彼もトリアを愛してくれている。ふたりの想いはあのころから色褪せていないと確信できた。想いは最後に離れ離れになったあの時のまま。

――いいえ、会えなくなってからさらにわたしはフラムが好きになっているわ。

トリアが唇を「ん」と突き出すと、彼が口をくっつけた。はにかむ彼は、幼く見えた。かつての彼みたいだ。

【綺麗になったな。本当は、昨日伝えたかった】

【ありがとう、フラムはすごく素敵よ。髪の色が変わったのね。びっくりした】

黒髪の間に見える瞳は、一旦まぶたに隠される。そして開いた。

【染めている】

なんのために？　と思ったけれど、彼は先に言葉を続けたので聞けなかった。

【おまえの髪、誰にも切らせたくなかったからおれが切った】

惜しむように肩までの髪を撫でられる。その手にそっと触れ、トリアは書いた。

【他の人に切られるくらいなら、あなたに切られるほうがよかったから満足しているわ】

【おまえの裸を誰にも見せたくなかった】

【裸にならなければ怪しまれていたから、だからいいの。あなたもわたしも無事だった】

トリアが彼の頬に手をぴと、とつけると、屈んだ彼がふたたびトリアの唇に唇を重ねる。角度を変えて何度もちゅ、と押し当てる。

くちづけたまま彼はトリアの手を引きながら床に座り、その膝の上に彼女を座らせた。

【この足はどうした？　なにがあった？　怪我をしたのか？　いつだ？】

トリアは自分の足をちらと見た。擦れば、その手は彼の手に包まれる。

【五年前にあなたの死の知らせを聞いて気絶したの。その時歩廊から落ちてしまったわ】

フラムは悲痛に顔を歪めて、トリアの肩に額を置いた。ため息が聞こえる。なかなか顔を上げない彼は、罪の意識に苛まれているようだった。

【足なんて些細《ささい》なことだわ。それよりも、五年前に亡くなったと聞いていたあなたが生きているると知って、わたしがいまどんな気持ちかわかる？　幸せでうれしいの。あなたとずっとキスしていたいし、一緒にいたい。あなたの話をたくさん聞きたいし、いっぱいわたしを叱ってほしい。わたし、とてもひどかったから。すごく怠《なま》け者だった】

彼はすぐに願いをひとつ叶えてくれた。唇同士がまたくっついたのだ。幾度となくくり返し、最後にトリアの額にキスをした。

【トリア、おまえが生きていてよかった】

【フラムこそ、生きていてよかった。また会えた】

彼はもう一度トリアの唇に触れたのち、トリアの腕に指を滑らせる。

【脱がせていいか？】

頬を紅潮させたトリアを見ながら、指は続きを書き出す。

【胸を見たい】

【だめ。治ってからがいい。見せたくない痕があるの】

【知っている。だから見たい】

トリアは躊躇《ちゅうちょ》してうつむいたが、やがて、うん、とうなずいた。彼が腰紐に手をかけた時、脱がせやすいよう背すじをのばす。彼は紐を解き、頭から白い布を引き抜いた。

胸を凝視した彼は悲しげに目を閉じ、また開く。そして、トリアの腰を持ち、膝立ちになるよう導いた。従えば、彼は真っ赤に腫れた頂にそれぞれ、ちゅ、ちゅ、といたわるようにくちづけた。舌を出し、そっと先を舐めてゆく。

最初はひりひり染みていた。正直なところ、あまり触れられたくはなかったが、彼がやさしく舐めてくれるから、次第に感覚が変わっていった。吐息がこぼれる。

「ん」と漏れたトリアの声がうれしいようで、彼は満足そうにまた舐める。

フラムは赤くつけられたしるしすべてに吸いついて、痕を上書きしていった。噛まれて血が滲んでいるところは舌で撫で、ひとつひとつ音を立ててキスをする。

一通り終えた彼は、またトリアの乳首を口に含み、唾液を絡め、じわりと舌で包みこむ。

ずっと拷問のように扱われ、胸に触れられるのは痛いと植えつけられていたから、触れるのは怖かった。けれど、彼からもたらされる刺激はひたすら甘やかで、トリアの心をうずかせる。彼の行為は欲望を感じるものではなく、悪夢を払うものだった。

もっと触れてほしくて、トリアは彼の肩に手を置き、つんと胸を突き出した。

彼は、舌でふに、とトリアの尖りをやさしく押した。

「……あ」

フラムはトリアの胸に口をつけながら、自身の黒いマントを取り外し、床に敷くと、今度はトリアの背中を支えて、そこに身体を横たえさせた。

覆い被さる彼のまつげが伏せられて、唇に湿度を感じたとたんトリアの口が熱くなる。唇の隙間から肉厚の彼がしのびこみ、舌をちろちろ舐められる。さらに歯をひとつひとつ確かめられて、口のなかが彼いっぱいに満たされる。最初、遠慮がちだった動きは次第に勢いを増していき、口の周りが互いの唾液で濡れてゆく。

トリアも動きを真似て彼の舌に吸いつけば、彼は息を荒らげ、舌はより絡まった。

「ん。……ふ」

大切そうに頭を抱えこまれて、はちみつ色の髪を撫でられる。

彼がゆっくり起き上がると、ふたりの口は銀糸で繋がる。その時、フラムは声には出さずに唇のみを動かした。

〝トリア、好きだ〟

感極まって、込み上げてくるものがある。綺麗な顔がよく見えなくて、目をこする。

〝フラム、大好きよ〟

きっと、顔はくちゃくちゃで、ぐずぐずだ。でも、それでも構わず彼に向けて両手を広げれば、彼が身体を強く抱きしめる。ぎゅうぎゅうと力がこもり、目から涙がこぼれる。

彼は火照ったトリアの顔を見つめると、たくさんのキスを落とした。それは唇からはじまり、身体を離して、あご、首すじ、鎖骨、胸とだんだん下におりていく。ついにはおへそまで到達し、嫌な予感に襲われた。このまま続けば、ヘルガが話していた股ぐらだ。

「だめっ」

思わず声をあげてしまうが、彼はやめようとはしなかった。薄く生えた下生えを食まれて、トリアはたまらず跳ねる。足をぴたりと閉じて、なんとか動きを遮った。

「そこはだめ」

下腹で顔を上げた彼は、上目づかいでこちらを窺い、トリアの白いおなかに文字を書く。

【足を開いて】

「嫌……」

【おれのせいで痛かっただろ？　見せて】

「ぜんぜん痛くないわ。見せたくない」

【トリア、夫が頼んでもだめか？】

夫——。その言葉にもはや抵抗できなくなった。うれしくて、弱くなる。

トリアは、ごくんと唾を喉に押しやり、足の力を抜いた。それを待っていたかのように、彼はトリアの膝をそれぞれ立たせ、そのまま開く。

かすかな風が秘部をくすぐる。あまりの羞恥に、トリアはひくっと喉を鳴らした。

彼が、見ている。

ちゅ、とくちづけられたのは、割れ目の部分だ。彼はそこに沿ってキスする。わななきながら耐えていたトリアだったが、次の瞬間、ぴくんと背を反らせた。彼が舌であわいを開き、ねっとりと這わせたのだ。

真っ赤になったトリアは、いや、いや、と首を振る。熱がやけに生々しい。

彼は入り口に留まって、花びらごと口に含んで舐めあげる。途中、ぴちゃぴちゃと音を立てられ、トリアの恥ずかしさは増した。胸に触れられている時から、そこが潤んでいるのは知っていた。彼に知られたくなかったのに、知られてしまった。

ぎゅうと目を閉じると、彼の唇は少し上にずれた。秘めた尖りをちゅ、と吸われてトリアはあごを突き出した。昨日、しきりに彼が指で触れていた箇所だ。

すべての意識がそこにいく。血も熱も集まるようだった。せつなさが募りに募って泣きたくなった。なにが起きたのか、起きようとしているのか、未知のことで混乱する。

「ん！　あ。あ……」

声が甘さを帯びている。昨日とはまったく異質の誘うような声だった。フラムはトリアの声に誘われたのか、小さな粒に執着する。唇で挟み、舌でこねて弄ぶ。

腰の奥がどろどろとうずまき、刹那、せり上がったなにかが背すじを抜けて貫いた。信じがたい感覚だ。汗が噴き出し、一気に頭のなかが白茶ける。もう、なにも考えられない。

「あっ……。ん——！」

どくどくと身体が強く脈打った。それは心臓だけではない。秘部も腰の奥底もだ。

彼が、ずるずるとなにかをすすり出す。快感にわななくトリアは、いま、自分がどうなったのか、はじめてのことでわからない。

胸を動かし、息をくり返す。呆然と天井を見つめると、トリアは両手で口を覆った。

鮮烈な刺激だ。余韻すらも強烈で、しかし、足りない。ぜんぜんだ。奥が飢えて、彼を激しく求めているのだ。そのうずく欲望にトリアは勝てそうにない。苦しいほどに。

「んっ！　……っ」

トリアが足をもぞもぞと動かすと、口を手の甲で拭った彼がこちらを覗きこんだ。

フラムを見てはだめだった。湧き立つ色気に、欲望がさらにむくむくと込み上げる。

「お願い………昨日の、して？」

目を見開いたフラムは、しっとりと汗ばむトリアのおなかに指を置く。

【だめだ。痛くないはずがない。真っ赤だぞ】

「苦しい」と訴えれば、フラムはかっと頬を染め、せつなげな顔をする。

【無理だ。手加減してやれない】

「いいの。お願い」

眉をひそめた彼は熱く息を吐く。葛藤しているようだった。

【わかった。ゆっくりするから、痛かったらすぐに言えよ？】

ほどなくしてのしかかってきた彼の重みに、陶酔する。トリアは広い背中をかき抱いた。

──好き。

彼が唇に吸いついた。舌を絡める激しいものだ。とぎれとぎれに喘いでいると、熱くて硬いものを秘部で感じる。口で深く繋がりながら、彼の先がひくひく震えるトリアを押し開く。ずぶずぶと埋められるにつれ、淫靡な刺激に声が出る。それは息ごと食べられた。

奥に彼が到達すれば、官能が突き抜け、渇望していたなかがぎゅうと猛りを締めつける。

ついにトリアは耐えられず、んっ、んっ、と腰を振った。

五年も会えなかったのだ。募った想いに、トリアは止まらない。彼が、いる。

小刻みに震える彼は、トリアの身体を抱きしめる。

彼は泣いている。そして、トリアも泣いていた。


「よかったよ、ずっと気が気じゃなかったんだ」

「身体は無事かい？」とヘルガに抱きつかれながら、トリアは遠ざかるフラムの背中を見送った。先の尖った黒い頭巾、そして、マントが揺れている。

ヘルガがいる場所を探し当て、送り届けてくれた彼は、こちらを振り向くことなく去ってゆく。当然だとわかっていても、離れがたくて、後を追いかけたくなった。

「ねえ、サッシャったら」

はっとしたトリアは、彼から視線を剝がしてヘルガを見た。

「ごめんなさい、だいじょうぶよ。……ありがとう」

「それならいいんだけどさ。来な、座ろう？　じきに食事だ」

ヘルガがいる部屋は簡素なつくりだった。二十人も入ればいっぱいになるだろうか。窓は高い位置にあり、景色は見えない。床全面に厚布が敷かれ、他の女性がごろりと横になっていることから、寝台がないのだと思った。衣装箱といった家具もない。粗末《そまつ》な机が中央にぽつんと置かれているだけだった。

ウーヴェの母は決まった部屋を割り当てられておらず、次々と部屋を変えるらしい。室内にはトリアたちを含めて五人。皆、満月の夜で疲れたからか、だらりと寝そべっている。

ヘルガは周りに聞こえないよう、声をひそめて言った。

「あのさ、あたしが拷問された話をしただろう？　あれは見せしめに皆に公開されたんだ。拷問を受けた女が傍にいるなんて、女に恐怖を植えつけるにはうってつけさ。皆、あたしと同じ部屋を避けるんだ。あたしを見た瞬間顔色を変えるやつもいる。まるで疫病だね」

「そんな」

「でもね、おかげであたしに悪さをしようとする女はいない。もしいようものなら仲間だとわめきながら張りついてやるさ。だからあたしはある意味あんたの用心棒だ」

壁際に座ったヘルガはトリアの手を引き、「あんたも座りな」と促した。

「いいかい、誰もが心が綺麗なわけじゃない。三十年ほど前に飢饉《ききん》が起きたんだ。となり村では、いつもは隠されている娘たちが外に出されたらしい。当然神隠しにあった。村人たちは手を汚さずに口減らしをしたって寸法さ。人はたやすく汚くなれるし醜くなれる」

ヘルガが話している途中で鐘の音が鳴り響き、彼女は「食事の合図さ」と言った。

ほどなく部屋に入ってきたのは、ウーヴェの息子をそのまま小型化したような、黒い頭巾で顔を隠した子どもたちだ。彼らはかごからパンを取り出し、スープの入った皿を机に並べ出す。身長からして、十歳未満だと思った。

「あれは神隠しにあった女たちが産んだ子どもさ。女は乳はやるが子どもを育てないんだ。育てさせてもらえないというのが正しいのかな、産めばすぐに取り上げられるそうだから。授乳するにしても、自分の子どもに飲ませるわけじゃなく他人の子を渡される。で、早々に女はあたしたちがいる場所に連れ戻される。母親も子どもも互いを知らずに過ごすんだ。こうしてあの子どもらが産みの母にパンを運んでいるかもって思うとせつなくなるよ」

トリアの肌は総毛立つ。思わずおなかに手を当てた。フラムと結ばれた結果、身ごもっていたとしたら――。配膳する子どもを見つつ、絶対にここから出なければと思った。こんなところでフラムの子は産みたくない。

「よくここまで人を残酷に扱えるもんだ。女王は人じゃない。人でなしの化け物さ」

トリアは、ヘルガの言う「人じゃない」という言葉が妙に当てはまると思った。緑の頭巾を被ったゴットヒルフは、ウーヴェを〝とこしえの都〟と称した。

ウーヴェは他を途絶し、ひっそりと存在している。人ならざる悪行が平気でまかり通る国。城を飾るおびただしい黒い髑髏の数々は、多くの殺人が行われている証拠だ。

――ここは、古くからの神隠しを思えばあまりにも長く存在しているわ。でも、いままで誰も逆らわなかったの？　それに、この国の王は全員が前王を踏襲するような無慈悲で残虐な王なのかしら。因習に疑問を感じて現状を変えようとする王は現れなかったの？

「ほら、サッシャ。とりあえず食べよう？　すぐに食べないと下げられちまう」

ヘルガの声に、我に返ったトリアは部屋を見回した。いつのまにか黒い子どもたちは消えており、三人の娘が静かに食事をとっている。椅子の用意はないようだ。

食欲はないけれど、トリアは生きるためと自分に言い聞かせて立ち上がる。その時、ふいにウーヴェの息子や司祭の姿が脳裏に浮かんだ。ギーゼラもいた、あの時の光景だ。

――司祭……もしかして女王はウーヴェの息子にとっては王ではなく神の位置づけなのかしら。ウーヴェの息子は妄信的だわ。神と信徒の関係だと考えたほうがしっくりくる。もし、ウーヴェの民が神を崇める信者なら、新王が前王に倣うのも、誰も不満を抱かないのも、長く続いてきたのも納得できる。神の教えならば、それは揺らぎようがない。

――洗脳。

知らず足が止まったからだろう。ヘルガが覗きこんできた。

「どうしたんだい？　難しい顔をして。あまり悩んじゃだめだよ。しっかりしな」

ヘルガはトリアの耳もとで続きをささやく。

「ここから出るんだろう？　あんたが気力を保てるように、あたしはなんだってする。あんたの足にだってなる。諦めていたけど、諦めるもんか。あんたと一緒に森の外の空気を吸うし、母さんの料理だってまた食べる。あんたと一緒に夢見るよ」

トリアはヘルガを見つめて、大きくうなずいた。

「絶対にここから出るわ。あなたと一緒に。……ねえヘルガ、わたしね、話しておきたいことがあるの。あとで聞いてくれる？」

彼女は「もちろんさ。なんでも言いな」とにんまり笑った。

用意された食事はトリアが食べたことがない味だった。木の実を混ぜあわせてあるパンは、噛むのが不可能なほど硬い代物だ。それは石のようだと思ったバーゼルトのパンよりもはるかに硬く、パンにつける油もバターも存在しない。困っていると、ヘルガが「スープにつけてふやかすんだ。時間がかかるから早く入れな」と教えてくれた。

スープも口にしたことがないものだった。なにかの肉や葉っぱが入っているが、よくわからない。塩や胡椒はないのだろう、味付けはハーブに頼りきっている。

――フラムもこれを食べているのかしら。五年も？

喉がこれ以上食べることを拒否したけれど、彼を思えば食べられる。トリアは無理やり喉の奥に押しやる。

――それにしても、フラムのあの様子からすると、先代バーゼルト王の後妻はウーヴェの女王だと思ってよさそうだったわ。もっとよく整理して考えてみなくちゃ。

目を閉じたトリアは、フラムの言葉を思う。

【この城からおまえを出して、おれも出たら、その時すべて話す。それじゃあだめか？】

――それじゃあだめだもの。一緒に生きるためならなんだってする。

トリアは「もう食べないのかい？」と聞くヘルガに「食べるわ」と言いながら、思いをめぐらせる。待つ日々はもう嫌なのだ。未来を誰にも邪魔されたくはなかった。


ヘルガが食事を終えるのを待ち、トリアは彼女にひそひそと話をした。トリアには婚約者がいてこの城で再会し、彼が助けてくれたこと。夜に出す声はすべて女王に聞かれてしまうこと。それにはヘルガは苦い顔で、「あの時、あたしとヤネットは会話を聞かれていたんだね」と妙に納得した様子を見せた。

「しかし、どういうしくみだろう。城のすべての音が聞けるなんて」

「それはわたしもよくわからないの。でも、気をつけるに越したことはないわ」

「そうだね。それにしても男のなかにあんたの婚約者が混じっていたなんて。奇跡だね。その上満月の夜もさっきの男も、中身はあんたの婚約者なんだろう？」

トリアは首を動かし、肯定する。

「まったく、信じがたい話だよ。ほら、少し前に城に出口はないって話しただろう？　この男どもは城で生まれてから一歩も外に出ないって聞いてるよ。外で女を攫う男どもは別にいるって話だし、そいつらは逆に城のなかには入れないらしいんだ。こういう具合にきっちり分けられているのに、あんたの婚約者はどうやって城に侵入したんだい？」

「そこまでくわしく聞いていないの」

トリアがフラムに関して伝えたのは、バーゼルトの青年だということのみである。続けて人を捜したい旨を話すと、ヘルガはうなずいた。

「彼女はギーゼラというの。わたしを捜していると思うから、わたしも捜したいのだけれど、どこに部屋があるのかまったくわからないから、よかったら場所を教えてくれる？」

「こういった部屋はたくさんあるけど。よし、捜そう。とことん付き合うよ」

こうして彼女はギーゼラ捜しに付き添ってくれたが、長い回廊に隔てられ、棟をまたいでいることもあり、昼下がりの間の時間では数をこなせず想像以上に難儀した。

次第に辺りは薄暗くなり、今日は断念せざるを得なかった。自然と視線は下を向く。いばらが複雑に絡み合う回廊や、黒い髑髏が埋めこまれた壁を見ていると、永遠にギーゼラに会えないような気がしてしまう。しょんぼりしていると、肩にヘルガの手がのった。

「ほら、たった一日のことで落ちこんでるんじゃないよ。明日も捜そう？」

「そうね、ありがとう。……あのね、ギーゼラは自分を犠牲にしてわたしを助けようとする人なの。だからヘルガ、もしギーゼラが犠牲になろうとしたら止めてくれる？」

「いいけど、止められない場合は止めないよ。人にはそれぞれ信念ってものがあるんだからさ。あんただって、そのギーゼラや婚約者が窮地に陥っていたらどうなんだい？　あんた、いかにも身を挺しそうじゃないか。自分ができないことを他人に強いるのはなしだ」

トリアは唇を引き結ぶ。返す言葉が見つからない。

「しけた顔はやめな。まだ起きてもいないことを気にするんじゃない。ほら、帰ろう？」

ふたりが先ほどまでいた部屋に戻れば、女が新たに十人ほど増えていた。しかし、彼女たちはヘルガがいることが不満なようで、わざとこちらに聞こえるように「迷惑だわ。他の部屋に行ってよ」と言う者もいた。視線が冷たく突き刺さる。

トリアは頭に血がのぼるのを感じた。反論しようとするヘルガよりも先に口を開く。

「恥を知りなさい。わたしたちは同じ神隠しの被害者だわ。協力すべきなのに排除しようとするなんてばかげてる」

皆、トリアを注視する。ヘルガは大人しそうなトリアが即座に断じたから驚いた様子だ。

「ちょっと、なにしてんだよサッシャ。あたしはこんなの慣れてへっちゃらなんだ」

「ちっともよくないし、へっちゃらなわけがないわ。誰にだって心があるもの」

トリアはくやしかった。自分を抑えられないほどに。

「ただでさえ神隠しで心はずたずたなのに、拷問も想像を絶するほどつらいものなのに、その彼女に、心に同じ傷を負うあなたたちが追い打ちをかけるなんてどうかしているわ」

途中でヘルガに抱きつかれ、トリアは続きの言葉を止めた。

「やめてサッシャ。あんたまでとばっちりを受けちまう」

「わたしはあなたにひどいことをする者に媚びたりしない。そんな者などどうでもいいの。あなたと離れ離れになるほうが嫌だから。わたしは、あなたが大切だし好きだもの」

ヘルガの目がみるみるうちに潤んでいく。それを見つめるトリアの傍で声が上がった。声の主はトリアたちがいたころから部屋にいた娘だ。

「言っておくけど、ヘルガたちのほうが先に部屋にいたんだからね。気にくわないなら後から来た者が出て行くべきじゃないの？　私はそう思うけど」

すると「私もそう思う」と賛同する者が現れ、部屋に居づらくなった数名が出て行った。その間に、先ほどの娘がトリアとヘルガを横目でにらむ。

「面倒ごとはたくさんなんだ。ここでうまくやっていくつもりなら波風立てないでほしい。少なくとも私に被害が出ないようにして」

「わかったわ、ごめんなさい」と、トリアはうなずいた。発言したことに後悔はないと思いつつ、熱くなりすぎたかもしれないと、視線を落とせば、近くの女がけらけら笑う。

「謝ることないよ。このレーニは絶対に受かると思っていたお城のお勤めに落ちたものだから、それ以来なにごとにも投げやりなんだ。ずっと周りに当たり散らしてる」

不機嫌に、レーニはそっぽを向いた。

「ふん、うるさい。落ちたのはものもらいができてとんでもない顔になったせいさ」

「確かに両目が腫れて見られたもんじゃなかった。あの時、目は見えていたのかい？」

「うるさいって言っているだろ！　ここから出られたら絶対に受かって見返してやる」

トリアは「それはどこのお城なの？」とまばたきをくり返す。

「はあ？　城と言ったらトラウドルのお城に決まっているでしょ。あんた、ばかなの？」

ヘルガが「なんだその言い草は、許さないよ」と怒っている傍でトリアは微笑む。トラウドルの城でふたたび彼女に会えたら幸せだ。

——皆、こんなところから解放されるべきだわ。なんとか外と連絡を取れないかしら。

トリアは窓を見上げる。外はすっかり闇が支配していた。

樹海の夜は暗黒だ。月明かりは遮られ、城には一切届かない。黒は無を思わせる。

しくしくと冷気を感じる夜が恐ろしい。三人の、先の尖った黒い頭巾たちがやってくる。

トリアは、ろうそくの炎をじっと見つめていた。

フラムに来てほしい。けれど来てしまえば、彼は危険にさらされる。続けて同じ相手と行為をしない決まりなら、規律を破れば〝悪〟となる。

悪――柱に埋めこまれた黒い髑髏を思い出し、慌てて思考を打ち消した。

――来ないで、フラム。

この城から脱出するまでは、生きて、乗りきらなくてはならない。月の障りだと偽って、男たちから行為を逃れる方法もある。けれど、覚悟を決めなければならないのは明白だ。

どくりと心臓がざわめいた。額にじわじわ汗が浮く。胸が痛くてたまらない。

人は勝手な生き物だとトリアは思う。自分が他の男性に抱かれるよりも、フラムが他の女性を抱くことを想像したほうが打ちひしがれる。

涙をこらえていると、肩がふわりと包まれた。ヘルガの腕だ。

「だいじょうぶかい？　すごい汗だよ」

「うん。……だいじょうぶ」

ふたりで顔を見合わせていると、黒い影が視界の端にちらついた。部屋から娘がひとり、三人の男に連れ出されていった。

蒼白になったトリアは大きな塊でも飲みこむように、ごくんと喉を動かした。

「いまの、見ただろう？　この部屋では行為をしない決まりになっているんだ。だからああして移動するんだよ。ほら、昨日と同じ大広間だったり、上の階だったりね。下の階には湖の水が引かれているから、言えば水ももらえるんだ。身体を清めることもできる」

ヘルガを窺えば、うなずきが返される。

「体調の悪い女はここから動かなくていいんだ。だからあんたは休みな」

トリアは声が出せないでいた。次々と娘が男に連れ出されているいま、極度の緊張を強いられる。ぶざまに取り乱さずにいられたのは、ヘルガが傍にいてくれたからだ。

気がつけば、部屋は皆が出払い、残るはレーニとトリアとヘルガになった。

「あんたはずいぶん気丈だよ。まだ城に来て間もないというのにしっかりしている」

ヘルガの言葉にレーニが言った。

「へえあんた、攫われてきたばかりなの。発音からしてトラウドルの都の人でしょ？」

トリアが答える前に、レーニのもとに男が現れ、彼女は気だるげに立ち上がる。

「あとで都の話を聞かせてよ。ずっと憧れてたんだ」

そう言い残し、彼女は男たちと出て行った。

「サッシャ、ひどい顔色だよ。今夜は絶対に休むんだ。男に不調だと言えば連れて行かれないから。何人も来ると思うけど、断り続けるんだよ」

「でも……夜は必ず毎日やってくるわ。ずっと拒否し続けていられるなんて、思えない」

話しながら指先が震え、トリアは胸の前で手を組んだ。

「ごめんなさい。口では大きなことばかり言ったけれど、本当は怖くてたまらないの」

「当然さ。怖くない女なんているもんか。平気そうに見える女は自分を納得させているだけだ。あたしだってそう。さっきのレーニも同じだろう。誰も強くないんだ。気が狂ったり、自死を選ぶ女もいるんだから。怖いのは普通だよ、あんただけじゃない。それに」

扉に黒い男たちが現れたことで、ヘルガは言葉を途中で止めて腰を上げた。

「じゃあ行ってくるよ。あんたは大人しくしていな」

トリアを勇気づけるように彼女は笑う。扉が音を立てて閉められ、トリアはうなだれた。


次に扉が開いた時に、トリアはがたがた震えたけれど、現れた黒い頭巾の男は三人ではなくひとりだけだった。すぐにそれがフラムなのだと気がついた。

彼はこちらに歩み寄り、屈むとトリアの膝に手を差し入れる。

顔を覆った黒布の穴から見える青い瞳はやさしげだ。抱き上げられて、彼の早鐘を打つ鼓動を感じ、いたたまれなくなった。急いでここに来たのだろう、息も荒れている。

――どうしよう、うれしい……。

しかしながら、危ない橋を渡っていると確信できる。

トリアは深呼吸をくり返す。ここに来るなと伝えなければ。

大股で歩く彼が行き着いたのは、昼間一緒にいた武具が置かれている部屋だった。扉が閉まれば真っ暗闇だ。彼はトリアを下ろすと、ごそごそと服を探り、なにかを取り出した。それは、ぼうっと発光する石だった。不思議な石だ。

いつのまにか彼は頭巾を取っていて、ゆっくり顔を近づける。唇に、やわらかいものがふに、とついた。抱きあいながら、何度も何度もキスをする。もっとほしくてトリアからもくちづけた。

その場に座った彼は、膝の上にトリアをのせて、ぎゅうと身体を抱きしめる。トリアもまた抱きついた。

トリアは彼のマントの下に手を滑らせて、決意をこめると、その背中に書き記す。

【フラム、明日からの夜はわたしのところに来ちゃだめよ】

ぴくりと反応した彼は、身体を剝がしてこちらを見た。強い、力のこもった抗議の瞳。なぜ？　と唇のみを動かす彼に、ぐっと手首を握られた。

【他の男に抱かれるつもりか？】

【だってあなたは危険なことをしているわ。ウーヴェの息子なのに】

続きを自分の腕に書こうとして躊躇した。言いにくいことだからだ。でも、書いた。

【前の日と同じ女の人を抱いてはいけないって知っているわ。だからあなたはいままでどおり、他の女の人のところに行ったほうがいいの。わたし、覚悟はできているから】

動かしていた指が、彼の手に捕まった。

【おまえ、おれが他の女を抱いていると思っているのか？】

違うの？　の意味をこめて見つめれば、彼は、ふっと唇をゆるめる。以前よく見た、懐かしい、意地悪そうな顔つきだ。

フラムはいきなりトリアを組み敷くと、トリアの腰の紐を解き、白い服をたくし上げる。

おなかや下腹が露出した。そこに彼は指を置く。

【あんなに下手くそだったのにばかか。途中で果てて失敗したんだぞ。どう考えても不慣れな初心者だろ。おまえが生娘のように、おれも昨日がはじめてに決まっている】

――フラム！

トリアが彼に抱きつけば、今度は背中に指が這う。

【おれは真名を交わした日からおまえ以外は一生抱かないと決めている。女に不自由しない環境だったおれがそう決めたんだ。どれだけ愛されているか自覚しろ、くそちびめ】

何度もうなずくトリアの頭を撫でながら、フラムはさらに書いてゆく。

【だからおまえは、ここでおれ以外の男に抱かれるな。誘いは断り続けろ。わかったか】

トリアからわずかに離れた彼が顔を覗きこむ。そして不敵に唇の端をつり上げた。

手の甲で涙を拭ったトリアは、洟をすすり、首を大きく「うん」と動かす。

【ぶさいくだな。そんな顔で泣くひまがあったら、つねにおれのことを考えていろ】

かつてのように、ぶさいくに反応して頬を膨らませれば、彼がすぼめた口に、ちゅ、と唇を押し当てる。そのままもつれあい、フラムはトリアを抱えて転がり、自分の身体を下にした。彼は、わかりやすく唇を動かした。

〝トリア、好きだ〟

〝わたしもフラムが大好き〟

トリアは幸せで、幸せすぎて、思いっきりぎゅうと彼に張りついた。

六章

　手を伸ばしてまるい頬に触れれば、彼女は猫のように目を細め、いかにもうれしそうに頬をすり寄せる。変わらぬ笑顔。けれど、十七歳の彼女は儚げな娘になっていた。どんな日々を過ごしていたのか知りたかったが、声を出すことができない。文字を書くにも、聞きたいことがありすぎて、後回しになっていた。

　思えば出会ったその日から気に入っていた。艶やかでやわらかそうなはちみつ色の髪。大きくて吸いこまれそうな深い緑色の目。大切に育てられ、汚いものを見たことがなさそうな色だった。何度もまたたくのはくせだろうか。くるくるとすぐに変わる表情は愛らしく、しかし、思いをこうも表現するなど王族失格だ。ろくに作法を知らないのは、おそらく父王は個性を消したくなかったのだろう。教わっていないのは明白だ。怒っても笑っても真っ赤な顔ですぐに涙をこぼすから、面倒くさいと思うと同時に、しょうがないから守ってやるかという気になった。それが彼女とのはじまりだ。

　彼女は全身で感情をあらわにする。語らなくても雄弁だ。そのくせ鈍感だから、彼女の傍にいる時だけは、つられて感情豊かで素直になった。

【おまえ、おれの気持ちがわかっただろ？】

細くて白い腕に文字を記せば、彼女ははにかみながらうなずいた。この、うなずく時の口を引き結ぶしぐさが昔から好きだった。

唇を上げて笑顔を作る。ずいぶん笑っていないから、うまく笑えていないかもしれないが、彼女に映る自分はかつての自分に見えてほしい。そう思った。

【じゃあ、二度と会いに来るななんて言うな】

——心が張り裂けそうになったなどとは、言わない。絶対に。

＊　＊　＊

トリアに出会う前のフラムは、物心がついた時からひねた子どもだった。いかにも知識人ぶりながら、論点をすりかえ、自分語りをする大人を「虫けら」と蔑《さげす》みながら〝子ども〟を演じた。大人たちの間をかいくぐりつつ、バーゼルトのことを考えている人間はどれほどいるだろう？　と考えて、辺りを見回し、さほどいないのだと気がついた。わずか五歳の時だった。

王子という身分の彼は、不自由をしたことがない。ほしいものはすべて手に入れたが、強欲というわけでもなく、執着したのは本だけだ。神童だと周りからもてはやされていたものの、強制されることは大嫌いで、よく行方をくらませては大人たちの手を焼かせた。

反骨精神が旺盛で扱いにくく、かといって、礼儀を知っているので大人に叱る隙を与えない。その場その場で自分を使い分けていた。平たく言えば、小賢しい子どもであった。

父王はバーゼルトを愛していた。政治の手腕もあったが、どことなく気が弱かった。いつも王弟デトレフに押されぎみで、フラムもこの叔父が苦手で避けていた。叔父とは父よりも容姿が似ていたが、フラムにとって叔父と似ているという言葉はごみだった。そのため、鏡を見るのは得意じゃない。

両親は王の結婚にしてはめずらしく恋愛の末に結ばれた。母はバーゼルトの貴族の娘。しかし、王の妃としては身分が低く、周りの重圧に苦労していた。父は母を守るために冷酷にはなりきれず、また、母は他人の目を気にしてびくびくするような弱々しい人だった。

そんな母アウレーリエが亡くなったのは、フラムが七歳のころだった。死因は公表されていないが知っている。自死だった。突発的なものだろう。母はフラムを巻き添えに死のうとしたが、思い直したのか微笑みながらひとりで逝った。最後の言葉は〝ごめんなさい、愛しているわ。お父さまをよろしくね〟。それはフラムにとって、一種の解けない呪いだ。

通常、子ども心に傷つくものだ。しかしフラムは冷静だった。傷つく前にやるべきことがあると判断したからだ。

〝お父さまをよろしくね〟

この言葉を実行するには力がいる。父を牽制《けんせい》している王弟をはね退ける力が必要だ。貴族が国王派と王弟派に分かれていたことが、その思いに拍車をかけていた。

フラムはそれまでも本を読みふけって知識を身につけ、剣にいそしみ身体を鍛えていたが、さらに自身を律して打ちこむようになっていた。けれど、理想ははるかに遠く、大人社会のなかで、日々自分の弱さを痛感していた。眠るのが嫌だと思ったほどだった。その間成長が止まってしまうと恐れたからだ。

すべては父を助け、支えるためだった。しかし、母を亡くしてからというもの、父とはぎくしゃくしていた。無理もない、最愛の妻の今際《いまわ》の際《きわ》にいたのはフラムだけ。父は、母を救えなかった息子に腹を立てていた。それ以上に己を責めていたのかもしれないが。

そうして時が過ぎるにつれて、父は息子のことを、将来地位を脅かす脅威と見はじめた。脅威と見るべき者は他にいるのに、見当違いもはなはだしい。

王弟デトレフは、綺麗に背すじをのばし、怜悧《れいり》な瞳でこちらを見据える。妻を大切にしていると見せかけ、冷たく鼻であしらうのを知っていた。父にとっては異母弟だ。やさしい顔と残虐な顔。彼はふたつの顔をうまく使いこなして、着々と地位を固めていった。

そんなある日、叔父が父に勧めたのが隣国トラウドルとの婚姻だ。トラウドルとは百年ほど前から神隠しの件で協力していたが、もともとあった結婚話を確定させようとの提案だ。フラムは生まれながらに三か国ほどの妃候補の王女がいたから理解はしていたものの、デトレフの提案というところに引っ掛かりを覚えた。叔父とトラウドルの間で密約でもあるのだろう。断るべきだと思ったが、しかし、父王は王弟に従った。

トラウドルとは結婚する気がさらさらないにもかかわらず、己を曲げて従ったのは、父王を突っぱねることでこれ以上関係を悪化させたくないという息子としての考えからだ。

送られてきた王女の肖像画は一度も目にしていなかった。布がかかったまま二年の間放置した。度々王女から手紙が来たが、返事を書くのが億劫《おっくう》で、召し使いに代筆させた。おそらく五度ほどやりとりがあったと記憶している。

フラムが十歳を迎えた日、婚約を正式なものとするため、トラウドルに招待された。行きたくなかったが父王に連れられ我慢した。婚姻は、本人の気も知らないで、双方の国が乗り気だったのだ。

「フラム、相手の王女の名前は覚えているのか」

馬車のなかで、父と交わした会話はこれだけだ。

「いいえ。王女がふたりいると記憶していますが」

「ベルタ王女だ。覚えておけ」

――どうせ縁談は蹴ってやる。名前などどうでもいい。

しかし、彼女と出会ってしまった。


トラウドルを信じているわけではない。歴史上、騙し騙され殺しあった国である。その亀裂は簡単には埋まらないほど両国は争いすぎていた。その上、デトレフとどう繋がりを持っているのかわかったものじゃないから、胡散臭いとしか思えなかった。

だが、考えを改めたのは、トリアと結婚を決めたその日のことだ。

トラウドル王はフラムひとりを呼び寄せ、目を見据えて言った。彼女と同じ緑の瞳だ。

「フラム王子。トリアはまだ未熟だ。時が必要だと思っている。あの子をすぐに望むなら、きみは我々の代わりに導いてあげられるだろうか。できないなら破談を希望する」

王の表情は王らしからぬものだった。ただの父親の顔をしていた。

「もちろん導かせてください。トリア王女とこの先歩んでゆきます」

トリアの母、マグダレーネ妃も病をおして、心配そうに口にした。

「ごめんなさい、手放すのはまだ先だと思っていましたから甘えん坊で。あの子は物を知らない子です。どうか、長い目で見てあげてください。やさしく、素直で、気のいい大切な娘なのです。わたくしの身体はこのとおりですから、トリアの大人の姿を見られないでしょう。フラム王子、わたくしの代わりに、どうかあの子の歩みを見届けてください」

彼女の姉ベルタもフラムを呼び止め、目をつり上げて言った。

「フラム王子、トリアを不幸にしたら許さないわよ。あなたの国を攻め滅ぼすわ」

フラムは家族にここまで言わせているなど気づきもしないトリアを思う。

――どうなっている。甘やかされ過ぎだろ。

フラムから見ればこの状態はありえない。通常、王家にとって、娘は政治の道具だ。しまいには、すれ違う召し使いや一兵卒の騎士にまで「トリアさまをよろしくお願いします」と言われる始末だ。バーゼルトでは、彼らは許可なく王族と視線を合わせたり会話をすることを禁じられているからフラムは驚いた。

——なんなんだ？　おれが敵だったらどうするんだよ。

そして、最たる人といえば彼だろう。フラムはいきなり見知らぬ少年に胸ぐらをつかまれた。少年といってもフラムよりも背はずいぶん高く、見るからに年上だった。

「おまえ、なにを企んでいるんだ！　トリアと結婚だと？」

彼はヨシュカと名乗った。剣の稽古をしていたためか、簡素な服装をしているが、れっきとしたトラウドルの次期国王となる王子だ。

「許さないぞ」

「おまえが許すもなにも婚約は成立している。放せ。服がしわになる」

フラムが胸ぐらの手を払いのければ、ヨシュカはしかめ面でこちらをにらむ。

「あいつはちびでばかでお人好しなんだ。偽ることも人を疑うことも知らない。それをおまえ、バーゼルトなんかに……。手なずけやすいからか？　ぼくは断固反対だ！」

「落ち着けよ。おれがなにかを企んでいるなら迷わずベルタにしている。おまえがおれでもそうするはずだ。通常女は夫に従順であれと教育されているからな。はっきり言って教養のないトリアは面倒なやつだ。でもあえておれは選んだ。面倒でもだ」

ヨシュカは盛大に鼻を鳴らした。

「ぼくはバーゼルトを信用していない」

「だろうな。おれが逆でも無理だ。いまはバーゼルトではなく、おれを信用しろとしか言えないし、おれもトラウドルではなくトリアを信用している」

「あいつを利用するわけじゃないんだな？」

うなずくと、ヨシュカは腰に手を当て、ぞんざいに息をつく。

「おまえ、トリアを陥れたり不幸にしたり神隠しにあわせたりしてみろ。地の果てまで追いつめて、そのちっぽけな安い命で償わせてやるからな。必ずだ。覚悟しておけ」

――なんだ、この国は。

フラムは思わず笑ってしまった。トラウドルの王族は普段は感情をおくびにも出さず、冷淡だ。そのくせ、トリアのことに関しては表情豊かになる。彼女が王族らしくないのは彼らが素で彼女に接し、そのなかですくすく育ったからだろう。彼らが彼女を育てた。

「なんなのフラム、にやにやしているわ。またなにか企んでいるのね？」

部屋に戻り、トリアの髪を撫でてやる。唇を尖らせているが、まんざらでもなさそうだ。

「おまえ、本当にちびだな。改めて見てもやっぱりちびだ」

「なによ。フラムだってちびなくせに」とぽかぽかと胸を叩いてくるトリアを抱きしめる。

「ぜんぜん痛くないし、ひ弱だな。しょうがないから一生守ってやる」

「じゃあ、わたしもフラムを一生守ってあげる」

フラムは、ぷはっ、と噴き出した。彼女は小生意気な顔をしている。出会ったばかりなのに、以前から知っている気さえした。心から楽しく思えるのは、トリアのおかげだ。

「おまえ、おれと結婚したらいいことずくめだぞ。おまえは死ぬまで幸せでいられるし、おれはおまえの家族が気に入ったから、今後、バーゼルトはトラウドルの脅威になりえない。その上、おまえはおれの子を産むから、両国の縁はさらに深まるし、共に発展していける。神隠しだってすぐに解決する。女も自由に外を歩ける国になる。そうなったらおまえを遠乗りや旅行に連れて行ってやれる。退屈するひまなんてない」

語った未来を想像したのか、トリアの緑の瞳がきらきらと閃《ひらめ》いた。

「どうだ、早くおれと結婚したいだろ？」

「ええ、早くフラムと結婚したいわ」

はしゃぐ彼女の頬を両手で包み、ちゅ、と唇めがけてキスをした。

ぎゅうぎゅうと抱きあえば、幸せを感じる。フラム自身、トラウドルとうまく渡りあえる自信があったし、これからふたりで迎える未来が楽しみでならなかった。


フラムは国に戻ってからすぐにトリアに手紙を書いた。手紙は苦手だったが、トラウドルの跳ね橋を出て間もなく彼女に会いたくなったから、少しも苦痛に思わなかった。また、彼女を早く妻に迎えるために、一層文武に励んだ。疲れても、彼女からの返事を見れば気力がみなぎり、より打ちこむことができた。

トリアの手紙は、刺しゅうがうまくできただの、今日のパンはおいしかっただの、背が伸びた気がするだの、たわいもない内容だ。インクが滲んでいるのは、書きなれず、たどたどしく綴っているためだろう。しかし、日を重ねるにつれ彼女の文字は、努力をしているのかめきめき上達していった。見つめていると、ますます彼女に会いたくなった。

離れてから日増しに彼女を意識するようになっていた。剣の稽古の後、赤く色づく大きな太陽を見た時も、夜、空いっぱいに広がる星を仰いだ時も、朝早く目覚めて、地平線に白い膜が張りはじめた時も。外を知らない彼女はなんて言うだろうかと考えた。

——見せてやりたい。

想いを自覚し、二度めに彼女に会った時、「好きだ」と気持ちを伝えれば、トリアは目にいっぱい涙をためて「わたしも好き！」と思いっきり飛びついてきた。抱きしめ返せば彼女との目線の高さが近いと気づき、もっと背を伸ばさなければと思った。彼女を軽々抱き上げたならどんな顔をするだろう。いずれにせよ、ちびのままでいるつもりはなかった。

それからというもの、フラムは毎日ミルクを飲み、頻繁に手紙を書き、三か月おきにトラウドルに通った。多忙で疲労困憊《こんぱい》に陥る時もあったが、それすら楽しく思えた。トリアとの関係は順風満帆だった。また、自分を律し続けていたため、バーゼルトの城での評判もうなぎのぼりだった。

しかし、フラムが将来のために努力すればするほど、父との関係は目に見えて悪くなっていった。城の貴族は父と息子を比較しては噂した。半年も過ぎたころには、共に食事をとらず、顔も合わせなくなったほどだ。

フラムは、父が必要以上に疑心暗鬼に陥るのは裏になにかあると疑った。もともと母の遺した言葉のために努力してきたというのに。いまの父との溝は不可解だった。

　野望はないとはいえないが、それは父の跡を立派に継いで、いま以上に国を豊かにし、世界に誇れる強国にしたいという思いだけ。それが父にとって都合が悪いのか。フラムは意を決し、腹を割って話そうと父の居室を訪れた。そして、広がる光景に瞠目した。

　寝台から聞こえるのは艶かしい喘ぎ声。天蓋《てんがい》から落ちる布の隙間から、絡み合う男と女の肌がちらついた。明かり取りから煌々と陽が降る真っ昼間、あろうことか父は淫靡な行為に耽っていた。

　フラムはこぶしをにぎりしめる。父は、母を愛していたのではなかったのか――。朴訥《ぼくとつ》とした人柄で、愛妾すら持ったことがなかったのに。

　フラムが王族ながらに愛や恋にこだわったのは、敬愛する両親の影響だった。

　呆れて、無言のうちにその場を去った。が、三日も愚行が続けば我慢も限界になった。

「父上、いいかげんにしてください。宰相があなたを待っている。森の探索もあなたの承認がないため滞っています。これではトラウドルに顔向けできない」

　絨毯には酒瓶が四本転がり、硝子《ガラス》の杯は割れていた。母のお気に入りの杯だった。

　酔った様子の父は、一度女を剝がして身を起こしたものの、すぐに仰向けに寝そべった。

「でしゃばるなフラム」

　酒に焼かれた、しわがれた声だった。ひげはいつから剃っていないのか。いつも綺麗に整っていた髪はぼさぼさだ。不摂生をしていたのだろう、目の周りにはどす黒いくまがある。そこに尊敬する父の面影は見当たらない。信じたくない思いと怒りが湧き上がる。

フラムが見ている前で、相手の女は王の裸身に手を這わせ、上に跨がった。ふう、とあごを上げるさまはまるで魔性だ。

それは目にしたことがないような、妖艶な女であった。長くまっすぐな黒髪に、透明感ある白い肌。血のような赤い唇は笑みの形に歪んでいる。挑戦的な目つきの、絶世ともいえる美女だ。

フラムは、女に父との結合部を見せつけられ、蔑みの目を向けた。

「誰だおまえ」

女はちろりと舌なめずりをしてから言った。

「わたくしはベアトリーセ」

低くもあるが、高くもある耳障りな声だった。睨みつけると、さも愉快だと言わんばかりにくちゅ、くちゅ、と女は腰を揺らし出す。すると、父から快感のうめき声があがった。

父に幻滅し、舌打ちをしたフラムに、女は「んふふ」と笑った。

「はじめましてと言うべきかしら。あなたとは長い付き合いになりそうね、フラム王子」

「売女《ばいた》、父を放して失せろ」

「無理ではないかしら？　この人、わたくしを離さないもの。離れられないのですって」

「失せろと言っている！」

女は腰を上げて父をねっとり引き抜くと、全裸のままひたひたとこちらに歩み寄る。そして、フラムを見下ろした。長いまつげに縁取られるのは、闇のような漆黒の瞳だ。

「あなた、デトレフに似ているのね。でも、それよりも――」

「黙れ！」

鼻にしわを寄せれば、女が頬を撫でてきたので、フラムは即座に振り払う。

「まあ、かわいい。んふふふ」

女は笑いながら、しゃなりしゃなりと猫のように扉に向かう。その合間に聞こえてきたのは、父のだらしないいびきだ。嫌な予感がフラムを襲った。

以来、父は毎日得体の知れないベアトリーセに溺れ、フラムの声も宰相の言葉も聞き入れず、どれだけ諭そうとも無駄だった。己の力不足を痛感した。子どもであるばかりに、届かないからもどかしい。実質見ているだけの現状に、大人を憎んだ。

ひと月後――辺りはけぶり、霧雨が降りしきる。湿度が高く、不快な日。そんな日の午後、高らかに、王とベアトリーセの婚姻が発表された。それは終わりのはじまりだ。

フラムが十一歳の時である。彼はこの日、父を見限った。


それは綿密に練られた計算だ。しかし、気づいた時には遅すぎた。深く蝕まれたあとだった。

「フラム、どうしたの？」と、トリアが心配そうにこちらを覗きこむ。トラウドル入りするのは、この日で十一回めになっていた。無理やり時間を作っていたが、国がごたごたしているいま、捻出するのは限界だった。ただでさえ、信頼の厚い重臣たちが不当に投獄されているのだ。次にいつここに来られるのかわからない。

フラムはうっかり思いが顔に出ていることを知り、「別に」と言ってごまかした。

「おまえ、いまなんの話をしていた？」

「わたしがもうじき十二歳で、フラムが十三歳になるっていう話。……やっぱり少し変だわ。疲れているの？」

「そうかもな。所詮《しょせん》おれも人間だ。でも、おまえといれば疲れは飛んでいく。来いよ」

両手を軽く広げれば、彼女がぎゅうと抱きついた。頭を撫でると、トリアの頬が胸にぴとりとくっついた。無邪気な彼女は、ぎすぎすした心を溶かしてくれる。

「あのね、わたしもフラムみたいに生き急ぎたくて色々ためしているのよ」

「おまえが生き急ぐのはおれと結婚してからだろ。で、なにをしているんだ？」

「色々。わたしね、刺しゅうもちょっぴり上達したし、いま、レース編みも覚えているの。バーゼルトの歴史も勉強しているわ。古代語も、あいさつなら少しだけ」

そう言って、彼女は〔こんにちは。わたしの名前はトリアです〕と言葉を披露する。

バーゼルトはトラウドルとは違い、古の言語をいまだに使用している地区がある。フラムは、自分のために努力しているトリアが一層かわいいと思った。

だからこそバーゼルトの現状を知られてはいけない。彼女に刃が突きつけられると想像したとたん心の底から震えがくる。トリアはフラムが決して克服できない弱点だ。

「なんだおまえ、早くおれと結婚したいのか？」

「したいわ。だって、フラムが大好きだもの」

その言葉を聞いただけでも救われる。フラムは「おれも好きだ」の思いをこめて、彼女の口に吸いついた。

父がベアトリーセを娶ってからというもの、国は荒れに荒れていた。父は女の言いなりで、己に逆らう者を処刑し有能な貴族の多くが退けられた。犯罪は増すばかりだ。いまのところは宰相の力で国のていは保たれているが、破綻《はたん》するのは時間の問題だ。

――あんなくそな状態で、こいつを国に迎えてたまるか。

角度を変えてくちづければ、彼女が「んっ」と小さくうめく。

フラムはトリアのやわらかな唇を確かめながら、今後のことを考えた。


自分はなんでもできるはず。小さなころは信じて疑わなかった。この手でつかめないものはない。驕《おご》ったフラムはそう公言したほどだった。

実際、なんでもできたし、周りが愚かに見えるほど頭の回転も速かった。知らないことはすべて知りたかったし、本を読めばわからないことはなくなった。剣を握れば、みるみる上達したし、騎士長に『騎士になれます』と太鼓判を押されてほくほくした。

自分の人気が高いことも知っていた。賞賛も当然とばかりに受けていた。ひと目で気に入った少女も手に入れ、婚約まで行き着いた。不可能や、挫折《ざせつ》のない世界で生きていた。

フラムは苦笑する。過去にすがるなどひどいざまだ。

いま、とても現実とは思いたくない現実を突きつけられていた。急いで大人になろうとしてもだめだった。自分が大人でさえあれば、解決できるとわかるだけに口惜しい。

父の堕ちてゆく姿は見ているのもつらかった。父は変わらず、ベアトリーセと淫蕩に耽ってばかりで、国の病巣に成り果てた。

父の治世の末期は悲惨の一言につきるものだった。毎日のように貴族が処刑されるのはもちろんのこと、ごろつきじみた男が城を徘徊《はいかい》し、女の召し使いは度々男の餌食《えじき》になった。男は因縁をつけられ、たやすく剣の露に消える。助けようにもきりがない。大広間では夜な夜な酒宴がくり広げられ、裸の男たちや女たちが妖しげに戯《たわむ》れた。ただでさえ神隠しで女が消えているというのに、城のなかでも不可解な失踪事件が起きていた。

十三歳。覚悟を決めて、〝しばらく会えない〟とトリアに言った。

馬から下りて、靴で大地を踏みしめる。それはトラウドルに向かってからの帰り道。

彼女に伝えた言葉を思う。

『二度と会えないわけじゃないし、手紙も書く。問題もそう長引かないだろう。最悪長引いたとしても、おまえが十三になったら迎えに来るつもりだ。おれを待っていろ』

――頼む、待っていてほしい。

問題は、長引かないわけがなかった。立っているのは薄氷の上だ。生きていられるかもわからない。けれど、あえてトリアに言ったのだ。それは本心、そして希望。もう一度会いたい、迎えに来たいと願い、己に言い聞かせた言葉であった。

フラムはバーゼルトの城を仰ぎ見た。かつて父と肩を並べ、見上げた城だ。父の傍らでいい国にしてみせると誓ったあの日。二度と帰らぬ日々を思えば、頬に涙が伝っていった。思い出すのは輝かしいものばかり。父と母に挟まれ笑いあう。当時の記憶は色褪せない。いまだに彼は、『なぜ』という思いが拭えなかった。なぜ、この国はこうなった？　少なくとも、三年前、トラウドルにはじめて向かった日は、こうではなかったはずだった。

――違う。

フラムは首を横に振る。三年前、すでに遅かったのだろう。

死は覚悟できていたものの、悔しさがせり上がる。まず脳裏に浮かぶのはトリアの笑顔。続いて彼女と歩むはずの未来だ。子どもの真名も決めていた。

彼は、自身の両手を見下ろした。成長しきっていない小さな手。細い指。剣だこができているが、頼りない。守りたいものも守れず、叶えられるはずの夢はすり抜けそうだ。はじまりはいつだったのか。どうして父は変わったのか、愚かな自分は、それすら理解できないでいる。否、理解したくないのだ。なぜこんなにも自分は愚鈍《ぐどん》なのかと腹がたつ。

――考えろ。考えて考え抜け。生きて、バーゼルトを立て直す。

やがて、フラムはとある仮定に行き着いた。いきなり父が変わった理由。かつて存在感があり、父を脅かしていた王弟デトレフが、父が再婚してから息をひそめている理由。

だが、フラムの決意や考察をよそに、父に強く物申した宰相が処刑されてからというもの、事態はさらに悪化した。もう流れは激流と化し止まらない。

国王に従う者は多いが、反目していた者もいた。大多数が日和見主義だが、いずれにせよフラムの立場は難しいものだった。平穏な時代であれば、フラムの意見は通ったかもしれないが、悪政のなか、弱冠《じゃっかん》十三歳の少年を誰も担ぎ上げようとはしなかった。ましてや、父は賢王から奈落に落ちた暴君だ。フラムを蔑む者も現れ、自ずと皆の視線は王弟デトレフに集まった。王弟は、じっとこの時を待っていたのだ。

『王を討つ』

デトレフの行動は図っていたようにすみやかだった。騎士たちの多くは、王からデトレフ側に寝返った。国は内乱状態に陥るも、ふた月後には父も後妻も投獄された。しかしながら、このありさまは、フラムの仮定を裏づけるものだった。

夜半過ぎ、フラムは腰の剣を確認し、デトレフの居室に向かう。実質幽閉されていた王子は皆に警戒されたが、衛兵に取り次ぎを命じれば扉は開かれた。

入室すれば、椅子に座ったデトレフは、裸身にマントをかけていた。深呼吸をひとつする。部屋の奥の寝台には女がひとり、情事のあとを匂わせていた。遠目に見るかぎり彼の妻ではないようだ。

「やあ、フラム王子。久しいね」

白金の髪、隙間から覗く冴え冴えとした青の瞳。齢《よわい》三十の叔父はフラムと似ている。

「私のもとに来るのははじめてではないかな？　よもやとは思うが、兄上の命の嘆願かい？　いくらきみでも聞き入れられない。処刑は免れないとわかっているよね？」

　黙っていると、デトレフは背後の寝台をあごでしゃくった。

「きみは必ず来ると彼女が言っていたよ。何度押さえつけられてもきみは諦めず、策を変え、立ち上がっていたね。感嘆に値するよ。さすがは――」

　言い終える前に、フラムはデトレフの言葉に自身の声を重ねた。

「私の息子」

「知っていたんだね」

「こんなに似た容姿をしていて、気づかないのは無理がある。それでも気づきたくなくて、おまえを否定していたが。認めてしまえば腑に落ちた。疑いようもない」

　デトレフはすうと目を細める。

「私はつねにきみを息子扱いしてきたよ。十七の時に授かった愛し子だ」

「いままでも、これからも、おまえを父と見ることはない。おぞましい」

「ひどい言い草だ。私はきみ以外いらないから妻とは息子をもうけていないというのに。私の息子は、容姿、知性、すべてにおいて完璧でなければならない」

　フラムが青い瞳で叔父をにらめば、彼は愉快そうに肩を揺らした。

「私と同じ目の息子よ。この目がなんと呼ばれているのか知っているかな？」

「知りたくもない。母は父を愛していた。父もまた母を愛していた。それをおまえが」

デトレフは、「愛か」と長い足を組み替えた。

「きみの母――アウレーリエはきみを産んだ。つまり、きみは私と彼女の愛の結晶さ」

「黙れ、おまえが無理やり犯したんだ。でなければ母はおれを道連れに死のうとはしない。母にとっておれは生まれながらに罪の子だった。おまえのせいで」

フラムは言葉をつまらせた。父の子として生まれたかった。

「兄は凡人だ。飛び抜けたものがひとつもない。だが、きみは私の血を引くおかげで聡明だ。周囲を魅了する美を誇る。感謝されることであってもなじられるいわれはないが」

「なぜ母を犯した？」

悪びれる様子もなく、デトレフはついとあごを持ち上げる。

「犯した、か。例えば犬。馬でも山羊でも羊でもいいが。彼らは言葉を交わさない。前戯もなしに突っこむだけだ。はたして雄と雌の間に合意はあるのかな？　彼らの生殖行為を犯すとは表現しないよね。生命の神秘、すなわち神聖な営みという。彼らはどのように相手を探すのか。よりよい子孫を残せると判断したからだ。そこで話を人に戻してみよう。きみという存在はすばらしい。あの時の私の目に狂いはなかったと確信できる。つまり、アウレーリエは私に抱かれ、子を産む資格があった。彼女はひときわ美しかった」

ふざけた御託《ごたく》に、フラムが鼻にしわを寄せれば、デトレフは続けた。

「怒る顔も美しいとは、きみは珠玉だ。特別に教えてあげよう。アウレーリエも知らない事実だが、兄は不能だよ？　二十ほどの歳だったかな、落馬が原因で睾丸がやられてね。

それを箝口令《かんこう》までしいてひた隠しにし、王位にかじりつくものだから本当にぶざまだった。まさに失笑だ。しかもアウレーリエは懐妊しないと悩んでいたんだ。兄のせいでかわいそうにね。私は彼女に子を授け、そして兄に子のいる生活を味わわせてあげたのさ。じつにいい弟だ。信じられなければ、処刑後の兄の遺骸を調べてみればいい」

デトレフは、「といってもきみは調べられないだろうね。時間がないから」と呼び鈴を鳴らした。こんな時に人を呼ぶのは狂気の沙汰《さた》だと思っていると、白金の髪をした小姓《ペイジ》が部屋にやってきた。フラムと同じぐらいの背丈の少年だ。

「私の息子ならもう気づいているね？　頭の切れる子だから。きみはバーゼルトの王にはならない。なぜなら私がなるからだ。私はね、きみを愛していたよ。ふとした瞬間、きみはアウレーリエと同じ表情を見せるんだ。きみのなかに彼女がいた。彼女、唄が最高にうまくてね。きみを身ごもってから唄を捨ててしまったが、もう一度聞きたいなあ」

フラムは自分と同じ体型の少年が現れたことで、これからなにが起きるのかを察した。

「彼女、小さなころはおてんばだった。そうそう、きみの婚約者のトリアちゃん。あの子のように。私はきみがあの子を選ぶと知っていた。だって、きみは私の息子だから」

それまで冷静でいたフラムだったが、トリアの名を聞いた瞬間、頭に血がのぼる。

「知ったふうに言うな！　おまえは会ったことがないだろう」

「あるよ？　私はトラウドルの食事が好きでね、ついでに式典に参加していたんだ。ウーヴェの女王が教えてくれたが、『バーゼルトの青、トラウドルの緑』って言ってね、古からの王の瞳の色なんだ。トラウドル王は緑の瞳だったから、期待していたけれど同じ瞳の娘が生まれてくれた。次の私の息子はきっと緑の瞳になるだろう。トラウドルの証だね」

フラムはかっと瞠目した。この男が見据えるのはトリアではない。その背景だ。

「おまえ、はじめからトラウドルを狙っていたな。いつからだ」

「私はかつてない強大な国を造る。帝国、なんて素敵じゃないか？　ウーヴェの力を持ち、バーゼルトとトラウドルが合わされば世界も夢じゃない。……少し喋りすぎたかな？　いずれにせよトリアちゃんのことは心配ない。私が隅々まで愛してあげよう。あのよちよち歩きの女の子は国母になる。彼女も喜ぶんじゃないかな。私ときみは似ているし」

ぐっと足に力をこめたフラムは、自身のマントを払い、腰の剣を引き抜いた。しかし、デトレフは少しも動じることなく椅子から立ち上がる。

「フラム、父親に剣を向けるのは感心しないね。親殺しは大罪だ」

「黙れ。おまえを殺す」

「まいったな、きみを傷つけるわけにはいかないし。とっくに彼女のものだからね」

デトレフは椅子に立てかけてある剣の柄を握り、ぽいっと鞘を放った。ろうそくの光を受けて、刃がぎらりと輝く。

「稽古ならつけてあげよう。最後に父親らしいことをしたいから。くる？」

「ふざけるな！」

「礼を言うよフラム。きみが私と瓜ふたつに生まれてくれたおかげで私の枷は解けた。信じられる？　私は古からの血が濃く出て美しく生まれてしまったがゆえ、六つの時から囚われの身だったんだ。じきに彼女に連れ去られる予定だったが免れた。きみのおかげだ」

　父から聞いたことがある。デトレフは六歳の時、十日ほど行方不明になっていた。女ばかりではなく男も神隠しにあうのかと、発見されるまで国をあげての騒動になったという。

　デトレフは刀身にべろりと舌を這わせた。

「私は彼女の夫に定められていたんだ。でもね、これから夫になるのはきみだよフラム。彼女、きみがいいと言ってね。私よりも似ているらしい。さすがは私の息子だ」

　わけがわからず眉をひそめれば、デトレフは寝台に向けて「女王」と言った。肌の白い女は裸身をさらけ出したまま少しも動かない。

「起きてくれないかな。このままではまっぷたつにされてしまうよ。フラムは恐ろしく腕が立つんだ。城のごろつきを何人屠《ほふ》ったと思う？　彼、女みたいなかわいい顔をしながら意外に獰猛《どうもう》なんだよね。——ああ、ごろつきだなんて失礼。あなたの息子たちだった」

　フラムがデトレフを切ろうと手に力をこめた時、寝台から声があがった。

〔ヴォルフラム・ヴェールター・ティノ・ルーブレヒト・レナートゥス・ベーレンス・バーゼルト。汝に命じる。大人しくなさい〕

　それはまるで唄だった。古の言語によるフラムの真名——。

　とたん、身体が痺《しび》れて動かない。フラムはなすすべもなく剣を取り落とす。

「んふふ。ごめんなさいね、フラム王子。あなたは一生わたくしに逆らえないの。あなたの真名はデトレフ同様わたくしのものだから、これからは言いなりね」

のっそりと寝台から身を起こしたその姿に、フラムは大きく目を見開いた。

父の後妻、ベアトリーセがそこにいた。


フラムは唖然とそれを見ていた。なにもできずに、ただ、見ていただけだった。声を発することも、まばたきさえも不可能だった。強制的に見させられていた。

断末魔が轟いた。デトレフに呼ばれた小姓は赤い飛沫を撒き散らし、デトレフの剣で息絶えた。顔を潰され、フラムから剥ぎ取った服を身につけさせられ、あたかもフラムの遺体のように転がった。

返り血に染まったデトレフは、フラムの剣で己の手と脇腹を傷つけた。まるでフラムに剣で斬りつけられて負傷したような格好だ。絶命した小姓の手にそれを握らせ、笑った。

「乱心した王子と襲われた王弟の図。うん、これは正当防衛だね」

デトレフは気分が良いのか、口笛を吹きながらこちらに歩み寄り、「よしよし」とフラムの頬を撫でつける。続いて血まみれの手は白金の髪に向かい、べったりと赤がつく。

「綺麗な髪だ。私と同じ髪。かわいい息子よ、いつまでもきみを忘れないよ？　他の者が忘れようとも、私が死ぬまできみは私のなかで延々と生き続ける。さらばフラム」

怒りのままデトレフを睨みつけていると、服を盗られた裸身に女の手が這い回る。抱きしめられ、肌と肌がひたりとついて、憎悪と嫌悪が激しくうずまき、嘔吐《おうと》した。

女の肌は、氷のように冷たかった。唇に、女の真っ赤な舌がべったり張りついた。

思いっきり蔑み、罵詈雑言《ばりぞうごん》を浴びせたかった。が、声が出ない。表情すら変えられない。

手で押しのけたいのに指のひとつも動かせず、ここから去りたいのに足は微動だにしない。

されるがままだった。まぎれもない、真名による呪詛だった。

「粗相《そそう》をしていけない子。かわいいわ。んふ、わたくしがすべて綺麗にしてあげる」

赤い唇がうごめき、ぴちゃぴちゃと汚れた箇所を舐められる。さらに汚されていくようだった。抵抗も、反論も、許されない。フラムはただ見ているだけしかできないでいた。

「あなたはもうこの世界から消えたの。帰りましょう？　わたくしたちのウーヴェへ」

心臓がむなしく早鐘を打っていた。混乱と絶望のなか、頭をよぎるのは、やはり彼女だ。

〝あなたと食べたいから、こっそりとパンをとっておいたわ。半分こしましょう？〟

この手で着つけた檸檬色のドレスは、彼女によく似合っていた。

〝ねえフラム。わたしね、あなたが大好きなの〟

目からはぼたぼたと、熱く、熱く、あふれてくるものがある。

「涙？　あら、ごめんなさい。人間はまばたきしなければいけない生き物だったわね」

女の手がフラムのまぶたに滑り、「んふふ、乾いちゃうものね」と閉じさせられる。

暗闇のなか、トリアの姿がより鮮明に、くっきり見えた。

〝次はいつ会えるの？　わたし、楽しみにしているわ。ずっと、待ってる〟

七章

毎日決まった時間に食事が運ばれ、やがて夜がやってくる。

人は順応する生き物だ。不自由ななかでもいつのまにか快適な方法を探している。

このような生活になど慣れたくないのに、五日も経てば日常と化す。トリアは、この〝慣れ〟自体がウーヴェに絡めとられているような気がして怖かった。

部屋にはくつろいでいる人、笑顔で話をしている人、退屈そうに膝を抱えている人など、さまざまだ。食事も、最初は味がしないと思っていたのに、舌が慣れてきたのか、いままでは普通に食べられる。とある娘は〝村にいるよりは百倍まし〟とまで言っていた。

それがどれほど恐ろしいことか。順応した人は現状にさして不満を持たなくなっている。

それはとても危険なことに思えてならない。

だがトリア自身、慣れたくないと思いながら、徐々に慣れていっている。

すやすやと昼寝をするヘルガの傍で、壁に背をもたせかけているトリアは、くしゃくしゃと髪をかきむしる。焦りが募り、胸がきゅうと軋みをあげていた。

――いま、わたしはなにができるのかしら？　最善はなにかしら？

思いをめぐらせて、トリアはしゅんとうつむいた。

あれからフラムは毎晩来てくれる。うれしいけれど、大抵息が切れているし、腕に血がついていた時もある。指摘をすれば、彼は鼻血だと否定したが、騙されない。相当無理をしているのだろう。彼とふたりきりで過ごせるのは幸せだ。しかし、その時間はフラムの犠牲の上にある。ウーヴェに反する行いをしている彼が、無事でいられる保証はない。

悪寒を感じてトリアはぶるりと身を震わせる。彼の周りはすべてが敵だ。おびただしい数の黒い頭巾の男たちに囲まれながら、彼が倒れてゆくさまが浮かび、血の気が引いた。

——時間は無限じゃないわ。ぐずぐずせずに、できることはなんでもしなくちゃ。

トリアはよろめきながら立ち上がり、眠るヘルガを見下ろした。彼女は連日、ギーゼラ捜しを手伝ってくれている上に、トリアを率先して背負ってくれる。

近くにいるレーニに、「ヘルガに心配しないでって伝えてくれる？」と伝言を頼み、トリアは扉に向かった。今日は迷惑をかけずにひとりでがんばると決めたのだ。

回廊では、足を引きずるトリアをものめずらしく窺う娘もいたけれど、気にせず壁を伝って歩く。途中、黒い頭巾の男と出くわし、心臓が飛び跳ねた。満月の夜以外は襲われないと聞いていても、それでも緊張するものだった。

息を整えながらひたすら足を動かした。疲れて壁に手をつけば、ちょうど黒光りする髑髏に触れて、トリアは慌てて手を離した。その髑髏が自分やフラムの未来を示唆しているように思えてならない。

この城は、人の死を待っているかのようだった。飾りつけの仕上げと言わんばかりに、要所要所に黒い髑髏が埋めこまれているのだ。考えないようにしていたけれど、未完の壁や修繕《しゅうぜん》中の壁がある。完成まで、あと何人犠牲になり続けるのか……。

へなへなと座りこみそうになったその時だ。

「サッシャ!」

ギーゼラの声だった。ずっと捜していた彼女がこちらに駆けてくる。茶色の髪は肩の位置でばっさり切られ、白い服はトリアと同じだ。足首の鈴はけたたましく鳴っている。

ひっつめ髪の彼女しか知らないトリアはその変化に胸が痛むが、同時に会えた喜びが湧き上がる。トリアは返事ができずにむせび泣いた。ギーゼラも同じ思いのようだった。震える手を伸ばせば、彼女はその手を宝物のように両手で包む。

「やっと見つけました。おいたわしい……お身体は?」

涙を流す彼女と抱きあいながら、トリアは何度もうなずいた。「会えてよかった」と顔を歪めれば、彼女の肩に、ぼたぼたとしずくが落ちる。

「わたしはだいじょうぶ。ギーゼラ、捜してくれていたの?」

「はい。お会いできてよかったです。まずは火急にお伝えしたいことが」

トリアはきょろきょろと辺りを見回し、誰もいないことを確認した。

「わたしも伝えたいことがたくさんあるの。でも、先にあなたの話を聞くわ。話して?」

声をひそめて伝えれば、ギーゼラの声も小さくなった。

「お喜びください、アルベリックさまが来ておいでです」

トリアは、「画家さんが？　ほんとうに？」と緑の瞳をまるくする。

「はい。サッシャ、ようやくあなたをお救いできます」

口を結んだトリアはまばたきをくり返す。トラウドルの騎士ならまだしも、画家が来てくれるなど、にわかには信じがたかった。彼はトリアの肖像画を依頼されただけの異国の貴族だ。命の危険が伴うというのに。

「こんなことがあっていいの？　画家さんにどう感謝すれば……」

「三日前にアルベリックさまをお見かけし、今朝、あの方は壁を登ってこられました」

トリアは城の壁を思い出す。四階まで窓らしきものはなく、おまけに風化しているため崩れそうで、とても登れるものではない。

「画家さんはだいじょうぶだったの？　怪我はない？　かなり危険な壁だったはずよ」

「私も心配しましたが、もともと崖を登るのがご趣味なのだとか。三日の間挑戦し、崩れないルートをようやく見つけられたそうです。サッシャ、どうかお逃げください。私が手引きいたしますから。アルベリックさまもお待ちです」

トリアの肌はうれしさに粟立った。暗闇にひとすじの光が差した心地だ。けれど、「いいえ、だめなの。逃げられないわ」と拒否すれば、ギーゼラの眉間にしわが寄せられた。

「わたしの足ではとてもじゃないけれど壁を下りられないし、この城には出口がないの。扉は開かないって聞いたわ。それよりもギーゼラ、あなたが逃げてちょうだい。そしてお父さまやお兄さまに伝えてほしい。このウーヴェは存在していてはだめなの。攫われた女性たちは解放されるべきだわ。神隠しなんて、二度とあっちゃいけない」

ギーゼラは静かに首を横に振る。

「サッシャを置いてはいけません。私の使命はあなたを守ること。使命ではなくてもお守りしたいのです。それにアルベリックさまはあなたに会いたがっておられます。どうか」

「ええ。もちろん、画家さんには会うわ。案内してくれる？」

屈んだギーゼラはトリアに背中を差し出した。

「かしこまりました。お連れしますので背中へどうぞ」


ちりり、ちりりと鈴が鳴る。ギーゼラの肩に手を置くトリアは、過去を思い出していた。小さなころ、はしゃいで転んで泣いた時、彼女は郷土に伝わる唄を口ずさみ、背負ってくれた。膝から血が出て彼女の服が汚れても、嫌な顔ひとつしなかった。

「あなたに背負ってもらうのは久しぶりね」

「そうですね。サッシャは十歳でしたから、七年ぶりでしょうか」

ギーゼラが角を曲がると開けた広間にやってきた。ヘルガとギーゼラを捜していた時は近寄らなかった場所だった。トリアが辺りを見回していると、ギーゼラがくすりと笑う。

「サッシャは私が背負うといつもにこにこしてうれしそうでしたね」

「どういうわけか、ギーゼラの背中は一番しっくりきていたの。……ねえギーゼラ。わたしが嫁ぐ時、あなたも一緒にきてくれる？　ずっとあなたと一緒がいいわ」

トリアはみんなが無事で、生きてウーヴェを出るために、願いをこめて口にした。

「もちろんです。サッシャは私の生き甲斐ですからいつまでもお供します」

トリアは滲んだ涙をまばたきで散らした。あごを上げれば前向きな思いが湧いてくる。

「わたし、たくさん歩いて足を動かせるようにするわ。ずっとなにもしてこなかったから、やめていた刺しゅうもレース編みも再開する。勉強も。古代語だって話せるようになりたい。いままでわたしは自分に甘かったから、これからはうんと自分に厳しくする。生き急いで、いつか、振り返った時に我ながらがんばったわねって胸を張りたい」

そして、できればフラムにも「それでこそおれの妻だ」と褒めてほしい。

「あなたは以前から、〝生き急ぐ〟とよくおっしゃっていましたね。生き急ぐだなんて死に急ぐことのようではらはらしていましたが、そうではないのですね」

「死に急ぐわけじゃないわ。濃いものにしたいの。これからは時間を大切にする。自分で五年も時を止めていたのですもの、わたしは考え方も行動も未熟だわ。自覚しているの。身体は大きくなっても成長していない。歳をとっただけ。だから、急いで大人になる」

「サッシャ、私もお手伝いさせてくださいね」

「もちろんよ。わたし、お母さまに感謝しているの。お母さま付きだったあなたをわたしに与えてくださった。もともとわたしがだだをこねたのがはじまりだったけれど。本当は、あなたの出世を考えたら、お母さま付きのままのほうがよかったのに、ごめんなさい」

当時のことを思い出したのか、ギーゼラは肩を揺らして笑った。

「よく覚えています。あなたは五歳でしたね。私はマグダレーネさまのもと、緊張しきってびくびくしながら過ごしていました。食事も喉を通らなかったほどです」

「そうなの？　ぜんぜんびくびくしているようには見えなかったわ」

「そんな半人前の私の手を、サッシャは『あなたがすき』とにぎりしめてくれたのです。幸せでした。その上、当時騎士見習いのエッカルトと私を早々に引きあわせてくださいましたね。あなたのおかげで私は、一生の伴侶に出会えました」

ギーゼラの亡き夫エッカルトは騎士の息子であり、トリアは物心ついた時から懐いていた。当時は彼とギーゼラを自分の子どもに見立てた、ままごと遊びがお気に入りだった。

「エッカルト。おままごとに毎日付き合ってくれて、大好きだった。いまでも好きよ」

ギーゼラもトリアも、エッカルトの死について、心はどうあれ嘆き悲しむそぶりを見せない。トラウドルの騎士は死を恐れない。国や家族のために命を賭ける。騎士は、誓いを立てたその日から、戦地で死ぬことが名誉とされているのだ。そのため、残された者は前向きな言葉以外は語らない。それは命を賭した騎士への敬意の表れだ。

「夫と過ごした時間は短いものでしたが一生ぶんの幸せをもらいました。私は幸せ者です」

「こんな話を知ってる？　思いが強ければ強いほど生まれ変わったらまた会えるの。だから、あなたとエッカルトはまた会えるわ。エッカルトがあなたを必ず見つけるから」

「まあ。サッシャはロマンチストなのですね。私も、そう信じたいです」

ギーゼラと昔の話に花を咲かせれば、不気味な黒い髑髏の装飾も、黒い頭巾を見かけても、気にならずに済んでいた。次に彼女が足を止めたのは、閑散とした回廊だ。先に続くのは大広間ということもあり、人の行き来はなかった。

画家が登ってきたという壁は、苔むした石がぼこぼこしているが、とても人が登れる壁ではなさそうだ。直角といえるほどの急勾配で、登る発想すらできないような壁だった。見下ろしていると、びゅうと風が吹き抜け、トリアとギーゼラの髪が舞い上がる。見ているだけで足がすくむほど怖かった。

「ここを登ってきたの？　とてもじゃないけれどギーゼラだって下りられないわ」

下りようとしようものなら、真っ逆さまに落ちて死ぬ。もしくは死に近い怪我をしてしまうだろう。蛇のようにうねる樹木の根や、切り立つ岩に激突しておしまいだ。

「はい。下りるのは不可能です。アルベリックさまは器用に小刀を使われていましたが」

「訓練が必要だわ。どのくらいでそんな技量が身につくの？」

手すりに手をのせ、じっと下を見つめていると、壁にこつ、と小さな種子が当てられた。

種子が飛んできた方向を見やれば、生い茂る葉の隙間に影がちらついた。

「アルベリックさまです。木に登ってサッシャを待つとおっしゃっていましたから」

トリアが身をのりだして大きく手を振ると、がさりと音を立てつつ彼はするすると地に下りた。綺麗な顔立ちのアルベリックは、いまはひげもじゃで、攫われた当日の格好のままだ。しわひとつなかった衣服は汚れ、よれよれになっていた。けれどトリアと目が合うと、帽子を脱ぎ、左の胸に手を当てて、うやうやしくこうべを垂れた。

警戒しながら城壁の下に来た彼は、小刀を二本取り出すと、くるりと宙で回して左右の手に持ち、石の間に差しこみながら素早く登る。ぽかんとするほど鮮やかな手さばきだ。

「サッシャ、よくぞご無事で。このアルベリック・ピエール・バイヨンが馳せ参じたのですから、もうなにも怖いことはありません。全身全霊でお守りいたしますとも」

「画家さん、ありがとう」と感謝したとたん、トリアは画家が名前を呼んでもらいたがっていたことを思い出し、「アルベリックさん、ありがとう」と言い直す。

「それにしても、あなたの美しい黄金の髪が失われるとは、ウーヴェは万死に値します」

髪に関して、トリアに思うところはなにもない。切ったのがフラムだからだ。

「あの、いま話していてもだいじょうぶなの？　その……体勢はつらくないの？」

画家は小刀を石のくぼみにぐさりと刺し直し、手を放して歩廊の飾りを握った。

「このとおり平気です。見えづらいかもしれませんが、足にちょうどへこみがありますから体勢は安定していますよ。経験上、一日中ここにいるのは厳しいですが、半日は平気ですとも。ほら、以前お話ししたはずです。私の衣装の下にはみなぎる筋肉がありますと」

「そうだったわね。あなたはわたしたちを襲った集団をここまで追ってきてくれたの？」

「ええ、うまく後をつけてきました。こう見えてヴィロンセールは深夜の暗殺といいますか、隠密に長けた国でして、気配を断つのは朝飯前です。そんな我が国のことを、裏をかき隙をつくなど卑怯とのたまう輩もいますが、私はこう考えます。最後に勝てばいいのだと。歴史は勝者のものです。負けてしまえばただの塵。むなしく消えゆくさだめです」

トリアは「そうね」と聞きながら、アルベリックに手を差し出した。

「わたしの手でよければつかまって？　もっと体勢が安定するのではないかしら」

「その麗しい手に私がですか？　とんでもない。あなたに触れるには、私は汚れすぎている。ですからあまり近づかないでくださいね。話が逸れてしまいましたが、ヴィロンセール出身の私にとって、不気味な黒い輩どもの後を追うなどたやすいことでした。その上私はひまを見つけてはさまざまな崖に挑戦し、見事登頂してきた男。その達成感のとりこになって早十年。崖はすばらしい。そういえばトラウドルにも凶悪な崖がありますね」

また話が逸れていると思ったのか、ギーゼラが小さく咳払いをすると、画家は続ける。

「つまり神の采配と申しますか、私の趣味、そしてヴィロンセールの男という好条件がうまく重なり、現在サッシャと会話ができているという構図が生まれているのです。あまりにも出来すぎで恐ろしく思わないわけでもないですが、この神に愛された男、アルベリック・ピエール・バイヨンならば、奇跡も起ころうというもの」

「あの、聞きたいのだけれど……。アルベリックさんはこの樹海の外に出たとして、ふたたびこの城まで戻ることができるの？」

「当然です。特徴のある木は記憶していますし紙にも控えていますから万全です。私の記憶力ときたら驚きですよ？　厄介なのは鳥がぎゃあぎゃあと騒ぐことくらいです」

「すごいわ。いままでこの迷いの森に入り、生きて帰ることができた人はいないのに」

画家は「そうでしょうね」と請け合った。

「かつて地震でもあったのでしょうか。この樹海はいたるところに亀裂があります。その亀裂は底なしのような深さで、樹木やこんもり茂る植物に隠され、殺人を可能にする落とし穴と化しているのです。黒い輩どもは回り道をしながらうまく避けて歩いていましたよ。なぜ私が気づいたのかと申しますと、亀裂は外に向かう際には見えるのです。入る際には見えません。人為的に隠されているのでしょうね。まったく悪趣味だ」

画家に質問しようとしたトリアだったが、先に彼が口にした。

「ここから少し離れたところに農地がありました。宿で聞いた話は本当でした。女性がいない男だけの場所で、原始的な生活を営んでいます。私がウーヴェの弱者だったら発狂していたでしょう。日々の生活に女性がいないなど潤いも癒やしも生き甲斐も皆無ですからね。ちなみにウーヴェの出入り口ですが、調べてみたところ一箇所だけでした。固く門が閉ざされていますが、こちらは女を攫った時にのみ開かれます。つまり、女を攫う輩と城内にいる輩は分けているようで、男たちの出入りは一切ありませんでした。しかし、黒い頭巾をひったくったところで、変装して外へ出る手段を使えないというわけです」

ギーゼラは眉をひそめる。

「では、このウーヴェからどのようにしてサッシャをお救いすればよいのでしょうか」

「私もそのことを考えていました。私の趣味はご存じのように崖を登ることですが、人をおぶって下りることは難しいのが現状です。そこで考えましたのが、私が内部にしのびこみ、黒い輩を始末しつつ出口を探る方法です。夜間であれば出ることは可能でしょう」

トリアはすかさず否定する。

「夜は昼よりもだめよ。女王にすべての音を拾われるわ。それに、アルベリックさんが思うよりもウーヴェの人たちの数は多いの。ひとりでは太刀打ちできない」

「はて、女王がすべての音を拾う？　どういうわけです？」

トリアは、「少し長くなるけれど」とウーヴェの息子や女王のことなど、見聞きしてきた話を語る。すると、画家は「信じがたい」と低くうめいた。

「女王は人なのでしょうか。そのような芸当、人智を超えているように思いますが」

「謎だらけでわたしにもわからないの。とにかく、なかから外へ出ることはできないわ」

それに、もし可能なのだとしたら、フラムはとっくに外に出ているはずだ。

「そうですね、私がいくら屈強でも数の前には無力です。切り立つ岩壁に無謀に体当たりする熊のようなもの。しかも、己の意志がない者が集まっているとはさらに脅威。行動に迷いがない者の相手をするには、こちらもそれ相応の支度が必要です。困りました」

「アルベリックさん、わたしたちのことはいいから、いまは一刻も早くお父さまとお兄さまに報告してくれないかしら。わたしたちは助けを待つわ。だからお願い。行って」

彼はあからさまに渋い顔をした。

「私にあなたを残して去れとおっしゃいますか？　あなたの安全がまったく保証されてい

ないのに？　私は毎日この地を調べています。ここは調べるほどにおぞましい。信じられない数の屍体が打ち捨てられているのです。男も女も。そのすべてに首がない。城の周りにはいくつか丘陵地があるのですが、掘ってみました。それらはすべて元は人です」

　トリアは画家に顔を近づける。

「人が大勢亡くなっていることはわかっているわ。でも、わたしはわたしだけ助かりたくないの。ギーゼラも、みんなも一緒に助かりたい。そのためにはお父さまやお兄さまの力が必要なの。お願い、アルベリックさん。ここは死が近い世界だわ。長くいればいるだけ命は失われてしまう。命に期限がある地だもの」

「すべてをわかっていながらおっしゃるのですか。あなたほどの地位にある方が」

　トリアは黒いいばら模様の隙間から手を伸ばし、画家の黒ずむ手を握った。

「あなたの綺麗な手がこんなに傷ついて……危険に巻きこんでごめんなさい。あなたはただ、わたしの肖像画を依頼されただけなのに。これは、トラウドルとバーゼルトの問題だわ。でも、お願い。あなただけが頼りなの。どうかわたしに力を貸して」

　途中で涙があふれてしまい、声が震えた。

「あなたのその涙を拭って差し上げたい。両手が塞がっているこの状況が呪わしい。そんなにお泣きにならないでください。私は進んで巻きこまれているのですから」

　画家は悲しげに微笑んだ。

「ではサッシャ、私からも願いがあります。ご存じでしょうか。私は伊達《だて》男として生きてきました。美や芸術をこよなく愛し、泥臭いことは好みません。ところが、いま、私は必死になっている。身繕いもせずぼろぼろな格好でここにいる。本来、私にひげなどありえないのです。しかし、おぞましい姿になりながら、それもいとわずここにいます」

真剣なまなざしに、トリアは視線を外せない。彼を見つめ返した。

「あなたのお願いはなにかしら。わたしに、叶えられる？」

「私はあなたのお父上から褒美が与えられるでしょう。ウーヴェの場所を知り、あなたをお救いできるのは私だけですから。それでも、あなたにしか私の願いは叶えられません」

父王にウーヴェの場所を示すということは、トリアの救出のみならず、古より続く神隠しの根絶を可能にする。それは、トラウドルだけではなくバーゼルトの悲願だ。アルベリックの功績は計り知れないものになる。父は、彼の望みをなんでも叶えるだろう。

画家は一旦口を開いてなにかを言いかけたが、ふたたび閉じて、また開いた。

「ギーゼラから聞いています。攫われた娘の行く末を。言いたくはない言葉ですが、いまのあなたはすでに他の王家に嫁ぐ資格を失っておられます。純潔ではないのですから」

トリアが認めると、画家はこちらを見据えて言う。

「けれど、申し訳ありません。私はいま喜んでいます。なぜなら手に入らないと思っていたあなたが私と同じ位置に下りてくださった。心を隠す必要がなくなりました。私は、父君と兄君にあなたを妻にと望んでも構わないでしょうか。共に歩んでください」

トリアは信じられずに目をまるくしていたが、「ごめんなさい」とうつむいた。

「アルベリックさん、ありがとう。わたしはひどい態度をとってばかりだったのに……」

トリアの話を聞きながら、画家はやさしげに目を細める。

「そうでしょうか。私には魅力的に見えていましたが。ようやく膝を折る相手を見つけたと思っていたのですよ？　それで、『ごめんなさい』のわけを教えてくださいますか」

この瞳を知っていると思った。トリアは恋をしてきたし、また、フラムの瞳を知っているから、画家の想いがわかる。トリアは、喉に引っこみそうになる言葉を押し出した。

「……ウーヴェで見つけたの。わたしの婚約者が、生きてここにいたわ。いまも助けてくれている。だから、ごめんなさい」

画家は目を見開いた。

「待ってください。婚約者？　え、あの方？　まさか。それはどういう……」

「くわしいことはわからないから、まだなにも説明できないの。でも、彼は戦っているわ。ずっと戦い続けている。五年の間、ずっと」

アルベリックはなにかを押し殺すように、一旦まぶたを閉じた。

「ふふ……それでは私の願いは叶えられるはずがない。神はいま、苦笑いをしていることでしょう。では、改めて提案します。私はトラウドルへ行き、できうるかぎり迅速に、ふたたびここに参ります。その時、褒美にキスをいただけないでしょうか。いただけるのなら、このアルベリック・ピエール・バイヨン、喜んであなたの騎士になりましょう」

「わたしのキスでいいのなら」

画家は陽気にぱちんと片目をつむると、「最高です。早速行動しますから、待っていてくださいね」と壁を器用に下りてゆく。トリアとギーゼラが見守るなか、彼は樹木に吸いこまれるようになじみ、やがて、光のない闇に同化した。


トリアがギーゼラとともに、もといた部屋に戻ると、立ち上がったヘルガの隣で、ひときわ大きな声があがった。

「まさか……ギーゼラさん？」

わなわなと震える声はレーニだ。トリアはギーゼラとレーニを交互に眺め、首を傾げる。

「ギーゼラ、レーニさんとお知り合いなの？」

しかし、ギーゼラが口を開く前に、レーニがトリアに詰め寄った。

「ちょっとサッシャ、ギーゼラじゃなくてギーゼラ〝さん〟だよ。この方は私の村で一番の出世頭なんだから。ただでさえ城勤めは難関中の難関なのに、この方は庶民でありながら王族付きになった方だよ？　それをわずか十二歳でやり遂げたんだからっ」

トリアは、上気しながら話すレーニの思いを察した。

「レーニさんは、ギーゼラさんに憧れているのね？」

「当たり前でしょ。あんた、王族付きのすごさがちっともわかってないっ」

トリアが複雑な心境でいるなか、ギーゼラがひとつ咳払いをする。

「あなたは同じヤーコプ村の方なのですね。はじめまして、レーニさん」

ギーゼラに手を差し出され、レーニがあわあわしているところで、トリアはヘルガに「彼女がギーゼラなの」と紹介した。ヘルガは感心した様子であごを持ち上げる。

「ギーゼラは選ばれし者というわけだ。王族付きってお貴族さまじゃないとなれないんだろ？　バーゼルトではそのはずだよ。まあ、うちの国は内乱以降ずたずたらしいけど」

「バーゼルトの内乱はひどかったの？　どんな感じだった？」

眉根を寄せたトリアが言えば、ヘルガは「あたしは蚊帳《かや》の外だけどさ」と腕を組む。

「うちの村は都から離れてるからそうでもなかったけど、他は大変だったと聞いたよ。多くの人が巻き添えになって死んだんだ。前王派の残党狩りも厳しいしね。匿ったためにひどい目にあった村もあるから、うちの村では匿うなとお触れが出ていたよ」

「もとは同じ国の民なのに……悲しいわ」

「まあ、前王がひどかったからね。いまの王は前王の弟なだけに、兄を許せない思いが強いんじゃないかな。でもさ、デトレフ王は好戦的な人らしいよ。あたしが攫われた時は、近々ハンネス国と戦争になるかもって言われていたんだ。いまごろ戦争かな」

ハンネス国は、トラウドルとは反対側にあるバーゼルトの隣の国だ。

「温厚なハンネス国が牙を剝くとは思えないわ。バーゼルトが仕掛けるのかしら」

「やめだ、上がなにをしようとあたしら庶民には関係ないんだ。それよりも見てごらん」

ヘルガが指をさす先にいるのはレーニだ。緊張のためか背すじをぴんと伸ばし、ギーゼラとぎこちなく話している。ヘルガは「くくっ」と喉を鳴らした。

「生意気なやつなのに、ギーゼラの前では借りてきた猫みたいじゃないか」

トリアはなんて答えていいのかわからず、あいまいに微笑んだ。

その日の晩の食事は楽しいものだった。ギーゼラがいるというのもあるが、ヘルガがレーニをからかうのを皮切りに、どんどん笑顔が生まれ、いままで話したことのない娘たちとも会話した。こんなことははじめてで、トリアは終始わくわくしていた。晴れやかでいられたのは、画家がトリアたちを追ってきてくれたことが大きい。希望が生まれたからだ。

心が上向いているからだろう。トリアは、フラムが夜に訪れてふたりきりになったとたん、自ら彼にくちづけた。黒い頭巾越しだったが、早くキスがしたかった。

すっかりおなじみとなった武具の置かれた古部屋で、黒い頭の布を脱ぎ捨てた彼は、改めてトリアに唇を重ねつつ、身体に文字を書いてきた。

【いいことでもあったのか？】

トリアはこくんとうなずいた。しかし、詳細を伝えようとした瞬間、ふと気づく。ただでさえフラムは疲れた顔をしているのに、画家のことを話してしまえば、トラウドルが動きやすいよう自らも動こうとするだろう。

淡い光の石に幻想的に照らされている彼は、依然として漆黒の髪をしている。

トリアはうつむいた。その漆黒が、彼に科せられた枷に思えてならない。

【トリア、どうした？】

【あのね、わたし、ギーゼラと神隠しにあったのだけれど、彼女とやっと合流できたの】

【そうか、よかったな。ところでおまえはなぜ神隠しにあったんだ？　聞かせてくれ】

トリアは神隠しまでの経緯をせっせとフラムの腕に書いてゆく。実は、文字を書くのは得意ではない。以前は練習をしていたけれど、フラムを失ってからの五年の間、書く気がしなかったのだ。その未熟な文字を彼は目で追っている。

恥ずかしくなり、まつげを伏せると、フラムに強くかき抱かれた。

【おまえはばかだ。おれの墓に行くなんて。バーゼルトだぞ？　おれが望むと思ったのか。その帰り道に攫われるなんて、このばか。ヨシュカもばかだ。考えなしにもほどがある】

フラムの胸に涙をこすりつけながら、トリアは指を動かした。

【ごめんなさい。でも、後悔はしていないの。だって、あなたに会えた】

どちらからともなく、ふたりの唇はひとつになっていた。口を開けて食み合う。

満月の夜、そして翌日の昼以降、ふたりは身体を合わせていない。毎夜、フラムは傷の残るトリアの胸を確認し、やさしく触れるがそれだけだ。ふたりはくちづけをして、文字を交わし、隙間を嫌うようにして、ぎゅっと抱きしめあっていた。

毎回、彼の膝の上に座るトリアは、足に当たる昂りを知っていた。だが、いつも彼は行為をしようとしなかった。今夜もその気配を感じて、トリアは勇気を持って彼を見つめる。

【フラム、ひとつになりたい】

トリアはもう、なにも知らないころには戻れなかった。好きだから、彼がほしいのだ。

【必死に抑えているのに、おまえ】

彼は苦しげに熱を孕んだ瞳でこちらを見つめる。

【こんな掃き溜め同然のくそなところで、おまえを抱きたくない】

トリアを大事に思ってくれているのがわかるその言葉にたまらなくなって、トリアは力のかぎりフラムに抱きついた。すると、それ以上の力でぎゅっと彼が抱きしめてくれた。

【フラムが大好き。はしたないお願いをしてごめんなさい。反省するわ。許してね】

彼はおなかの底から息を吐いた。甘やかな息だった。

【おれは頭がおかしくなるほどおまえが好きなんだ。おまえの前では気取っていたが、十歳のちびの時から性交の本を調べて暗記していた。毎日おまえの裸を想像して抱いていたんだ。不気味だろ。おまえが絡むとおれは呆れるほど知能が低下して、とんでもないばかになる。なにを書いているんだろうな。でも、ばかでいられるのは幸せだ】

トリアが顔を上げて彼を見つめると、音を立ててキスされた。幸せだ。

【この五年の間も、毎日夢のなかでおまえを抱いていた。本当におまえを抱くことになるとは思わなかったが、実際に触れたトリアは、想像よりもはるかにすばらしかった】

胸がはちきれそうになり、トリアは彼の唇にむしゃぶりついた。すると応えた彼のキスがあまりにも激しくて、ふたりで床にごろりと転がった。埃まみれになろうが気にしない。

舌を絡めて繋がった。フラムはそのさなかにトリアの腰紐に手をかけて、白い生地を引き上げる。彼は、現れた小さな胸の膨らみを指でつつくと、薄桃色のそこに、ちゅ、ちゅ、とそれぞれキスをした。

【これ、好きだ。かわいくておまえみたいだ。はじめて見た時からそう思っていた】

トリアは背を反らせて胸をつんと突き出した。

【これはフラムのものだから、いつでも好きにしていいの。もっとして？】

フラムは意地悪そうに口を曲げ、トリアの鼻をつまんだ。

【男にそんなことを言うな。男はばかで愚かでくそなんだ。すぐに犯されるぞ】

彼はトリアのおなかに手を滑らせて、しっとりと肌を撫で回す。

【ここも好きだ。ぱんぱんに膨らんでいてかわいかったな。いまは薄いが、でも好きだ】

幼いころのトリアを思い出しているのか、彼の唇が弧を描くのを見てうれしくなった。

【もしもおまえが身ごもったら、ここがまた膨らむんだな】

トリアがはにかみながらうなずくと、フラムの手は足の間に差しこまれる。

【ここもかわいい。好きだ】

秘めたあわいをなぞりながら、フラムはまたトリアにキスをした。

【唇も目も、鼻も、手も足もかわいい。おまえのすべてが好きだ】

彼があまりに〝好き〟と〝かわいい〟をくれるから、トリアの顔は真っ赤に染まる。

【わたしもフラムのすべてが好きよ。あなたとこうしていられて幸せ】

彼に文字を書いた手は、やさしく取られ、五本の指が絡まった。

見つめ合う彼とは、いまは言葉はいらないと思った。ただただ好きでいっぱいだった。

八章

かわいいトリア、ぼくはきみに、『かわいい』と伝えたことがあっただろうか。

フラムは、口は悪いがもともと悪かったわけではない。そもそも育ちがいいのだ。〝おれ〟ではなく本来は〝ぼく〟と言う。口調が変わったのは、父との関係がぎくしゃくしてきてからだった。父の気を引きたくて、『なんだその言葉遣いは』と叱られるために使ったのがはじまりだ。結果、思い知ったのは、父は息子に無関心であるという事実。

しかし、わざと使っていた口調は、トリアとの距離を縮めるにはよかったらしい。なぜか彼女は気に入っているようだった。最初のうちは間違えないよう、〝おれ〟とひそかに頭のなかで反芻してから声に出していたが、いつしかなじんですんなり言えた。

気がつけば、父ではなくトリアがフラムの世界になっていた。離れ離れでいても、つねに中心にちょこんと陣取るのは、陽だまりのような彼女だ。

『おまえ、いくつになった?』

『十一になったばかりよ。フラムは十二だわ』

歳を言わせて、結婚までの年月を指折り数える。トリアも、うれしそうに真似をする。はちみつ色の髪が豊かに流れ、ぷくぷくとした唇はよく髪を食む。外してやると、照れくさそうにはにかむ彼女は、フラムが臆病だなんて気づきもしないだろう。

フラムは王族らしく傲岸不遜で横暴だが、幼少期の心的外傷からか、大切なものに対してだけはひどく繊細だ。突然いまの幸せが崩れてしまうのではないかと、見えないなにかに怯えるほどに。思いが強ければ強いほど、それは顕著に表れる。

『あなたにぶさいくって言われると、すごくむかつくけれど、不思議ね、違う意味のように聞こえるの。ねえ、あなたの言うぶさいくって、ほんとうはどんな意味？』

彼女のふくれっ面を見たくてこう言った。

『は？　ぶさいくはぶさいくだろ。他にどんな意味がある？　あるなら教えてくれよ』

『ひどいっ、ほんとうにぶさいくっていう意味なのね！　あなたってすごくむかつく！』

トリアが、ぷうと頬を膨らませれば、すかさず両手で潰してやった。すると、怒るでもなく、彼女は『なにをするの』と笑顔になった。

本当はかわいいという意味だったが、互いに子どもの間は教えない。言ってしまえば欲求が抑えられなくなると思った。頭はかわいいで埋め尽くされているから破裂してしまう。

『早く大人になれよな』

『なるわ』

トリアは唇をすぼめて、『ん』とこちらに突き出した。そこに唇を合わせれば、はじめてキスした時の味がした。はちみつと檸檬を混ぜたような味。いまではフラムの好物だ。長くしていたくても、トリアは毎回息を止めてしまうから断念せざるをえなかった。

『ばかちび、おまえはぜんぜん大人の意味がわかってない』

きょとんとしたトリアは何度もまたたいた。

『わかっているわ。勉強もがんばるし、背も高くなる。フラムにふさわしくなるわ』

『おまえ、ぶさいくにはむかつくくせに、ばかとちびはいいのかよ』

『いいわ。だってわたし、まだ賢くないし、ちびだもの。いつかフラムのように賢くなりたいわ。いいえ、フラムをびっくりさせるのが目標よ。だから、それまで待っていてね』

トリアは腰に手を当て、つんと胸を張るが、なぜ得意げなのかわからず、笑ってしまう。

『おまえが賢くなる日など待っていたら、おれの寿命がつきるだろ。待てるかよ』

『なによそれ、ひどい』

世界で一番大切で、大好きな女の子。一生、彼女の好みでいたいと思った。

本当は、ずっと抱きしめたまま甘やかしていたかった。けれど、トリアはフラムにからかわれるのが好きなのだ。

『しょうがないから、おれがなんでも教えてやる。だからひとりで突っ走ろうとするな』

口先を尖らせていたトリアはしょんぼりうつむいた。

『でも……。早く賢くならないとわたし、フラムに幻滅されるし置いていかれちゃうもの。だって、生き急ぐのでしょう？　わたしもあなたと一緒に生き急ぎたい』

『幻滅しないし置いていかない。おまえが生き急ぐのは結婚してからだ。ほら、ちび』

腕を広げると、トリアは必ず身体に抱きつく。まるですがっているようだ。彼女の様子に胸を撫で下ろすのは、実際にすがりついているのがフラムのほうだからだ。

『フラムが好きよ。だから……わたし、がんばるから、あの、見捨てないでね』

『見捨てるかよ。トリアはおれの妻だろう？　ずっと傍に置いてやる』

彼女は泣きべそをかきながら『うん』とうなずく。

我ながらひどいことをしていると自覚している。トリアにはずっと追いかけ続けてほしかった。そう仕向けているのは計算だ。トリアが自分に夢中になっていないと怖いのだ。

——こいつの世界も、おれだけになればいいのに。

＊　＊　＊

〃んふふ。ごめんなさいね、フラム王子。あなたは一生わたくしに逆らえないの。あなたの真名はデトレフ同様わたくしのものだから、これからは言いなりね〃

五年前、バーゼルト国——叔父デトレフの居室にて。

フラムは身体を動かせず、言葉もなにも発せなかった。閉じさせられたまぶたは閉じたまま。まつげも、指も、ぴくりともしないありさまだ。可能なのは呼吸だけ。

耳には暖炉の炎が爆ぜる音。鼻腔をつくのは血の匂い。小姓がデトレフによって惨殺されたのだ。叔父は代わりの死骸を用意してまで、フラムをこの世から消そうとしている。

殺人は衝撃的だったが、よりフラムを震撼させたのは真名による呪詛だった。汗がひっきりなしに噴き出して、しずくを象り、すじを作って、ぽたぽたと落ちてゆく。

まさか、本のとおりに呪詛が存在するとは思わなかった。真名がこれほどまで重要だとは思わなかった。がんじがらめのいま、命を握られているも同然だ。

──トリア。

無意識に思ってしまう。脳裏には、すまし顔で鼻先を上げる彼女がよぎり、必死に消そうと試みる。真名を知られたいま、思考まで読み取られてもおかしくないと思った。

バーゼルトでは、王族の子が誕生してすぐ、父親により真名が与えられるしきたりだ。その名は紙に記され、死を迎えるまで厳重に保管される。それを第三者が手に入れるのは考えにくいことだった。王族ですら、誰がどこに保管したかを知らされないからだ。

ベアトリーセは父の後妻だ。間違いなく、父が女にフラムの真名を告げたのだろう。母が生きていたころの父を思い、いまと比べて絶望する。父は、明日処刑されると聞いている。後妻は昨日処刑されたらしいが、嘘だったのか、生きてここにいる。

「フラム、わたくしに目を見せなさい」

低くも高くもある声だった。澄んでいるような淀んでいるような、耳を塞ぎたくなる声だ。同じ空気すら吸いたくない。

固く閉ざされていたまぶたは、女の冷たい指でこじ開けられる。

「んふ、綺麗な青」

女は、妖艶に立っていた。

黒くまっすぐな長い髪。端が鋭く尖った赤い唇。深淵を思わせる暗黒の瞳。

ベアトリーセは、フラムがこれまで見たどんな女よりも完璧な美を誇り、禍々しく気味が悪い女であった。肌が粟立つのは、圧倒的な存在感。そして、耐えがたいほどの嫌悪感。

女は先ほどまでデトレフと交接していたため服を纏っておらず、白磁のような肌をさらけ出している。その身体には、毛穴や体毛、ほくろといったおよそ人間らしいものはない。

一見、二十代に見えるが、年を重ねているようにも見える。

その女の黒い双眸に、表情のないフラムが映りこんでいる。

「わたくしね、はじめて見た日からあなたを手に入れると決めていたの」

黙れとさけびたくても、声は出せないでいた。

女の手がフラムの身体を這い回る。床に転がる小姓の死骸には、自身の服が着せられており、服を取られたフラムは裸だ。ひたりと寄せられる女の肌に、体温は存在しない。まるで死体にくっつかれているようだった。

白い手は、フラムの頬を撫で、あご、首、鎖骨を通って胸に下り、やがて腹に滑りゆく。へそに指を入れられて、くるくるとまさぐられた。

――くそ、動けない。吐きそうだ。

フラムが弄ばれるさまを、返り血を浴びた叔父デトレフが、愉悦含みで観察している。

「女王、さすがにあなたを抱いたばかりの男の前で、その息子と交わらないよね？」

女はフラムを犯すように見つめたままで言う。まるでフラムに語りかけるように。

「もちろん交わるわ。わたくしの夫を早くわたくしで染めたいの。離れられなくするわ」

「きみの性技は最高だから、フラムも私や兄のようになるだろう。しかも、彼は若い」

赤い舌で自身の唇をなぞった女は、んふふと笑う。

「若いころのあなたはわたくしから出たがらなかったわね。小さなあれを真っ赤に腫らしてまでしつこく腰を振っていたわ。毎日、毎日、飽きもせずに、んふ」

「よく言うよ。純真な子どもの私を弄び、狂わせたのはあなただ。でも悲しいなあ。私が傷を負っていることを忘れてもらっては困るよ。早く人を呼んで手当てしてもらいたいし、このおぞましい血も落としたい。それに、最後に一度あなたを抱きたいな。あなたはもう、私に興味がないんだろう？　思い出をくれないかい？　ほら、私はこんなだよ？」

ベアトリーセは自身の豊かな胸に艶かしく手を這わせ、先の尖りをデトレフに見せつける。叔父の股間はそれに呼応したようにさらに膨張して上を向く。

「いいね、早くあなたに入れたい」

「お断りするわ。このわたくしに触れる資格があるのはフラムだけ。あなたはただの傍観者。そしてごみ。その汚らわしいものをわたくしに入れられるなどと思い上がらないで」

デトレフは額に手を当て、「くくく」と肩を揺らした。

「手厳しい、私は二十四年もあなたの夫だった男だよ？　その変わり身の早さときたら」

「これ以上話しかけないで。聞く気はないの。耳障りだわ」

女はフラムの腹に腕をかけると、細腕にもかかわらず、軽々と肩に抱き上げた。そして、しゃなりしゃなりと窓まで歩むと、扉をぎぎぎと開ききる。

風が舞いこみ、フラムの髪も、女の髪もたゆたった。その女の長い髪の隙間から、鋭利に上がった口の端が見えていた。

「フラム、あなたに永久《とわ》をあげる」

女は重力を感じさせない動きで、ふわりと窓枠に飛び乗った。

「でもね、いまからあなたはフラムではなくなるの。エミール。これがあなたの名」

なにも反応できないフラムの代わりに、言葉を発したのはデトレフだ。

「エミールだって？　女王、その名は」

女はデトレフが言い切る前に、窓から外へと身を投げた。その高さは、階下の人が手の平と同じくらいに小さく見えるほどだった。落下したら、ひとたまりもなく潰れて死ぬだろう。フラムは肌と耳ですさまじい風を感じた。

――トリア。

その時、濃密な白を見た。

「わたくしのエミールは白に近い金の髪をしていたの。すっと尖った鼻と薄い唇。瞳は混じり気のない青だった。もう片方の目は緑なの。んふふ。決して懐かない猫のような人。あなたと同じね。ええ、あなたはデトレフに似ているわけではないの。エミールそのもの。いつか、生まれ変わってきてくれると信じていたわ。わたくし、待っていたのよ。胸を焦がしていたわ。あなたとわたくしの国を新たに用意しながら、気が遠くなるほど待ち続けたの。あなたを見つけた時のわたくしの気持ちがわかるかしら？」

女は黒い瞳を閃かせる。

「狂喜」

エミール。バーゼルトの王族であれば誰もが知っている。その名を持つ者は、本来ならバーゼルトの始祖となる人だった。しかし、こつぜんと姿を消したため、弟のフレルクが初代バーゼルト王になった。エミールは、民に周知されてはいないものの、王族が必ず学ぶ人物だ。しかし、フラムはエミールという名を気にするよりも、別の思いに囚われた。

――この女、人じゃない。

デトレフの居室より身投げしたベアトリーセは笑っていた。

その日は快晴だった。にもかかわらず、フラムは落下するさなかに霧を見た。

次の瞬間見知らぬ場所にいた。明らかに空気の質も違い、湿度を孕んでいる。いまフラムがいるのは真っ暗闇の室内だ。背中に冷えた女の身体が張りついているから気分は悪い。

女はぱちんと指を鳴らした。とたん、そこかしこに置かれていた石がぼんやり発光し、部屋をおどろおどろしく彩った。赤や青、緑に淡く光る石。ぼわん、ぼわん、と不規則に点滅しているものもある。このような明かりなど、フラムは見たことがない。

部屋の中央には、黒い鉄が複雑に曲げられた樹木のオブジェが鎮座《ちんざ》している。配された寝台や長椅子、机といった家具は、異国を思わせる変わった様式の代物だ。

普通の者なら取り乱すだろうが、フラムはつとめて冷静だ。危機だと理解しているからなおさらのこと、取り乱そうものなら事態は悪化すると知っている。また、ぶざまでありたくないという矜持もあった。辺りを静かに窺い、様子を探る。彼は、絶望的な状況に追いやられても諦めてはいなかった。諦めてしまえばすべてが終わると思うからだ。

ベアトリーセは微笑みながらフラムの目を覗きこむ。そして、赤い唇を動かした。

「ここはウーヴェ。あなたとわたくしの、とこしえの都」

その口が、フラムの口をねっとり塞ぐ。動けない彼は耐えるしかなかった。唇に触れていいのはトリアだけだと決めていたのに。ついにはぐちゅぐちゅと舌が差しこまれ、無遠慮になかを蹂躙《じゅうりん》される。冷たい唾液が口のなかに注がれて、しかし、拒めず視界が滲む。猛烈に身体が拒絶し、おぞましさに悲鳴をあげていた。胃液が底からせり上がる。

やわらかくて甘いトリアのキスと対極にあるからこそ、彼女が無性に恋しくなった。

限界に達しようとした時だ。濡れそぼった赤い舌が、銀糸を垂らして離れていった。

「エミール、早くわたくしなしではいられなくなってちょうだいね」

フラムは空気を求めて息を吸う。冷静ではいられない。女への殺意がそこかしこから湧いてきて、我を失いそうだった。しかし、冷静であれと自分を叱咤《しった》する。

――くそ、落ち着け。考えろ……。この女に体温はない。しかし、なぜ生きている？　こいつは一瞬でバーゼルトからここに移動した。どうやって？　ありえない。

フラムの脳裏をよぎるのは、かつてトリアに教えた五大騎士団にまつわる話だ。彼は、この地はそのうちのひとつ、死霊魔術《ネクロマンシー》の伝説があるシュムデーラの〝暗黒の森〟ではないかと仮説を立てた。体温がない女は死人以外に考えられない。

思いをめぐらすフラムに気がついたのだろう。ベアトリーセは〔自由をあげる〕と口の端を持ち上げた。じわじわと身体がゆるむのを感じた刹那、フラムのまぶたはまばたきをしていた。

「……は。おまえ、何者だ」

声が出た。女は「んふふ、声も好きよ」とにんまり笑う。

「あなた、落ち着いているのね。最初は誰もが逃げまどうのに。デトレフも『帰りたい』と泣きわめいていたの。わたくしの身体を知り、とりこになるまでは。あの子、わたくしの身体に溺れて自ら真名を告げたのよ。その時点でエミールである資格はなくなった」

女の手がフラムの股間に伸びて性器をつつく。うごめく指が形にひたりと添えられる。押し除けようにも、手は痺れて動かなかった。フラムは奥歯を噛みしめる。

「やめろ」

「んふふ、かわいい。まだ成長の途中ですもの、小さいわね。でも、あなたはこれが好きでしょう？　わたくしはあなたを見つけ、二年の間、あなただけを眺めていたの。あなたがその手で夜毎ここを慰めていたのを知っているわ。ずっと触りたいと思っていたの」

これまで蒼白だったフラムの顔に朱が走る。トリアへの想いを見られていた。

「房事に興味があるのでしょう？　あなたは男の子ですものね。当然だわ」

上下にじわじわ擦られ、フラムは顔を歪める。やわらかなそこは痛みしか感じない。

「エミール、わたくしを知りなさい。わたくしを求めるの」

冗談ではないと思った。フラムは抱くのは生涯ひとりと決めている。

「放せ、売女。不要なものを出しただけの行為を勝手に房事に結びつけるな」

「んふ、強がりを言ってかわいいわね。いいわ、果てなさい」

性器をしごかれ、フラムは目を閉じる。触れられていること自体が苦痛で気持ちが悪い。

「あら、硬くならないわね」

「おれに触れるな。……おまえ、人ではないな？」

「人ではない？　当然よ、ごみと一緒にしないでちょうだい。人は無能で愚かな家畜。欲の塊。そうね、昔話をしてあげる」

女に身体を抱えられた瞬間、フラムは全身にぐっと圧を感じ、視界が揺らぎ、気づけば寝台に横たえられていた。その間、一秒に満たない。

「なぜ……歩いてもいないのにどういうわけだ？」

「人の目ではわたくしを捉えられないわ。あなたは音が見えないでしょう？　でも、じきに見えるようになるわ。わたくしの夫ですもの。んふふ」

ベアトリーセは、全裸のフラムに豊満な肢体を押しつける。フラムの肌は粟立った。

「……おまえは体温がない。死人か？」

「あなたにはどう見えて？　わたくし、動いて息をしているわ。そもそも体温は必要なものなのかしら。温かくなければならないと誰が決めたの？　人？　それとも神？」

女はいたずらにフラムの胸先をいじくった。ぴりぴりと刺激が走るが、嫌悪感が勝る。

「道理が真理であるとは言えないわ。世とは不条理なものだもの。眷属《けんぞく》は、血が作れない。子も作れない。けれど、永久《とわ》を持っている。人を凌駕《りょうが》する力を持つわたくしたちは、神と崇められていたわ。ねえ、知ってる？　バーゼルトはわたくしたち眷属の国だったの。あなたの住んでいた城は元はわたくしたちの城だった。国の名は、〝ウーヴェ〟」

フラムは眉をひそめる。

「その顔、聞いたことがないといった顔ね。無理もないわ。バーゼルトは建国してから七百年。ウーヴェが世から消されたのは千年以上前に遡《さかのぼ》るのですもの」

「千年」とつぶやくフラムの肌に、女はべろりと舌を這わせる。

「やめろ、気持ち悪い」

「んふ、人はわたくしたち眷属を王として崇めたわ。やつら、国まで作ったの。ウーヴェは栄えた。いまのバーゼルトの国土にはかつて三十二の国があったのだけれど、人の願いを叶えてやった。戦をして統一したわ。人はね、欲の塊。虫けらにも満たない弱者のくせに異質なものを認めない。己以外を認めない。結果、わたくしたちが君臨したのは十年に満たなかった。わたくしたちが許せなくなったのね。陥れられた眷属はひとり減り、ふたり減り、そしてわたくしは最後のひとりになった。と、いっても悲しくはなかったけれど。んふふ。わたくしたちを担ぎ上げたごみどもは、ウーヴェをそのままフゼイフ国としたわ。その後はあなたもわかるでしょう？　バーゼルトは、フゼイフがゲーレンに滅ぼされ、そのゲーレンを滅亡させてできた国ですもの」

「おまえの口ぶりからは千年生きているように聞こえる」

女はフラムの胸から顔を上げ、「んふふ」と肩を揺らした。その瞳に感情は見えない。

「でしょうね。実際、わたくしは千年以上生きているのですもの」

通常、度肝を抜かれる話だ。しかし、女の異様な力を知ったいま、否定する気にはなれなかった。妙に納得してしまえる。

「おまえの言う眷属は、血が作れず子も作れないのだろう？　おまえはなぜ生まれた」

「エミールも同じ質問をしたわ。あなた、エミールそのものね。うれしいわ」

ベアトリーセは満足そうに目を細め、フラムの肌に吸いついた。赤い跡が残される。

「わたくしたち眷属は、総勢十名。少ないでしょう？　わたくしたちはもとはただの人だった。かつて一軒のぼろ家があったわ。男がひとりで住んでいた。男曰く、彼は〝最後のひとり〟だった。男は三千年生きていると言っていたわね。当時は嘘だと思ったけれど、いまはこのとおり、わたくしも千年以上生きている」

女はさらにフラムの肌を吸い、ゆっくりずり下がる。点々と所有のしるしがついてゆく。

「ひとりぼっちの男は世界をめぐり、各地で女児を攫ったの。わたくしたち十名は男の妻に選ばれた。男は、時間をかけてひとり、またひとりとわたくしたちを変えていったわ。男は血が作れない。子も作れない。けれど、永久《とわ》を持っていた」

白い肢体をくねらせ、さらに下りると、女はフラムの性器をつまみ、先端にくちづける。フラムは「やめろ」と激しく眉をひそめた。

「やめないわ。ここ、硬くしないとできないじゃない。早くわたくしを味わって」

性器を根もとから上までねっとりと舐められ、フラムは背すじに寒気を覚える。

「眷属はもとは人ですもの。わたくしたちを変えた男ももとは人だった。眷属はね、性欲が強いの。つねに発情しているわ。男は勃起したまま、女は濡れたまま。ずっと交接していたいの。男はこう言っていたわね。子孫を残せない身体になったとたん身体が子を欲するのではないかって。決して叶わぬ人の夢を身体がつねに夢見ているのではないかって」

「――やめろ、放せ！」

「男と暮らして二百年ほど経ったわ。ある日、男は『疲れた』と言ったの。『延々と続く今日を終わりにしたい』。そんなことを、射精しながら言ったのよ。んふふ。性交は、生を産む手段。生への執着。なのに男は滅びの言葉を言ったの。おかしいわね。わたくしたちは、行為のさなかに望みを叶えたわ。男を灰にしてあげた。そして、小屋を後にした」

フラムの身体がびくりとこわばった。口を開けた女が性器を食んだのだ。卑猥な水音を立てられて、吸われ、しごかれ、弄ばれる。

「くっ、やめろ！」

「………あら、なぜ反応しないのかしら。おかしいわね」

固く目を閉じ、汗だくになりながら、フラムは喉までせり上がったなにかを出さないように耐えていた。

「また吐くの？　いいのよ、吐いて。わたくしがすべて綺麗にしてあげる」

「黙れ！　他人に触れられるなど……むしずが走る」

「あなた、潔癖なの？　だからあのとき吐いたのかしら」

「おまえと肌を合わせるなど最悪だ！　早くどけ！」

女はフラムの性器を解放する。

「そうね、あなたは衣服を着る時も湯浴みの時も、召し使いを遠ざけていたものね」

フラムはトリアと真名を交わした日から、誰にも肌に触れさせなかった。身支度はすべてひとりで行った。トリアを迎えるための願掛けは、思いが強すぎたのか、次第に他を寄せつけない症状となって現れた。もっとも、フラム自身がそうだと気がついたのは、デトレフの居室で真名に縛られ、服を剝がされた時だった。

ベアトリーセは不機嫌になるどころか、愉快そうに身を起こして言った。

「おかしい、あなたはそんなところまでエミールと同じなのね。デトレフとは大違い。んふふ、彼も潔癖だったの。エミールもなにをしても勃たなかった。結局真名で勃たせるしかなかったの。……でも、いいわ、あなたには時間をあげる。心を壊されたくないもの」

フラムは女が離れたことで、幾分冷静さを取り戻す。

「……おれが知るエミールは、バーゼルトの始祖の兄だ」

「そうね。初代バーゼルト王フレルクの兄、エミール。過去の話の途中だったわね。あなたには儀式の前にすべてを教えてあげるつもりなの」

〝儀式〟の正体が気になったが、フラムは話を進めるようにあごをしゃくった。

「最後のひとりとなったわたくしは、わたくしを信奉する者たちとともに住まいを移したの。城を作ったわ。とこしえの都、ウーヴェ。いま、わたくしたちがいるところ」

女はひじをつき、手で己の頬を支えた。

「七百年前、ごく小さな国があったの。その名はベーレンス。いまはバーゼルトの一部ね。ひし形の湖があるところ、といったら位置がわかるかしら」

ひし形の湖、ティノ湖。バーゼルトとトラウドルの国境にほど近い位置にある湖だ。迷いの森が間近にまで迫っているため人は滅多に近づかない。その時、フラムはふと、自身の真名のなかに〝ティノ〟と〝ベーレンス〟が含まれていることに気がついた。

「エミールとフレルク、そしてフレルクの双子の弟グリシャ。彼らはベーレンスの王子だったの。けれどベーレンスは、バーゼルトの前に存在した国、ゲーレンに滅ぼされたわ。父王を失った幼い兄弟は、追いつめられていまにも死にそうだった。わたくし、はじめて人に興味を持ったの。三人は美しい兄弟だったから。こっそり見ていたわ」

フレルクの双子の弟、グリシャ。──グリシャとは、初代のトラウドル王の名前だ。しかし、フラムが知るエミールと始祖フレルクに、他に兄弟がいるという記述はなかった。

「フレルクは青の瞳。グリシャは緑の瞳。そして、エミールは左右の瞳の色が違ったの。右は青で左は緑。わたくしは特にこのエミールがほしかった。だから兄弟のうちでももっとも野心家のフレルクに密約を持ちかけたの。エミールをくれるのなら勝利をあげるって。当初、ゲーレンとの力の差は歴然だった。けれど、打ち破るのは兄弟の悲願だった。フレルクはゲーレンに勝つことを選んだわ。そしてバーゼルトがはじまった」

フラムは額に手を当てた。女の話が真実ならば、バーゼルトの始祖は、兄のエミールをベアトリーセに売ったということになる。デトレフがフラムにした仕打ちのように。

「グリシャは？　フレルクには双子の弟がいただろう」

「ゲーレンとの戦いの前になるけれど、グリシャはエミールの婚約者と過ちを犯したの。女が邪魔だったからわたくしがそう仕向けたのだけれど。んふ、うまくいったわ。わたくしね、女を裸に剝いてグリシャの隣に並べたの。結果、エミールは悲しみに暮れながらグリシャを追放したわ。兵が裸のふたりを見ているのですもの、当然ね。潔白を証明できないグリシャはその女を妻に迎えざるをえなかった。でもね、グリシャは決してかわいそうではないの。だって彼、結局その女に五人も子を産ませているのですもの。お盛んね」

胸くそ悪い話に、フラムの眉間にしわが寄る。

「やがて時が経ち、フレルクがわたくしを裏切ったの。彼、もともとエミールを取り返すつもりでいたのよ。『バーゼルトの王はエミールだ』とふざけたことをぬかしたわ。誰が返すものですか。だからわたくし、グリシャにかつてのフレルクの企みを包み隠さず教えてあげたの。グリシャがもっとも激怒したのは、フレルクがエミールの真名をわたくしに告げたこと。彼はフレルクに反発してトラウドルを建国したわ」

女は肩をすくめ、愉悦の笑みを浮かべて続ける。

「エミールは双子の弟をこう評していたわね。『フレルクとグリシャは王になるべくして生まれた』。だからかしら、たったの数年でふたりの国はそれぞれ強国になったの。それからというものバーゼルトとトラウドルは戦争に明け暮れたわ。フレルクは兄を裏切ったグリシャを憎み、グリシャは兄を売ったフレルクを憎んだ。その上、フレルクは幼いころからエミールの婚約者に横恋慕していたからさあ大変。なまじ頭の切れる王同士が相手なばかりに、ふたりはエミールどころではなくなった。気を抜けば死んじゃうし国が滅びてしまうでしょう？　憎悪が憎悪を呼び、収まりがつかなくなったの。戦乱の幕開けね」

話の途中、女は寝台の脇にある傍机に手を伸ばし、小箱を取った。なかを開いて取り出したのは、妖しげな棒だった。それは男性器の形をしている。

女は愛おしげに棒にくちづけ、自身の秘部にずぶずぶ埋める。

「んふふ、これはエミールの形よ。彼を亡くした日からつけていたの。いまはあなたという夫がいるけれど、待つと決めたのですもの。それまでは続けるわ。いいでしょう？」

常軌を逸した気味の悪さに血の気が引いた。そんなフラムに、女は顔を寄せてゆく。

「今日のあなたの反応は当時のエミールみたいだった。懐かしいわ。彼はあなたのように吐いたりはしなかったけれど。わたくし、当時のことを反省しているの。やりなおしたいと願っていたわ。わたくしね、勃たない彼を真名で勃たせて交わり続けたの。けれど、ひと月もしないうちにエミールは心を壊してしまった。わたくしは、もう失敗しないわ」

エミールは廃人になったのだ。彼の境遇が自身と重なり、フラムは震えそうになる。婚約者を失い、真名で縛られ、失意のうちに蹂躙される。早鐘を打つ心臓は軋みをあげた。

早く、逃げなければならない。

「悲しいことにわたくしがエミールとともにいられたのはわずか七年だけだったの。彼はね、ようやく永久《とわ》を手に入れようとしていた矢先、ごみどもに殺された」

空気が研ぎ澄まされた気配がした。過去に思いを馳せた女が怒りをあらわにしたからだ。

「あのごみくずどもめ！」

女は寝台に手を打ちつける。ぎりぎりと鋭い爪を立てれば、毛布がちりちり切れてゆく。

「いまいましい……偉そうに意志を持ち、わたくしのエミールに襲いかかるなんて！」

鼻にしわを寄せ、はあ、はあ、と肩で息をして、女はうなだれた。次に顔をあげた時には、その面持ちは一変し、悲嘆にくれていた。

「ああ、エミール……わたくしは、食事をしていたからあなたの異変に気づいてあげられなかった。声をかけた時には遅かった。息が絶えていたのよ。あなたは……」

涙にくれた女はずりずりとフラムに擦り寄り、肌と肌をくっつけた。遠ざかろうにもべアトリーセの腕が巻きついていて剝がせない。この女の力は、騎士をも軽く凌駕している。

「即座にすべてのごみを一掃したわ。やつら、生意気にも命乞いしていたわね。わたくし、それからごみどもには自我を固く禁じたの。顔を奪ってやったわ。だからね、エミール。もうあなたに危害を加える輩は誰ひとりいないの。安心してちょうだい」

赤い唇の端を綺麗に持ち上げた女は、フラムの頬を両手で持った。鼻と鼻が触れそうだ。不快に感じたフラムが目をそむければ、女の唇が弧を描く。

〔ヴォルフラム・ヴェールター・ティノ・ルーブレヒト・レナートゥス・ベーレンス・バーゼルト。汝に命じる。お眠りなさい〕

だしぬけに告げられたのは、またもやフラムの真名だ。フラムは強制的に命じられ、まぶたが開けられなくなった。

意識が遠のいていくなか、女が言った。

〔愛しいあなた、ふたりで永久《とわ》を生きましょう〕

その後、目覚めた時に感じたのは激しい倦怠感だった。まぶたを閉じたまま、両目に手を当て、頭の奥にうずく痛みをやりすごす。

現状を思えばやるせなさに泣きたくなったが、悲観を極力追いやった。

手を退ければ天井が目に入り、フラムは思わず息を呑んだ。そこには黒く塗られた髑髏がぎっしりと、隙間なく埋めこまれていたからだ。壁には蔦が絡み合い、所々に薔薇と目の文様が刻印されている。要所要所に黒い髑髏が飾られており、そのすべての口は開かれて、光る石をくわえていた。禍々しさに唖然とする。

おぼろに照らし出される部屋に女はいない。ひとりきりだ。ここは、最初に連れられた部屋とは別の場所のようだった。フラムは身体にかかった毛布を雑にどけたが、己の身体を見た瞬間に愕然とした。肌についたおびただしい赤い痕。それは下腹の際にまで及んでいるほどだった。寝ている間に女に弄ばれたのだ。全身の毛が逆立った。

――あの売女！

青い瞳に剣呑な光が宿る。身体の底で、殺意がぐつぐつ煮えている。

怒りに任せ、フラムはがしがし髪をかく。しかし、ふと気がついて手を止めた。

視界に入った髪の色がいつもと違って見えたからだ。まるで影。女と同じ闇色だ。

部屋の隅に置かれた姿見に駆け寄った。やはり、まぎれもなく黒だった。

「くそっ！」

鏡にこぶしをぶつければ、たやすくそれはぴしりと割れた。

フラムは己から目を離せなかった。ひび割れのなかに映るのは、心細そうな少年だ。こうはなりたくないと願ったあわれな姿がここにある。あまりにも弱そうだ。

「くそ……」

――おれは、王になる男だ。

不安が濁流となり押し寄せて、虚勢は脆くも崩れ去る。頬に熱いものが伝っていった。

鼻水だって垂れてくる。フラムは肩を震わせ泣いていた。頭はトリアで占められた。

——嫌だ、トリア。トリアといたい。

どれほど時間が経ったのかわからない。扉が軋みをあげて開かれた。そこに現れた者を見て、フラムは瞠目せずにはいられなかった。その者は先の尖った緑色の頭巾で顔を隠していたからだ。目の部分にのみ穴が開いていて、瞳がうろんにこちらを覗く。

「なんだおまえは。ふざけた格好をしやがって……」

全身に緑を纏った男は、こぶしを胸にあてがった。

「我は女王の忠実なるしもべ、司祭ゴットヒルフ」

「おれに近寄るな」

「エミールさま、お召し物をお持ちしました」

手の甲で涙を拭えば、男はフラムに服を差し出した。渡されたのは、男と同じような簡素な服ではなくバーゼルトの服だった。フラムがそれを纏う間に、緑の男は話を進める。

「本来ならば女王もあなたも服は身につけません。俗世の服は穢れゆえ。また、神聖なおふたりの間に服など無粋。しかし、あなたはまだ眷属ではない」

フラムは動かしていた手を止めた。

「おまえは人か、化け物か」

「ウーヴェの者は女王以外すべて人。顔を現す資格があるのは王配ただおひとり。あなたです。ウーヴェの息子は自我を持つ資格はあらず。我らは咎を背負いし者」

「咎？　それは七百年前、エミールを殺したことを指すのか」

「我らは敬愛する女王の愛を欲したがゆえ罪を犯した卑しき輩。以来、ウーヴェの息子に与えられし時は四十。現在、我は三十八。残り二年、死にゆくまで誠意を尽くします」

フラムはマントを羽織りながら言う。

「残り二年？　おまえは四十までと寿命が決められているのか」

緑の男は天を仰いだ。所せましと髑髏が埋まった天井だ。それが男の末路なのだろう。

「老いは〝悪〟。悪はすみやかにウーヴェに身を捧げ、散りゆくのみ。我が消えれば新たにゴットヒルフが生まれる。久遠《くおん》に続くさだめなり」

ベアトリーセは人をごみと称したが、まさにごみとして扱っているのだ。人の尊厳は踏みにじられる。フラムも踏みにじられている。

「おまえに不満はないのか」

「とこしえの都ウーヴェは飢えなき楽園なり。不満など、抱きようがありますまい」

男は洗脳されているのだと思った。おそらく緑の頭巾をとれば、黒髪が現れるのだろう。

黒い壁、天井を覆い尽くす髑髏などからして、ウーヴェにおいて黒は基調だと思われた。

「なぜおれの髪を染めた」

白金の色は好きではなかったが、トリアが『綺麗な髪ね』と好いてくれている。

「早くこの胸くそ悪い色をどうにかしろ。落とせ」

「染めてはおりません。あなたはすでに王配たる成約をされておられる。黒は証」

「成約だと？　なんだそれは」

「エミールさまは、ウーヴェとともにとこしえに生きられる」

心臓がざわめいた。悪い予感しかしない。

「女王は成約により、しばし休まれておられる。よって、先に城を案内いたします」

一刻も早く不気味な状況を脱したいフラムはうなずいた。罠だとしても、まずは知らねばならない。すべてはそれからだ。

フラムは自分の認識が甘かったと思わざるをえなかった。城を歩き回るにつれ、気分は沈むばかりであった。

外は樹木が折り重なって光を遮り、昼でも夜の様相だ。まるで樹海のようだった。

司祭に、シュムデーラの〝暗黒の森〟かと問えば、ここは〝迷いの森〟だという。フラムは、バーゼルトとトラウドルを脅かす元凶に囚われていると知った。

城内には黒い頭巾を被った男がひしめいており、司祭によれば、彼らに名前はないらしい。曰く、自我のない者に名など不要とのことだった。

城には各地より攫われた娘が大勢集められていた。彼女たちはウーヴェの母と乙女に分けられ、乙女は女王の塔に連れられる。母のほうは、ウーヴェの男と交わり、子を産む義務を課せられる。

男たちは、ある者は娘と交わり、また、ある者は髑髏に黒を塗りたくる。家具を作る者、裁縫をする者、泣きさけぶ女の首を落とす者や、多数の男の死骸から頭蓋骨を取り出す者、骸《むくろ》を片づける者などさまざまだ。城は死の臭いが充満している。

子どもは掃除や食事を担当し、彼らは鞭を持つ男に監視をされていた。己の意志を見せようものなら、問答無用でめった打ちにされるのだ。

いずれの男も黒い頭巾を被っているため、顔を見るのは叶わない。人は顔を奪われた。彼らは皆、女王の意向によって、四十で生涯を閉じるのだ。

――狂っている。

司祭に案内されるがまま回廊を歩いていたフラムは、女王を殺すべきだと考える。黒い頭巾の男たちのなかには、腰に剣をさげた者もおり、奪う手段を思案する。

「あちらをご覧ください」

足を止めたゴットヒルフが指差す先にあるものは、朽ちた歩廊と廟だった。聞かずとも、その廟が誰のものであるかがわかる。

「我らが罪の証、王配エミールさまの廟です。王配は、女王御自ら腐食処理ののち、一部を除き、なかで眠りについておられる」

この言葉で気づいたことがある。女王は体内に妖しい棒を入れていた。あれはエミールの一部だろう。フラムは猛烈に顔をしかめた。

「……棺には、真名は刻まれているのか」

うなずくゴットヒルフに、「おれを連れて行け」と言う。

バーゼルトには、死者の安息を願うため、真名に添えて古語で唱える詩があった。あわれな彼に、せめて亡き母にも唱えたそれを手向けようと思った。

しかし、司祭は首を振り、「叶いません」と否定する。

「廟は外。あなたは成約をされた。よって、内より出られない」

司祭は自身の胸を指差した。ちょうど心臓の位置にあたる。

「生涯、ウーヴェとともにあらんことを」

その手が示すものを読み取れば、汗がじわりと噴き出した。

城から出たとたん、この心臓は停止するというのだろうか。

ゴットヒルフは歩みを進めるが、フラムは歩く気になれず、目を瞠ったままでいた。


夜、フラムは司祭が言った女王の塔だという場所に立っていた。金で彩られた扉を押せば、真っ暗闇が出迎える。壁も、床も、天井も、すべてが黒い髑髏でできていた。フラムはそれを踏みしめ、前へ出る。右手に握るのは剣だった。女を殺すための武器。

あれからフラムは、司祭の言葉を聞き入れず、扉を開けて外へ出ようと試みた。男たちは大勢いたが、皆、止めたりはしなかった。静かに佇み、黙って見ていただけだった。

扉の向こうへ踏み出した刹那、心臓を灼熱《しゃくねつ》が貫いた。息すら吸えなくなっていた。

膝が勝手に地に沈む。がたがたと震える身体は、恐怖に支配されていた。

死を、恐れているわけではない。半年前からとっくに覚悟はできていた。だが、諦められないものがある。なににもまして、失いたくないものがある。

フラムは力を振りしぼり、両手を見下ろした。かつてこの手で受け止めた、ぬくもりを。

『エミールさま、あなたはウーヴェでのみ生きられる。かつての王配も黒き髪。王配は、ウーヴェにあらねばならない。女王の褥《しとね》へ』

司祭に身体を引きずられ、城内に戻されたとたん、全身をふたたび駆ける血潮を感じる。

『…………女王が死ねば、おれの髪は戻る』

布の穴から見える司祭の双眸は、楽しげに細まった。

『死はあらず。女王は久遠なり』

――久遠なものか。

女は、自身を眷属にした男を灰にしたと言っていた。仲間は滅びて女はひとり。久遠などは存在しない。

――おれはやれる。不可能はない。あってたまるか。

幼少期より己を律して国のことを考えた。父のこと、母のこと。しかし、いまもっとも重要なのは、あの日、泣きじゃくるトリアに言った、〝またな〟に応えることだった。

フラムは夜の訪れを待っていた。昼は多勢に無勢だが、夜は隙が生まれるだろう。

夜の城は、わいせつな音に満ちていた。道すがら、多くの絡み合う影を見た。男が三人、娘ひとりを交互に犯して子種を注いでいる。

涙をこぼす娘がトリアに重なって、瞬間、青い瞳に炎が宿った。

人を殺めることに、ためらいは抱かなかった。どれほど血に濡れても構わなかった。

フラムは闇にまぎれて剣を所持する男を殺し、武器を握ってひた走る。目指すは女王の塔だった。

「あなたがここに来ることはわかっていたの」

寝台に全裸で寝そべり、頬杖をつくベアトリーセは、息を切らしたフラムに言った。

「でも、残念ね。夜は隙があると思った？　んふ、わたくし、夜に羽ばたくの。夜行性と言えばわかりやすいのかしら。昼は身体の動きが鈍るのですもの。あまり得意ではないのよ。夜のわたくしはあらゆる音を聞き取るの。この城のなかの音はすべて把握しているわ。ほら、いま男が一物を女に入れたわ。ぐちゅ、ぐちゅ、ぐちゅ。すすり泣く女もいるわね。ばかな女。孕まなければ生きられないと知らないのね。いい気になって『善がれ』という男もいる。自我を禁じているのに、いつの時代もごみはごみね。本当にいまいましい」

女は自身の胸をまさぐり、もみしだく。

「エミール、あなたが奏でる音はすべて好きよ。『剣をよこせ。よこさなければ殺す』と恫喝していたわね。剣を持ち、あなたがわたくしに会いに来るのだと思うと興奮したわ」

女は「とてもね」と、唇の端を妖艶に持ち上げる。

「わたくしを殺すのでしょう？　いいわ、おやりなさい。懐かしい。かつてのエミールと同じ。心を壊すまで夜毎わたくしを殺そうとしていたわ。わたくしね、殺意って大好きよ。わたくしを殺めたいと思う間は、わたくしのことしか考えられないでしょう？　んふふ」

フラムのこめかみから汗が滴る。身体を打ち鳴らす荒々しい鼓動は、まるで危機を知らせているかのようだった。両の足がずぶずぶと、床に沈みゆく錯覚を覚える。

――くそ、怖気づくな！

地を蹴り、剣を振りかぶる。そして、フラムは信じられないものを見た。


絶望がここにある。

肩から腰まで斬りつけた。腹を貫いた。確かに血が噴き出した。しかし、おびただしい血が流れていても、女は顔色を変えることなく「んふふ」と笑うだけだった。

「眷属は不老不死って言われていたの。一度死を迎えた身なのですもの。痛みはないのよ。感じられるのは快楽だけ。このままあなたと交わりたいのだけれど、あなたに心を壊してほしくないから我慢するわ。わたくし、七百年の間にずいぶん我慢強くなったの」

女はフラムの腕をつかむと、顔を鼻先すれすれにまで近づけた。唇同士が触れそうだ。息が吹きかかるのが吐き気がするほど嫌なのに、情けなくも反応できないでいた。

「その顔、混乱しているのね。『どうしよう。殺せないのならウーヴェから出られないのか』。答えはイエスよ。成約は、このわたくしの命を奪わなければ解けない。そしてわたくしは不死身だわ。と、いってもそうね。血を失いすぎたみたい。食事をしなくちゃ」

　話している途中、女はフラムの手から剣を奪い取り、血のつくそれをべろりと舐める。

「眷属は、血が作れない。子も作れない。けれど、永久《とわ》を持っている。んふふ。以前エミールは眷属を毛嫌いしていたわ。特に、わたくしの食事が気に入らなかったみたいね。かつてウーヴェがフゼイフ国になったのも、食事が原因だったりするの。でもね、あなたたちは牛を、羊を、豚を、鳥を、食べるでしょう？　同じようなものなのよ」

　からん、と剣が床に投げ捨てられる。フラムがそれを目で追うと、女の手がフラムの頬にひたりと添えられた。黒く長いまつげがふさりと持ち上がり、闇の眼《まなこ》がフラムを射貫く。

｛ヴォルフラム・ヴェールター・ティノ・ループレヒト・レナートゥス・ベーレンス・バーゼルト。汝に命じる。大人しくなさい｝

　突如、全身に痺れが走り、フラムは微動だにできなくなった。続いて古語が聞こえる。

｛あなたの声を奪うわ。エミールはね、ずっとさけんでいたの。あの日あまりに罵詈雑言を浴びせられたから、わたくしの心は傷ついたの。二度めは泣いちゃうかも？　んふ。あなたの左の視力と聴力も奪うわね。打ちひしがれたあなたを見せて？　抱きしめて慰めてあげるわ。機能を返してほしければ、あなた自らわたくしにくちづけなさい。すぐに儀式をはじめるから。そして、あなたが眷属になった時、交わりながら返してあげる｝

　目線の位置に手をあげたベアトリーセは、ぱちんと指を鳴らした。とたん、フラムは左に暗さを感じた。同じく、音も聞こえづらくなった。声を出そうとしたけれど、出せない。

｛いじめてごめんなさい？　でもあなた、ここまで深くわたくしを斬りつけたのですもの。次に斬りつけたなら、そうね、おしおきに右の視力と聴力も奪っちゃおうかしら｝

ベアトリーセは傍机にある呼び鈴を鳴らした。

そこからフラムはただ、見ているだけだった。女に見せつけられていた。

指示に応じて現れた緑の頭巾のゴットヒルフが、血まみれのベアトリーセを見るなり、「食事を用意します」と進言すると、女は「五つがいいわ」と広げた手をひらひらさせた。

ふたたび司祭が現れた時には、娘を五人連れていた。困惑ぎみに入室してきた彼女らは、ウーヴェの母と同じ格好をしていたが、全員額に赤いしるしをつけていた。

それは突然はじまった。断末魔と悲鳴が響いた。女王は娘の細首にかぶりつき、娘はみるみる肌の色を失った。血を一滴残らず吸われているのだ。逃げまどう娘はひとり減り、ふたり減り、ついには皆が床に転がった。あでやかに口の血を拭った女はフラムに言った。

「じきにあなたの食事もこうなるわ。赤子が一番おいしいの。わたくし、大好き」

なにごとも諦めない。それがフラムの口癖だった。トリアにも諦めるなと諭したほどだ。

しかし、こうも闇黒を見せつけられては奮い立つのは困難だった。

どれほど立派であろうとしても、強がろうともだめだった。黒で塗りかためられてゆく。

〝次はいつ会えるの？　わたし、楽しみにしているわ。ずっと、待ってる〟

こらえるのは難しい。無理だった。フラムの目から、涙がひとすじこぼれていった。

――もう、会えない。

九章

外の世界を知らないきみに教えたいことがたくさんあった。

地平線から昇る朝日のすばらしさ。海がいかに広いかを、その輝くさまを見せたかった。

きみを乗せて馬を駆り、沈む夕日を追いかけて、一日を少しでものばしてみたかった。

夜空を仰ぎ、満天に広がる星を、共に数えてみたかった。

一生懸命数えるきみの邪魔をして、からかってみたかった。

どんな顔をしただろう。唇を尖らせただろうか。それとも笑っただろうか。

叶えようと決めていた願いは叶わない。

だからせめて、きみが自由に外に出られる世界を作ろう。

＊　＊　＊

毎夜、夢を見ていた。朝になれば覚めてしまうが、トリアとふたりでいる夢だ。

求めれば、トリアは応じて叶えてくれる。その唇に重ねて言った。

『トリア、愛している』

『わたしも愛しているわ、フラム』

それは救いの言葉だ。身体の奥からじわじわと幸福がてっぺんまで突き抜ける。手と手を組み合わせ、十指が絡む。彼女が応えてくれるから、まだやれる、生きられる。声と、左の視力と聴力を奪われても己を保っていられたのは、夢を見られたからだった。フラムはウーヴェから出られないと知った日から、穏やかに過ごしているように見せていた。右の視力と聴力まで失うわけにはいかないからだ。身体の機能を制限されるのは思いのほかこたえることだった。精神は極限状態といえた。

——必ずウーヴェを消してやる。

女王を斬りつけたものの、すぐに傷が塞がるさまを目の当たりにし、打ちひしがれたフラムだったが、方針を変えるのはすぐだった。以降、城内をめぐり、新たな目標を定めて邁進《まいしん》する。炊事用の木炭と着火に用いる硫黄《いおう》を見つけた彼は、綿密に計画を練りあげた。目当ての材料はあとひとつ。本来、乾いた大地でしか採れないが、古いこの城ならばあるはずだ。フラムは知識を頼りに、城の排泄物に着目した。古い城に長い年月をかけて蓄積したそれは、土壌に浸透する。土を掘ると思惑どおりに硝石《しょうせき》を採取できた。木炭、硫黄、硝石。本で学んだ黒色火薬の原料だ。応用すれば、爆裂弾、および焼夷弾がつくれる。

城内の一角で、フラムは作業に没頭した。木炭をすりつぶして粉に変えてゆく。一日の多くを費やす作業は、すぐに女王に知られたようだ。音もなくフラムの前に現れた。

「エミール、こんなところでなにをしているの？」

フラムは土に文字を書く。

【種を手に入れた。花を植えている】

フラムが作業をしている部屋は、改築途中のためか床石がなく、土が剝き出しになっている場所だった。火の気がないため、穴を掘り、火薬を保管するのにちょうどいい。岩のように硬く平坦だった土は、耕し続けていまではぼこぼこだ。

通常、部屋を耕すなど常軌を逸した行動だ。しかし、女王はフラムを咎めたり、怪しんだりはしなかった。穏やかでいるフラムを見て喜んでいるようなふしもある。

「花？　本と剣にしか興味がないと思っていたけれど。いいわ、お好きになさい」

それから女王は、世界各地の花の種をフラムのために用意した。

フラムは表情もなく種をまく。時が経つにつれてまばらに芽吹いて花が咲いた。花にはさほど興味がないのに植えるのは、作業の目くらましになり、都合がいいからだった。

火薬を作り続けて、ようやく作業を終えたころには、部屋一面にこんもりと花が茂った状態だった。五年の月日が流れていた。

──もうすぐだ。やっと、夢が叶えられる。

トリアが外に出られる世界を作る夢。

長かった。フラムは剣呑な瞳で城を見回した。生きるためにいやいや食べた食事も、見たくもない景色ももうすぐなくなる。すでに、生きているのは苦痛だった。呼吸すら億劫だ。希望はない。心は死に向いていた。

　五年に及ぶ地獄は、彼を根底から変えていた。すり減り続けた精神はともしびのように脆かった。そこに、多くの死があった。フラムはこれまで火薬を守り続けて、近づく男を剣で切り伏せた。

　フラムはウーヴェを根こそぎ世から消すと決めていた。女王を消すには、城が一瞬で灰と化す、圧倒的な破壊の力が必要だ。人は、自分もろとも大勢死ぬだろう。しかし、良心が痛むことはない。どうでもいいことだった。

　城のそこかしこに爆発物を仕掛けたが、いまだに女王の塔は手つかずだ。塔に入ることは、すなわち〝儀式〟を受けることに他ならない。

　女王に接吻した時から儀式ははじまる。女王の眷属になり、油断を誘い、とどめを刺す。以前、フラムと成約した時の女の状態からして、儀式で疲れた女は大量に血を得るまで動けない。自身の身体に爆弾を仕込み、そのまま火をつければ確実に女に当てられる。

　歩廊に出たフラムは、木々の隙間から小さな空を見上げた。

　目を閉じる。今宵は満月だ。今夜で最後にしようと思った。

　一緒に生きていたかった。もう一度顔を見たかった。キスしたかった。抱きしめたかった。しわしわになっても、死がふたりを分かつまで、ずっと隣にいたかった。

　フラムは振り切るように目を開ける。涙は出ない。涙はすでに枯れていた。

　乾いた足音が歩廊に響く。城に仕掛けた爆薬を、淡々と確認して回る。そんな時だった。

フラムはたまたまそれにかち合った。

今日も外部から娘が連れて来られているようだった。攫われてきた娘は全身を分厚い布で包まれて自由はない。途中で覚醒すれば大抵暴れるが、そのふたつの包みは起きていないのか動かない。運悪く攫われたばかりに、ふたりの娘は爆発に巻きこまれて死ぬだろう。冷めた目で一瞥し、きびすを返しかけた時、布が雑に外された。茶色の髪をした娘。トラウドルの城で見かけた召し使いの格好だ。フラムは、思わず身をのりだした。

どくどくと心臓が早鐘を打つ。固唾を呑んで見ていると、もうひとつの包みが外された。床に、きらめく銀の杖が転がった。異国の少年の服を纏った小柄な娘が現れる。

はちみつ色の髪。白い肌。固く閉じた長いまつげもはちみつ色だ。

誰が、この顔を忘れるだろう。なにをおいても忘れない。

フラムはあまりのことに反応できずに立ちつくした。頭は混乱をきたしていた。

そのフラムが眺める前で、男が銀の杖を拾い、また、別の男がそれぞれ娘を担いで立ち去った。

よろよろと追いかける。錆びつく鉄の扉が開かれて、音を立てて閉じられる。娘を置いた男たちが見えなくなるのを見計らって扉に駆けたが、鍵をかけられ開かなかった。

フラムは額に手を当てた。頭は、嘘だ、嘘だ、とさけびをあげる。

しかし一方で、心の奥底にうずまくのは、至極純粋な歓喜だった。

——最後に、会えた。

＊　＊　＊

それは、フラムにとって、別れの支度の日々だった。

図らずもトリアに再会できたが、フラムの予定は変わっていない。目標は、彼女が自由に外に出られる世界を作ること。そのために、ウーヴェを潰す。

フラムは毎日腕のなかのトリアを見つめ、一瞬、一瞬、その表情を余さず焼きつける。儚くなっても、生まれ変わっても、ずっと覚えていられるように、頭のなかに濃く刻む。

【トリア、どうした？　嫌なことでもあったのか？】

今日のトリアは、心なしかしょんぼりしているような気がして、フラムは彼女の腕に文字を書いた。トリアがウーヴェに来てから十五日が経っていた。

早くトリアを城から出さねばならないが、唇を尖らせ、キスをせがむ彼女に、胸が張り裂けそうだった。口をそっと重ねれば、離れがたさが増してゆく。一日、また一日と、言い訳をして彼女といられる日をのばす。彼女とともに生きたいと、生にすがりついている。

——おれは、ばかだ。なにをやっている。

いつ女王がトリアに気づいてもおかしくない。これ以上時をのばすのは危険だ。

【フラム、腕に怪我をしているのね？】

トリアはこちらをじっと見つめていたが、まつげを伏せて、口をもごもごと動かした。

【隠しているでしょう？　気づいているのよ。やっぱり、わたしに会うのは危険なのではないの？　相当無理をしているのではないの？　あなたになにかあったらわたし】

文字の途中でトリアの手を取った。声は出せないけれど、唇のみを動かした。

〝危険なことも、無理もしていない〟

意識して口の端を上げれば、眉をひそめる彼女はつられて笑う。いつだってトリアは、笑えば笑みを返してくれる。けんかをしても、ごまかしたとしても、笑ってくれる。

トリアの指摘どおり、フラムは嘘をついていた。血止めはできたが、腕の傷は深かった。少し前、思わぬ抵抗にあったのだ。

フラムはトリアに毎夜会うため、男をふたり必ず殺していた。夕暮れ時に、黒い頭巾を被って男たちに紛れこむが、夜、単独ではウーヴェの母の居住区に入れない。ウーヴェの息子は三人ずつに分けられる。よって、彼は彼女に手を出させないため、あらかじめ他の男を屠るのだ。フラムは片時もあの満月の儀式を忘れていない。あの憎悪、屈辱を。あのとき、トリアに触れた男をずたずたに壊しながら誓った。

【怪我を見せて？】

【布を巻いてあるがかすり傷だ。心配するな】

それでもトリアが腕を見ようとするので、その唇に口を合わせて遮った。

【明日、おまえとギーゼラに話がある。友人がいるんだろう？　そいつらも一緒に。二日後、おまえたちを城から出す】

見開かれた緑の瞳にフラムが映る。自分があわれな顔をしていないか心配だったが、杞憂らしい。笑顔でいられているようだった。トリアの唇も弧を描く。

【やっと、ここから出られるのね。フラムと一緒に】

【おれは行かない】

【どうして？】

こぼれそうなほど開かれた目は潤んでいった。トリアがまたたけば、涙が飛び散る。

【泣くな。少し用事があるから遅れるが、あとから行く。すぐに追いつく】

トリアの足を撫でれば、その上に彼女の手がのった。愛おしい、小さな手。

【この足、二日後に酷使することになる。がんばれ。くれぐれも泣いて皆を不安がらせるな。おまえの笑顔は人を勇気づけ温かくするから、国に帰るまで笑っているんだ】

【笑えない。フラムと一緒じゃなきゃ嫌。一緒がいい。一緒にいたい】

顔をくしゃくしゃにして、唇を曲げ、トリアはぼたぼた涙をこぼす。

【嫌だもの。フラムがここに残るのならわたしも残る。絶対に離れたくない】

【トリア。わがままを言うな。ここから出たらいくらでも聞いてやるから】

トリアはまったく納得していないようだった。唇は曲げたまま。うっ、うっ、と声を殺して泣く彼女の頬を包み、あふれるしずくをぺろりと舐めれば、しょっぱい味がした。

【泣くなよ。おれに従ってくれ。皆が生きられる唯一の方法なんだ】

【フラムも生きられる？　すぐにわたしに追いつく？】

フラムは腹に力をぐっとこめ、可能なかぎり気分を持ち上げ、笑った。

【当たり前だろ。おれはじじいになるまで生きると決めている】

強い力で文字を綴れば、トリアも弱々しく書いた。

【わたしも。フラムと一緒にばばあになるまで生きる】

【おれに従ってくれるだろう？】

【わかった。二日後、先に城から出てあなたを待ってる。ずっと待つわ】

ふたりで手を組み、指を絡ませキスをする。舌を彼女の唇の隙間にしのばせれば、トリアがちゅっと吸いついた。くちづけの時は、いつも目を閉じていたけれど、今夜は開けて彼女を見る。以前は何度言っても瞳を開けたままでいたトリアだったが、いまは教えたとおりに閉じていた。

ふいに、脳裏に過去のトリアが駆けめぐる。最初、頬を膨らませてばかりいた。顔をそむける時、わざわざ『ふんっ』て言うからかわいらしかった。あの時、一緒に摘んだ名前も知らない白い花。バーゼルトの王宮にもこっそり植えた。

——あの花畑、見せてやりたかったな。

思い出す光景は五年前のものだった。いまでも城の裏庭に残っているだろうか。

【ねえフラム、わたしのおなかのなかに、あなたの子どもがいるかしら？】

物思いに耽っていたフラムは、トリアの文字をぼんやり眺めていたが、認識したとたん、顔をはね上げる。フラムの膝の上に座っていたトリアは、真っ赤な顔で抱きついた。背中にごそごそ指を感じる。続きを書いているのだ。

【このおなかにあなたの子どもがいたら、わたし、あなたと子どものふたりに『ばか』って言われるのかしら。それとも『ちび』？　あなたの子ですもの、きっとおませさんね】

目を閉じる。一歩でもウーヴェから出れば、この心臓は止まってしまうというのに、それでも意識は外に行く。彼女のぬくもりが未来へ向かわせる。夢見ていたいと願わせる。

トリアと再会して以降、頭の片隅で爆発から生き残る道を模索していた。が、不可能だ。逃げ場はない。目の前に確実な死が横たわっている。

【おれたちの子は、おれじゃなくて、おまえに似るかもしれないだろう？】

彼女の華奢な身体に書く指は震えた。込み上げる想いがそうさせた。

【どちらに似ても、お母さんっ子になるだろうな。おまえのあとをついて回る】

子どもの話はつらすぎた。身も心も切り刻まれる。

別の話題にしようと思いをめぐらせれば、先にトリアが指を動かした。

【フラム、あなたの子がほしい。いま、おなかのなかにいないのなら、作りたい】

思わず顔が歪んだ。

――このばか、人の気も知らないで……なんだよ。

フラムは奥歯を噛みしめる。だめだと書けと己に命じる。

しかし、指が動かない。トリアの背中に指をつけたが、一旦握り、また開く。

死は、怖くない。だが、彼女との別れは怖い。身震いするほど嫌だった。忘れられたくないのだ。

自分はなんでもできると信じていた。しかし、なにもできないでいる。無力を思い知っただけ。なにかを残すことも、存在を示すこともできずに、このまま塵と消えるのだ。

けれど、トリアにだけは、覚えていてほしい。生きていたこと、ここにいたこと。こんなにも、愛していたこと。

――トリア、すまない。

【おれの子を、産んでくれるか？】

彼女がうなずいたのがわかった。


腰の紐を自ら外そうとするトリアの手をとった。その手を掲げ、小さな爪と指を凝視する。王女なら磨かれていて当然なのに荒れている。ウーヴェの暮らしがそうさせたのだ。唇を寄せ、指を根もとまで舐めてゆく。頬を赤らめた彼女は口をかすかに動かした。〝好き〟の形に動いた瞬間、たまらずぷっくりした唇にむしゃぶりついた。

ウーヴェにはちみつや檸檬はないのに彼女の味は変わらない。夢中になって貪ると、甘い吐息が漏れてくる。歯をひとつずつ確かめて、熱い舌をすくいとる。求めれば、トリアからも求められて、深く絡んで音が鳴る。この味を、感触を、覚えておこうと思った。

すべての形を記憶したくて、念入りに口内を舐め回す。すると、トリアの手が腰に触れ、徐々に足に這わされて、猛りきったものにそっと当てられる。

思わず口を離して彼女を見る。トリアは恥ずかしそうにまつげを上げた。

彼女が求めてくれている。はちきれそうで限界だったから、腰の奥が歓喜にうずまいた。

焦っているようには見せたくなくて、ゆっくりマントを外して床に敷く。彼女の腰紐に手をかければ、トリアは外しやすいように、おなかをぴんと前に出した。

外した紐を脇に置き、彼女の頭から布を抜く。なにも纏わないトリアは、おぼろに光る石に照らされ発光しているかのようだった。幻のように儚く見えて、頬に触れれば、彼女は首を傾けて、猫のようにすりつけた。愛していると言われているような気になった。

いつだって、出会ったころから、素直なトリアに救われている。

彼女の髪をそっと撫でつける。この手で肩まで切ったはちみつ色の髪。いずれは伸びると考えて、それを見られない自分が悲しくなって手を止めた。

胸の膨らみは、少し前まで歯型や赤い痕で痛々しかったが、いまはうっすら残る程度になっていた。見つめていると、トリアに手を取られ、そのまま胸に導かれた。やわらかく、繊細な先に触れ、すべてを包めばとくんとくんと鼓動を感じてうれしくなった。

十歳のころから想像してきた身体だ。なだらかな線を描くおなかや腰を目でたどる。すると、トリアはぴた、とこちらに寄り添い、たどたどしく文字を書く。

【フラムも脱いで】

突然のことに、戸惑い、返事を躊躇する。裸は見せるべきではないと思っていたからだ。

トリアが知るのは子どもの時のフラムの身体だ。いまでは変わり果てている。

【おれの身体を見てもつまらない】

【あの誓いがしたい】

それは、八年前に交わした真名の誓いのことだった。

緑の瞳はまっすぐフラムを映しこむ。その純粋な色を見て、断りたくないと思った。

フラムはトリアが見守るなか、腰の紐を手早く外して簡素な黒い服を脱ぎ捨てた。空気が肌を流れていった。視線を感じ、それがあまりに強いものだから、これ以上見せないようにトリアをぎゅっと抱きしめる。肌と肌がひたりと合わさり、息をつく。やわらかくてすべすべで、温度の違いが心地いい。

【おまえ、おれの裸を見すぎだろ】

【フラムだってわたしの裸を見すぎていたわ】

【それはしかたがないだろ。おまえはおれが好きな女なんだから見るに決まってる】

【フラムだって、わたしの好きな男なんだから見られるに決まっているじゃないの】

こいつめ、という意味をこめ、トリアの鼻をつまめば、彼女は笑う。

【フラムはやっぱり綺麗ね。どこもかしこも大好きよ】

【ばか。思いきり勃っているんだ、こんなの気持ち悪いだろ。綺麗なわけがあるか】

トリアはふるりと首を振ると、【気持ち悪くない】と書く。

【でも、前よりもすごく大きくなっててびっくりした。大人になるとすごいのね】

【何年経っていると思っているんだ。八年だぞ？　ちびのころと比べるな】

「ん」とかすかに声をあげ、トリアは唇を突き出した。キスの合図に、フラムがそこに口を合わせれば、背中に彼女の手が這った。

　トリアは自分の真名をせっせと書いている。続いて描かれるのはフラムの真名だ。

　――このばか。誓いは男からやるものなのに。作法がめちゃくちゃだ。

　目の奥に込み上げてきたものをまばたきで散らし、トリアの右手を取った。すべての指を絡ませて、白い手の甲に想いをのせてくちづける。

【ヴォルフラム・ヴェールター・ティノ・ループレヒト・レナートゥス・ベーレンス・バーゼルトはヴィクトリア・アナ＝レナ・アンネッテ・バルベル・ブルヒアルト・トラウドルをとこしえに妻とする】

　トリアの肌に刻めば、彼女はみるみるうちに顔を歪め、肩を震わせる。ぼたぼたとこぼれる涙をそのままに、うっ、うっ、としゃくりながらしがみついてきた。

　正直なところ、泣きそうだったから助かった。それもつかの間、頬に伝うものを感じてすでに泣いていると知る。けれど、トリアが泣いてくれるから、フラムも泣ける。

　求めなくても、いつのまにか唇同士がついていた。鼻がつまって息ができずに、不恰好にも口でするはめになる。ぎこちない動きで息を継ぎ、互いに何度も吸いついた。

　かつて本で、ふさわしい手順や素敵に見える行為の仕方を学んだが、そんなものは一切頭のなかから消えていた。ただ、好きだという思いだけが満ちていた。

くちづけたまま、彼女の背を支えて床のマントに横たえると、トリアは自ら脚を開いて、受け入れようとする。足の間をまさぐって、秘めたあわいに手をしのばせれば、すでにそこはぬるぬるだ。

薄桃色の花びらはとろりと濡れて、誘っているようで愛らしい。見つめながら、猛った己を握ると、先からしずくが滴った。彼女の秘裂に沿って動かし、何度もなぞる。

「んっ、……んっ」

トリアは喉を反らして、身もだえた。

【このまま入ると思う。入れてもいいか？】

膨らみきった性器を動かし、ふにふにと小さな芽を遊ばせながら伝えると、喘いだトリアは、顔を火照らせ、「うん」と大きく首を動かした。

【痛かったら言えよ？】

入り口に宛てがえば、くちゅ、とたやすく先が迎え入れられる。ほんの少し入っただけなのに、身体の奥に刺激が走る。飢えを感じ、がっつかないよう呼吸を整えやりすごす。

フラムはトリアの唇をぱくりと食んで、ゆっくり腰を進めていった。

トリアのなかは狭かった。侵入するたび、ぐねりとうねって搾られる。ぎゅっと襞に包まれて、心から求められているような気になった。背すじをなにかが突き抜ける。口から息がこぼれていった。声を奪われていなければ、思いきりうめいていただろう。

官能がせり上がり、なにも考えられなくなる。固く目を閉じ、刺激に耐えた。

——トリア……。

下腹がトリアの下腹にぴたりとついて、すべて入ったのがわかる。はあ、はあ、とフラムは肩で息をする。腰を動かしたくて、けれど突き刺す快感をこらえ、彼女の顔を窺った。視界がぼやけてうまく見えない。目を拭えば、頬を薄薔薇色に染めた彼女もまた、可憐な胸を上下に動かし、なにかに耐えていた。

トリアの濡れた目もとを、指で拭い取る。こちらを映す瞳に、唇で伝えた。

〝気持ちいい。おまえは？〟

〝すごく、気持ちいい〟

彼女が痛くないと知ったとたん、意識せずともフラムの腰は揺れていた。奥に突き入れ、腰を引き、夢中で求めてくり返す。途中、床が硬いことに気がついて、繋がったままの彼女を抱えて座れば、フラムの肩に手を置くトリアも、んっ、んっ、と腰を振りだした。

逢瀬を重ねたいつもの部屋は、ふたりの熱い息と水の音、打ちあう音に満たされる。ひと突きごとに募る熱の塊は、次第に大きくなってゆく。灼熱となるのはすぐだった。

噴き出す汗は玉になり、白い肌を滑っていった。勝手に足の先が弛緩《しかん》する。

「ああっ。ん、あ……っ、あ！」

トリアは胸を突き出して、快感に身をよじる。それに合わせ、フラムの身体もぶるりと震え、猛りは一層嵩を増した。どくりと脈打ち、トリアのなかに飛沫となってほとばしる。

ちゅ、ちゅ、とくちづけしながら呼吸を整え、まつげを上げれば、彼女も目を開けたのだろう、ふさりと濡れたまつげが触れ合った。

ふたりで顔をつき合わせれば、トリアは口の端を持ち上げる。いかにもうれしそうに見つめる彼女の口に、ふに、と唇をまたつけた。

【おまえ、孕むかもな】

【うん、孕みたい。フラムは泣いているのね】

指摘に目を拭えば、トリアも自身の目をこする。

【わたしも泣いてるけれど。涙が止まらないの】

【こんな日があってもいいだろ?】

【うん。あってもいい】

汗ばむ身体同士で抱き合った。ぬるぬると肌を滑らせ合って、ふたりで笑う。そして、トリアはふたたび文字を書きつける。

【また、硬くなった?】

うなずけば、トリアは、ちゅ、と唇に吸いついた。たどたどしいが懸命なキスだ。その間もぞもぞと足を動かすから、入れたままの下腹に、きゅっとせつなく刺激が走る。

【フラム、もっとしたい】

【休まなくてもいいのか?】

【休みたくない。フラムが大好きだもの。ずっとしていたい】

【おまえ、そんなこと言うなよ】

――ただでさえ、狂おしいほど離れがたいのに。

「うん」と首を縦に振るトリアを見たとたん、フラムは小さな身体をかき抱いた。

放さなければならないとわかっているのに放せなかった。トリアが何度も行為をせがんでくれたから、応えるように肌を合わせたが、強く望んでいたのはフラムのほうだ。

夜はまだ明けてはいなかった。けれど、凛とした空気は朝の訪れを知らせている。目を伏せ、深く呼吸をしたのち、彼女の火照った肌から身を起こした。

潤んだ緑の瞳を見ながら、このまま時が止まればいいと、叶わぬ願いを脳裏に描く。彼女の服を整えて、黒い頭巾を被る前に、赤く色づく唇に、想いをこめてキスをした。

華奢な身体を抱き上げる。彼女をいつものように部屋に送り届けて、そのまま階下へ下りてゆく。

今日もトリアの視線を背中に感じたが耐えていた。離れる際、彼女は必ず見えなくなるまでこちらを目で追っている。確認せずともわかるのだ。過去、小さな彼女もトラウドルを去るフラムを見送った。今生の別れでもあるまいに、目にいっぱいの涙をためるものだから、当時は『ばかだな、また会えるのに』と思ったけれど、いまはつらいことだった。

あのころは、当たり前のように振り返り、『また来るから泣くな』と笑顔で手を振った。が、いまは振り向かない。振り向いてはだめなのだ。

彼女がウーヴェに攫われてきてから毎日くり返したこのしばしの別れは、フラムにとって、トリアと離れるための準備になっていた。何度、振り返りそうになっただろう。けれど、じきにここから送り出さなければならないと己を叱咤した。

明日、永久の別れが待っている。

【もう、ここにいるのかしら？】

昨夜、トリアを二度抱いたあとに、彼女が書いた言葉を思い出す。白い手は、小さなおなかをくるりと撫でた。

【できていたらどうする？】

【うんとかわいがるわ。がんばってお母さまのような母親になる】

トリアはフラムの胸に頬を寄せ、うれしそうに文字を書く。

【フラムと一緒に、いい親になるわ】

つんと突き出されたやわらかな唇にくちづけながら、わずかな時間、幸せな夢を見た。

――すまない、トリア。

階段を下りきったフラムは、頭巾ごと額に手を当て、よろよろと柱に背をつけた。

肩は小刻みに揺れている。納得も、消化もできていない。彼女とともに生きていたいと身体じゅうが泣きさけんでいる。けれど、ぐっと歯を噛みしめて、沈む心を振り切った。

黒い衣装を脱ぎ捨てて、着替えた時には、青い瞳は覚悟を宿していた。

早朝の閑散とした城内を、フラムは足音を立てずに歩く。過酷な生活がそうさせた。

たどり着いたのは、花が咲き乱れる火薬が置かれた部屋だった。儀式のあとで女王の塔に仕掛けるために、ひとつひとつ確かめた。城に仕掛けた爆弾はあらかじめ確認済みだ。女王を殺す手順をなぞり、考えをめぐらせているうちに、白い花に埋もれるように咲く花を見つけた。桃色に淡く色づく花だった。はじめてトリアに出会った日、彼女が着ていたドレスの色だ。無意識に手折ってしまったのだろう。気づけばつまんで持っていた。私室に戻るのは苦労した。トリアのことが頭から離れず、涙で前が見えなくなった。椅子に座ってこらえていると、急にだるさに襲われて、寝台に身体を投げ出した。天井にびっしりと埋めこまれた黒い髑髏が霞んでいった。トリアと再会してから、時間が惜しくてろくに眠っていなかった。だからだろう、眠りに落ちてゆくのはすぐだった。

フラムが目を覚ましたのは、肌に風を感じたからだ。最初はぼんやりしていたが、長い漆黒の髪を認めて、かっと目を見開いた。

女王ベアトリーセが、妖艶に口端を上げている。「んふふ」と笑う声がした。

心臓が嫌な音を立てている。空気の動きは、女がフラムの服を剝ごうとしているからだった。押しのけようとしたものの、女は羽根のように浮かんでその場に立ち上がった。

女は、相も変わらず裸であった。肌は光を反射して、ぬらぬら濡れて見えていた。

「エミール……わたくしのあなた。どうしてかしら？　あなたの身体から性の匂いがするの。女を、抱いたのかしら？　あなたはわたくしのものなのに、ごみと性交したの？」

女は笑んではいるが、こちらを見下ろす黒い眼《まなこ》は笑っていない。

フラムは努めて動揺を見せないように装った。だが、次の女の言葉で崩れてしまう。

「トリア」

大きく目を開いたフラムは、呼吸を忘れるほどに固まった。

「以前デトレフから聞いたわ。あなた、トリア王女を愛していたそうじゃない。ウーヴェの女のなかで似た女でもいた？　あの娘の代わりに抱いたの？　勃ったのでしょう？　欲望を感じたの？　気持ちがよかった？　何回したの？　たくさん出した？」

次の瞬間、ぐしゃりと黒髪をわしづかみにされ、あごを上向かされる。そこに女の顔が流れるように近づいた。

「許さないわ。あなた、わたくしを抱いていないいじゃない」

腹の底から響くような低い声だった。女は鼻にしわを寄せる。

「トラウドルに行って娘を殺してやろうか。わたくしに欲情しないくせに、ふざけるな」

刹那、頬に鋭い痛みが走り、その衝撃で、フラムの身体は吹き飛んだ。ぶち当たった壁の黒い髑髏は派手な音を撒き散らして粉砕《ふんさい》され、フラムは床にどさりと転がった。頭と口、鼻からぼたぼたと血が落ちた。左の腕が痺れていることから、折れているのだと思った。

――くそ、いま死ぬわけにはいかない。トリア……。

激痛に悶えていると、「んふ」と不気味に笑みが返される。次にまばたきをした瞬間、女はすぐ傍にいた。ふたたび髪をつかまれて、顔をぐっと持ち上げられる。そむけようとしたけれど、女の手は許さない。唇は、女の口と触れそうなほど近かった。

「痛いでしょう？　人間なんて不便よね。脆くて弱くて価値がない。限られた短い時間のなかでうごめくごごみ。例えば骨。眷属は折れてもすぐにくっつくの。腕がちぎれようとも、足を失おうとも、もとどおり。五年前、わたくしはバーゼルトで処刑されたわ。断頭台で処刑人が首を刎ねたの。けれど、もとどおり。粉々にならないかぎりは死なないの」

女は真っ赤な舌をべろりと這わせて、フラムの鼻と口から滴る血をすする。

「おしおきが必要ね。あなたの残りの目と耳をもらうわ。あなたは狂わずにいられるかしら？　なにも見えず、聞こえない。話せない。あら、とても……とても不便ね。んふふ」

女の黒い瞳に映るフラムは、瞠目している。

まだトリアはウーヴェにいるのだ。目と耳を失うわけにはいかない。

フラムはぐっとこぶしを握る。

「それが嫌なら、いま、すぐに儀式を望みなさい。あなたに永久《とわ》をあげる。痛みを忘れさせてあげる。そして、わたくしたちは片時も離れずまぐわい続けるの」

女の指にあごを引き上げられる。いまにもつきそうなほど近い口から、息が吹きかかる。

「永久を望むのなら、わたくしに接吻しなさい。情熱的に」

フラムが取れる行動はひとつしかなかった。うずまく憎悪と嫌悪を抑えこみ、自身の口を女の口に押し当てた。唇に、冷たい皮膚を感じた。

真紅の唇を笑みの形に曲げた女はささやいた。

「儀式はね、たくさんの血が必要なの。あなたが眷属になるまで三日三晩かかるのよ。んふ、たっぷり食事をしてくるわね。あなた、あとでわたくしの部屋にいらっしゃい」

フラムが目を逸らした時だった。女は煙のようにかき消えた。とたん、彼はうずくまり、床に胃液をぶちまけた。キスのさなかに吐き気が込み上げ、耐えられなくなっていたのだ。

袖で口を拭い、よろけながら立ち上がる。全身が鋭く軋むが、幸い足に痛みはない。

やるべきことはたくさんあった。怒り、悲哀、絶望、恐怖といった、感情に浸っているひまはない。フラムの意識は、すべてがトリアに向いていた。

急ぎ、ウーヴェの息子の服を着て、頭巾を被り、彼女を求めて駆け出した。女がひしめく部屋で、黒ずくめのフラムは大いに目立ったものの、構わずトリアを抱き上げる。回廊に移動し、細い腕に文字を書く。気が急いて、指はかじかみそうになっていた。

【予定が変わった。今日おまえを城から出す】

びっくりしている彼女を瞳に焼きつける。質問しようとする指を遮り続きを書いた。

【支度を調えてくるから、食後、夜使っていたあの部屋で待機していてくれ】

彼女を部屋に送り届けたその足で、次は花が咲く部屋へ行く。フラムは視線を滑らせて、鮮やかな紫色の花を見た。それは猛毒を持つ花だった。根茎を目当てにそれを摘む。

その猛毒は、人が食べ物を消化する際に分泌する液に反応し、しばらく経過したのち効果が現れる遅効性の毒である。フラムは、ウーヴェの男の食事にそれをしのばせた。

ふたたび花の部屋に戻ったフラムは、隅に隠してある包みを取った。花をかき分け、埋もれた銀製の杖も持つ。途中、怪我をした身体が痛んだけれど、動けと命じて前へ進む。目指すはトリアのもとだった。

トリアは言いつけどおり、武具の置かれた部屋でしゃがんで待っていた。不安にまみれた表情だ。包みを開けて、服と杖を見せれば、緑の瞳はみるみるうちに大きくなった。

【おまえの杖と服はおれが持っていたんだ。脱がすぞ？　着せてやる】

【ありがとう。でも、自分で着られるわ。ちゃんとできるようになったの】

【いや、おれにさせてくれ】

恥ずかしそうにうつむくトリアは、「うん」と首を動かした。

あらわになった彼女の肌は、変わらず白い。散らばる赤い痕を見て、昨夜の行為が蘇る。想いが込み上げてきて、とても普通でなどいられない。黒布で顔が隠れていることに、この時ばかりは感謝した。

水色と生成りで構成された少年服を手に取った。凝った作りの西の国の貴族の服だ。

肩に布をかける時、ズボンに細い足を通させる時、いやおうなしに過去へと誘われる。

トラウドルに赴《おもむ》くたびに、触れたくて、毎回好みのドレスに着替えさせていた。

覚悟はできたつもりでいたが、身を切られるようにつらかった。これが最後なのだと思い知る。連なるボタンを留める手が震えないようにするのが精一杯だ。

口先を尖らせキスをせがむ彼女に、腫れた顔を見せたくなくて、黒い頭巾を取らずに、布越しにくちづけた。これが、最後のキスだろう。

フラムはトリアを見つめて、その表情を、胸に焼きつけた。

【ギーゼラたちを連れてくる。トリア、ここで待っていろ】

素直にこくんとうなずくトリアを前に、嗚咽をあげそうになり、きびすを返して部屋を去る。ギーゼラのもとへ行く途中、柱の陰で高ぶる気持ちを抑えこんだ。

ギーゼラは、トリアから話を聞いていたのだろう、すべてを理解している顔つきだった。

ポケットから出した手紙を彼女に握らせ、壁に文字を書いてゆく。

【トラウドルの城についてからトリアに渡してくれないか。おれは脱出後、そのままバーゼルトに行く。くれぐれも途中で見せるなよ？　あいつ、おれを追いかねないからな】

ギーゼラはバーゼルトの状況を知っているのか、納得している様子を見せた。

【かしこまりました。必ず、トラウドルの城でお渡しいたします】

トリアに同行する者は、ギーゼラおよび、ヘルガ、レーニと名乗る娘たちだった。三人を連れ、トリアが待つ部屋に戻れば、彼女たちの足につく金の輪の施錠を解いて、鈴を取る。トリアを抱き上げ、用心深く部屋を出た。

柱を活用しながら、ウーヴェの男を避けて進む。避けきれない時は彼女たちに待機を命じ、毒の針で散らしたり、剣を握って戦った。

通常、二十人ほど見張りがいる門は、食事に仕込んだ毒のおかげで狙いどおりに閑散としており、昼の交替まで時間を稼げるとフラムは見積もった。

門の前まで来ると、トリアを地面に下ろして、古く、錆びついた取っ手に手をかけた。ぎぎぎと重々しい音を立て、大扉が開いてゆく。たちまち、びゅうと風が舞いこんだ。

隣のトリアを見下ろせば、彼女は顔を曇らせ、しょんぼりと小さくなっていた。

はちみつ色の髪をくしゃりと撫でつける。

【そんな顔をするな。すぐにおまえのあとを追う。振り返らずに急いでここを出ろ】

トリアはまごまごしながら渋っていたが、ついには涙をいっぱいためてうなずいた。

【フラム、絶対に早く来てね。待ってる】

【行け、トリア】

フラムは決して出られない外を眺めて、トリアの背をそっと押す。彼女は二度、こちらを振り向いたが、あとは言いつけどおりに、せっせと杖をつきながら歩いて行った。

——そうだ、行け。もう振り向くな。

トリアの小さな背中を目で追った。彼女の水色のマントがはためいた。

もう、ずいぶん前からひっきりなしに、頬に熱いものが垂れていた。

フラムは伏せたまつげを上げてから、取っ手を操作し、ゆっくり大扉を閉じていく。

淡く差す光は、徐々に細くなっていった。

大扉が閉まりきろうとした時だ。唐突に、外から誰かが飛びこんできた。

フラムは啞然としてそれを見た。赤毛の女、ヘルガであった。慌てて柱に文字を書く。

【なんのつもりだ。ばかなのか？　早く外へ行け】

「お断りだよ。あたしはサッシャが外へ出る姿を見届けたかっただけさ。もう十分見送れた。あの子はさ、いい子だね。あんたの目に狂いはないよ」

愚かだと思った。この地に残れば、爆発に巻きこまれて死ぬというのに。

――トリアが無事なら、この女など知ったことか。

フラムは構わず、大扉の先にある跳ね橋の仕掛けに取り掛かる。しかし、だしぬけに腕をつかまれた。それはちょうど折れた腕の部分で、頭巾のなかで、顔が苦悶に歪んだ。

「あんた、あたしになんのつもりだと聞いたけど、あんたこそどういうつもりだい？」

邪魔をされたくなくて、フラムはヘルガをにらみつける。

「サッシャのあとをすぐに追うだって？　嘘だ。あんた、ここから出ないつもりだろう？　あたしは知っているんだ。一度ここから逃げて失敗したからね。あの跳ね橋は誰かが取っ手を押し続けなければかからない。誰かが犠牲になって、ここに残っていなくちゃ脱出はできない。手を放せば橋はすぐに上がっちまう。おまけに、男どもの警備は厳重なはずなのに、どうしてだい？　いまは誰もいないね。あんた、相当無理をしたんだろう？」

ヘルガは無理やりフラムの手の下に自身の手をねじこんだ。

「あたしが押しておいてやる。あんたが犠牲になることはない。早くサッシャを追いな」

【それはできない】

「できないだって？　ふうん、あんたにはあんたの事情があるってわけだ」

ヘルガは、取っ手をふたたびつかもうとするフラムを振り払う。

「ひとりで取っ手を押してちゃ、男どもが押し寄せれば終わりじゃないか。ここはあたしが引き受ける。だからあんたは男が来ないか見張りをしな。命を粗末にするんじゃない」

ヘルガの言葉は確かであった。男たちに毒を盛ったとはいえ、気づかれないとは言い切れない。ウーヴェの男が通り過ぎれば、こちらに気づき押し寄せてくるだろう。この身体でどこまで戦えるかわからなかった。極限にいるフラムにとって、ぎりぎりの賭けだった。

フラムはヘルガに向けて文字を書く。

【おまえはなぜ戻ってきた。いまからでもあいつらを追え。ここは危険だ】

「断ると言ったはずだよ。あたしはヤネットを置いていけない。あの子を捜すんだ」

フラムはトリアとの記憶をたどり、ヤネットを思い出す。妊娠している女のことだ。

【身ごもった女は六階にいる。黒の間の控えの部屋に階段がある。わかりにくいが捜せ】

続きを書こうとしてフラムは手を止めた。跳ね橋をかける人間がいない以上、ヘルガもヤネットも脱出は不可能だ。どうあがいても、逃げられない。

――この女を救えればいいが。

事情を知る由もないヘルガは、「ありがとう、助かるよ」と頬をゆるめた。

フラムは跳ね橋をヘルガに任せ、剣を抜く。こちらに気づいた男のもとに歩いて行った。

十章

それは、突然のことだった。

古い木製の跳ね橋が音を立てて下ろされて、ぶわりと舞った土埃が辺りを霞ませる。トリアは橋がかけられたとたん足を引きずりながらも、深い森を目指して歩く。

後ろ髪を引かれる思いでいっぱいだった。フラムがまだ城にいるのだ。けれど、彼が歩く時間を稼いでくれているから、急がないわけにはいかなかった。

フラムとひとつになった感触がまだ色濃く残っていた朝のこと。ギーゼラの傍でぼうっと彼を想っていると、フラムはさほど時間を置かずに、ふたたびトリアのもとにやって来た。最初、うれしくなったが切羽詰まった様子に、心がしぼんでゆくのはすぐだった。

【予定が変わった。今日おまえを城から出す】

なぜ、いきなり予定が変わったのかわからない。けれど、従うことしかできないでいた。

フラムと離れたくなくて、胸が張り裂けそうだった。しかし、トリアは無理やり足を動かした。気を抜けば涙が出そうになったが、唇を引き結んで耐えていた。

左手にぎゅっとにぎりしめるのは、花の模様が彫られた銀の杖。トリアの右腕を肩にかけ、身体を支えてくれるのはギーゼラだ。すぐ後ろには彼女を慕うレーニがいる。ふたりは白い肌着の上に黒いマントをつけていた。それは、フラムがくれたウーヴェの息子たちが普段つけているものだった。

ヘルガは大扉から出た直後、『やっぱりヤネットを置いていけない』と歩みを止めた。そしてフラムのようにトリアの背を押し、『行きな』と送り出したのだ。

『なんて顔をしてるんだい？　あたしはあの約束を忘れちゃいないよ。それに、あんたの婚約者だっているんだ。必ず一緒に城から出るさ。あんたたちにすぐに追いつく』

跳ね橋を渡りきり、トリアは振り返る。ヘルガはすでにいなかった。古城の大扉はすでに固く閉じていて、いつのまにか、堅牢な落とし扉まで下りていた。

鬱蒼とした木々に囲まれ、風化して黒ずんだ城は、やはりおどろおどろしいものだった。大きな古城の中心に、苔むした高い塔がそびえ立つ。その彫刻はどこかバーゼルトの王城を連想させた。

トリアは手の甲で涙を拭い、黒布の隙間に見えた真摯な青い瞳を思う。

【すぐにおまえのあとを追う。振り返らずに急いでここを出ろ】

力強い筆跡だったため、腕には彼の指の感触がいまだに残っている。

――早く、追いかけてきてね。

しばらくののち、背後で軋む音がした。役目を終えたとばかりに、跳ね橋がぐらりと傾き、持ち上がる。フラムやヘルガと隔てられた気がして悲しかった。

「サッシャ、足はいかがですか？　おつらくないですか？」

気遣わしげなギーゼラに、トリアは己を奮い立たせて微笑んだ。

「わたしはだいじょうぶよ。ありがとう」

「ねえサッシャ、あんたも変だと思わない？」

ギーゼラとトリアの間にレーニが割りこんだ。彼女はギーゼラを尊敬しているが、会話はひどく緊張するらしく、目を合わせるのも話しかける相手も、もっぱらトリアだった。

「ほら、ヘルガは一階は男どもの巣窟だと言っていたでしょ？　なのにこうも楽に城から出られるなんて」

フラムの言葉を思い出す。

【支度を調えてくるから、夜使っていたあの部屋で待機していてくれ】

トリアは、それがフラムの〝支度〟なのだと思った。どれほど負担をかけてしまったのか、考えれば考えるほど身体はわなないた。

「……あとで話を聞いてみるわ。とりあえず、わたしたちは先を急ぎましょう」

「あんた、道がわかるの？」

「わからないけれど、以前画家さんが言っていたわ。亀裂は森から出る時には見えるって。安全な道を進めば森の外に出られるはずよ」

結局、トリアは画家と再会した話をフラムにまだしていなかった。あれから十日経っても、画家は戻ってきていない。そんな状況で、フラムに伝えることはできなかった。

「え？　なに、画家？　亀裂？　いまいち話が見えない」

レーニは、ちらと中空を一瞥してから付け足した。

「そういえばさあ、ずっと不思議に思っていたんだ。サッシャ、あんた、なぜギーゼラさんに傅《かしず》かれているの？　それに、さっきの黒ずくめも知り合いみたいだったし」

怪訝に眉をひそめるレーニに、返答に迷うトリアではなく、ギーゼラが答える。

「レーニさん。この方は、私がお仕えするトラウドル国の第二王女、トリアさまなのです。ウーヴェの城では身に危険が及びますから名前をお呼びすることはできませんでした」

目玉がこぼれるほど大きく目を開いたレーニは口もとを覆った。絶句したようだった。

「あの、レーニ……黙っていてごめんなさい。どうか許してね」

トリアが決まりが悪そうに謝れば、レーニは身をのりだした。

「本当なの？　冗談じゃなくて、本当に本当にあのトリアさま？　それがあなた？」

「ええ、そうなの。トリアなの」

レーニはへなへなと座りこむ勢いで、「私、かなり失礼なこと……」と腰を折る。

「失礼でもなんでもないわ。あなたが気さくに接してくれて、とってもうれしかった。はじめてお友だちができたのですもの。だからお願い、いままでのままでいて」

「そんな……」と、レーニが口をもごもごさせると、ギーゼラが言った。

「私からもお願いします。もちろんあなたが城に上がるようになれば態度を改めてもらわなければなりませんが、それまでは、トリアさまのご友人でいてください」

レーニはうなだれたが、自身の頬をぱちんと叩くと、トリアに視線を合わせた。

「わかった。いままでのままというのは難しいけど……ああ、でもなんてことなの」

肩までの髪をがしがしかいて、「まいったな」とレーニは続ける。

「で、サッシャ。これからどうするの？　計画があるんでしょ？」

トリアは、うん、とうなずく。

「森から出てお兄さまに会うわ」

「は、お兄さま？　間違いなく麗しのヨシュカさまだわ。なんなの、トリアさまと話をしているだけでも僭越《せんえつ》なのに、世界で一番憧れているあの方に……私、拝謁《はいえつ》するの？」

レーニは「ああ、これじゃだめだ。ぜんぜん友人じゃない」と、また自身の頬を叩いた。

「……だったら、一刻も早く樹海から出ないと。こうしよう。私があんたを背負うよ」

「だめよ。悪路だもの、あなたに負担がかかるわ。ギーゼラにも言われたけど断ったの」

「そうは言ってもぐずぐずはしていられない。そうでしょう？　違う？」

眉根を寄せるトリアに、レーニは胸を張って叩いてみせた。心なしか騎士のようだ。

「私はなんの特技もなくお城に志願したわけじゃない。こう見えても十五の時、村を脅かした凶暴な熊を撃退したことがあるんだ。男の格好をしてさ。ヤーコプ村では〝熊殺しのレーニ〟って呼ばれていたよ。あんたなんか軽々背負える。ほら、早く」

背中を見せるレーニに、トリアは「ありがとう」と素直に従った。

「重ければ下ろしてね。杖もあるから歩けるわ」

「だめだ、あんたにあわせてちんたらしていたら、何日経っても樹海から出られない」

レーニは「よっと」と、トリアを背負って立ち上がる。

「でも、いまだに信じられない。あの城から出られて外の空気が吸えて、おまけにこの私が背負うのは天上にいるトラウドルの王女さま？　はっ、神の御業《みわざ》かな？　たまげた」

そんなレーニに、ギーゼラは「疲れたら言ってくださいね。代わりますから」と伝えたが、レーニは首を振って断った。

「ギーゼラさん。この子軽いですから平気です。それに、ないと思いたいですけど私がお城に上がれなければ、もう二度と会えません。だから任せてください。憎まれ口ばかり叩いていたけど、私、王女さまじゃなくても、結構この子のこと気に入っていたんです」

トリアは胸がいっぱいで、なにも言えなくなってしまう。レーニの期待に応えられるように、もっと立派な人になりたいと強く思った。

レーニに抱きつき、「ありがとう」と告げると、彼女は「やめてよ」と遮った。

「ありがとうは森を出てから聞くよ。まずは急ごう」

三人は、樹木の太い根を越え、陽の射さない迷いの森へと踏み出した。


暗い樹海に分け入りしばらく歩く。

虫が鳴き、鳥が鳴く。風が吹き、木がうなる。獣の咆哮《ほうこう》がこだまする。道すがら、にょろりとした蛇に出くわし、トリアは悲鳴をあげそうになり、レーニにしがみついて耐え抜いた。万が一声をあげ、娘を攫うウーヴェの息子に見つかろうものなら大変だ。

一方で、ギーゼラとレーニはざわめく森の音に動じることなく、獣道でも難儀していないようだった。おまけに木の実や花を発見しては、トリアに持たせてくれていた。ふたりの出身地のヤーコプ村はとんでもない田舎だそうで、森を歩くのにも慣れているらしい。

画家の話に出てきた亀裂は、人ひとりぶんほどのものや、人間では飛び越えられないような幅のものまでさまざまだったが、いずれも底は見えなくて、冥界《めいかい》に続いているような穴だった。いたるところに点在している。やたらに綺麗な切り口なので、わざと作られたのではないかとトリアは考えた。

途中、木の根に腰を下ろして休んでいると、雨が降ってきた。レーニの「早く行こう」の判断で、休みもそこそこに外を目指して突き進む。

レーニは〝熊殺しのレーニ〟と呼ばれるだけあり度胸があった。狼《おおかみ》の気配を察知し、トリアをギーゼラに託して、剣で威嚇《いかく》し追い払う。彼女は「猛獣にはこつがある。自分を強く見せられれば勝てるんだ。私の父さんは名人だから」と得意げに胸を突き出した。

頼もしい思いで進んでいると、いきなりレーニが立ち止まる。彼女は周囲を鋭く窺っているようだった。降りしきる雨にまぎれて、額に汗が浮いている。

「まずい、隠れたほうがいい。嫌な予感もするし……すぐに隠れよう」

「レーニ、どうしたの？」

「なにかがこっちに向かっているんだ。鳥だって騒いでる。うん、確かに騒いでいるよ。私、小さなころに兄さんが死んでからよく父さんの狩りを手伝ったから、結構鋭いんだ」

「まさか、ウーヴェの男たちですか？」

ギーゼラの言葉に、レーニは神妙に首を動かした。

「そうかもしれません。女を攫った帰りかも。男どもは逃げる女に容赦がないと聞きます。拷問どころか、火で炙《あぶ》られた女もいたそうです。見つかればどうなるか。さっき、大きな木のうろを見つけたので、しばらくそこに隠れませんか」

「ええ、隠れたほうがいいと思うわ」

トリアがおずおずと伝えると、レーニは「そうしよう」と、大きくうなずいた。彼女は注意深く亀裂の位置を確かめながら、「こっち」と進んできた道をたどっていった。


「ここなら見つからないと思うんですが」

レーニが示した木のうろは、ちょうど三人が入れそうな穴だった。前方は苔むした木の根が隆起しているため死角になりやすく、隠れるにはうってつけだと思われた。

トリアは、ギーゼラとレーニに守られながら、木のうろのなかに入れられた。

ぱたぱたと雨が打つのも手伝って、森のざわめきは音が幾重にも重なっていた。それもあり、トリアにはレーニの言う気配はわからなかったが、彼女はいまも感じているらしく、用心深く周囲を探っている。ひとしきり確認したのち、レーニの視線はギーゼラに向かう。

「あの、いまある武器は、私の剣とギーゼラさんの短剣です。それで……実は私、獣とは戦ったことがあるんですが、人とはないんです。ギーゼラさんは？」

ギーゼラは「訓練はしていましたが、私もありません」と首を振る。その際、レーニは一瞬目を落としたが、すかさず持ち上げた。

もしもここがウーヴェの息子に発見されれば終わりだろう。考えなくてもわかることだ。しかし、レーニは「そうですか、でもなんとかなりますよ」と士気を高めようとする。

「だいじょうぶ、万が一見つかったら実戦で慣れましょう。私たちならすぐですよ」

ふたりの会話を尻目に、トリアは目を閉じ、くっと歯を噛みしめる。銀の杖をにぎりしめる手は、小刻みに震えていた。自分が役立たずだとわかっていた。けれど。

「武器は、ここにもあるわ」

レーニは眉をひそめてトリアを見る。

「サッシャ、あんたは戦わなくていい。じっとしていて」

それは、いざとなれば自分が犠牲になってでも、トリアを守るという意味が含まれている言葉だ。案の定、レーニだけではなく、ギーゼラも賛同しているようだった。トリアは、それだけは絶対に嫌だと思った。ふたりの犠牲の上に立ちたくなかった。

「だめよ、じっとしていたら一生後悔するってわかるもの。それは嫌なの。お母さまがわたしにくださったこの杖は、仕込み杖だわ。立派な武器よ。だから、わたしも戦える」

すかさず反対したレーニだが、トリアの瞳を見た瞬間、考えを改めたようだった。

「……はあ、わかったよ。そんな目をされちゃなにも言えない。皆で生き延びよう」

三人は、うろのなかでうなずきあった。

「一応準備だけでもしておかなくちゃね」

言いながら、レーニが腰から剣を取ると、ギーゼラも懐から短剣を取り出した。彼女たちふたりの武器は、〝トリアを頼む〟とフラムが用意してくれたものだった。

その時、トリアはギーゼラのポケットから落ちた紙を見つけて、手に持った。

「ギーゼラ、なにか落ちたわ」

渡そうとすると、ギーゼラは少し驚いたあと「それは……」とためらいながら口にする。

「フラムさまの手紙です」

「フラムの？」と、目をまるくするトリアに、ギーゼラは「はい」と言う。

「トラウドルの城に到着してからあなたにお渡しするように頼まれていました。あの方は、バーゼルトに行かれるそうで、トリアさまには追わずに待っていてほしいようでした」

トリアは唇を引き結ぶ。くわしいことはわからなくても、フラムの問題は山積みなのだと知っている。悲しくてさみしいけれど、トリアは足手まといにしかならないのは明白だ。

「……フラムは、わたしのところではなく、直接バーゼルトに行くつもりなのね？」

「そうだと思います。脱出してそのまま向かわれるとのことでした」

理解はしていても、心も視線も下を向く。けれど、意識してあごを持ち上げた。

「わたし、早くお兄さまに会って伝えるわ。トラウドルとバーゼルトには確執があるけれど、お兄さまなら、きっと国としてではなくフラムを助けてくれるもの」

彼の手紙を強く意識した。どきどきと胸が高鳴って、両手でそれを包みこむ。

——トラウドルにまだ到着していないけれど、読みたい。……ごめんなさい、フラム。

紙はへたれていて、およそバーゼルトの王子にふさわしくない粗末なものだった。開ければ、薄桃色の可憐な花が挟んであった。それだけで心が浮き上がる。

「綺麗な花」とはにかんで、つまんで鼻に近づける。ほのかに香りが漂った。

「それ、アスターかな、たぶんそう。でもめずらしい色だね。薄桃色ははじめて見た」

「アスターというのね。いい匂いがするわ」

花をしのばせるなんて、フラムは昔からロマンチストな一面がある。

手紙は見惚れるような筆跡で書かれていた。しかし、紙の質が悪いためなのか、所々ぼこぼこしていたりインクが滲んでいる。けれど、トリアは違うと首を横に振った。

これは、涙だ。

一気に不安が襲ってきて、すぐに文字に目を走らせる。


トリア、謝らなければならないことがある。

おれはおまえを追えない。おまえがこの手紙を読むころにはこの世にいない。

嘘をついて悪かった。許してくれとは言わない。だが、どうかおれのために泣かない

でほしい。おれは、この結果に納得しているんだ。
おまえの幸せを願っている。遠くでおまえを見守る。
おまえを大切にしてくれる男のもとに嫁いでほしい。たくさん子を産み、母になれ。
おまえはさみしがり屋だから、さみしくないように、にぎやかな家庭を作れ。そして
笑え。しわしわなばばあになるまで絶対死ぬな。精一杯生き抜け。
おまえが天に召される日には迎えに行く。おれのぶんまで生きて幸せになれ。
おまえがいたから、おれの人生はすばらしかった。
ありがとう。

読み終えたトリアの身体はぶるぶるとわなないた。うまく息ができなくて、思考が停止する。おなかの底からわけのわからない感情が込み上げ、ぐちゃぐちゃになっていた。

ぼたぼたと滴る涙も拭わずに、トリアは木のうろから出ようとした。

「は？　ちょっと、サッシャ」

無言のトリアを、レーニが腕をつかんで引き止める。

「待ってよ、いま出るなんて命取りだ。いきなりなんだっていうんだ」

しかし、トリアの耳にはレーニの言葉は届いていない。

「フラムのばか……どうして？」

——こんな手紙など、ほしくない。いらない。

「わたしの幸せを願うなんて……絶対、許さない。一緒に……なるもの」

レーニが困惑しきっていると、ギーゼラがトリアに寄り添った。

「トリアさま。申し訳ありません、手紙を拝見させてください」

ギーゼラは泣きじゃくるトリアの手から手紙をとると、目を通す。そして悲痛に顔を歪ませ、深く息を吐き出した。

トリアはギーゼラにひしと抱きつき、「嫌よフラム」と何度もつぶやく。

「トリアさま、戻りましょう。まだフラムさまは生きておいでです。ここからですと、トラウドルまでは最短でもおそらく五日はかかります。あの方がトラウドルで手紙を渡すように命じたのは、その間になにかをなさるおつもりだからでしょう。いまから戻れば必ず間に合います。行って、お止めしましょう」

気が動転し、うっ、うっ、とむせび泣くばかりのトリアの上に、レーニが覆い被さった。

「泣くんじゃないよサッシャ。泣く前にやるべきことがある。泣いてちゃ勝負を投げているも同然だ。私は泣くなって父さんから教わったよ。なんて書いてあるのか知らないけど、間に合うならやるだけやるべきだ。あんたには、私もギーゼラさんもついてるんだから」

レーニがトリアの目をこすり、「ほら、泣くな。がんばれ」と涙を拭う。

「私たちはいま、はっきりいって極めて危ない状態なんだ。いまある危機を乗り越えなくちゃ話にならない。まず、ここを切り抜ける。わかった？」

トリアはごしごし目をこすり、唇を引き結びながらうなずいた。

物々しい足音や、草木が擦れる音が聞こえてきたのはすぐのことだった。息をひそめてうずくまる。見ずともわかる。相手は大勢だ。しかも、近くを通り過ぎているため、より緊張を強いられる。

心臓が壊れそうなほど脈打った。見つかってしまえば彼のもとに行けないと思ったとたん、恐怖がふつふつ湧き上がる。蒼白になったトリアがあまりにも震えるものだから、ギーゼラの手が肩にのせられた。その後、レーニの手も重なった。

「もしかして、ウーヴェのやつらではないかもしれない。金属の音のような……？」

余裕がまったくなくてわからなかったが、確かに金属が擦れるような音がする。はっと目を見開いたトリアは、ギーゼラと顔を見合わせた。鎧だろうか。それならば、思い当たるのはひとつだけ。トリアがそわそわしだすと、ギーゼラはお尻を浮かせて言った。

「皆さんはここで待っていてください。確認してきます」

ギーゼラを「気をつけてね」と見送りながら、トリアは神に祈る気持ちで、胸の位置で手を組んだ。生きた心地がしなかった。

やがて足音が近づいて、はっきりと鎧の音だと認識できた。穴からおそるおそる外を窺えば、すぐに声が飛んでくる。

「トリア！」

トリアは咄嗟に声が出せなかった。そこにいたのは、司令の目印でもある真紅のマントをつけ、武装した兄だった。

十一章

眼前にあるのはウーヴェの城だ。見上げる城は、雨も手伝い、より一層黒々として見えていた。高い城壁に囲まれている上に、跳ね橋も上がったままだ。扉も固く閉じられており、侵入するのは困難だ。しかし、フラムはなかにいる。

トリアはギーゼラやレーニとともに樹木の陰に潜み、トラウドルの斥候を見守った。それには画家のアルベリックが参加しており、彼は、向かう前にこう言った。

『本来攻城戦は攻め手が不利なのです。ひと月、いいえ一年かかる時もあります。ですが、このたび自在に壁を登り隠密行動を得意とする男が参加しています。これは僥倖《ぎょうこう》ですよ。このアルベリック・ピエール・バイヨン、ようやくあなたに活躍をお見せできます』

トリアの手を掲げ持ち、甲にキスを落とす画家に、兄のヨシュカは吐き捨てた。

『相変わらずきみの話は辟易するほど長いな。トラウドルを見くびらないでもらおうか。我らはこれまでいくつも砦を落としてきた。今回戦う者は皆、攻城戦に長けた兵《つわもの》だ』

画家はぺろりと唇を舐めると、意匠を凝らした帽子を人差し指で持ち上げる。

『ヨシュカさまはご存じない。私がいまどれほど興奮しているか。あのヴィスモア砦を攻略したトラウドルの一員として戦うのですから。この高揚は、性交に通じるものがある』

『性交などと、たとえが最悪だ。そのろくでもない口を縫い閉じてしまおうか』

画家は以前のぼろぼろな格好ではなく、ひげを剃り、髪も整えられている。トリアと目が合うと、画家はさらりと自身のマントを広げてみせた。

『トリアさま、以前のみすぼらしい私はまやかしですからね。今日の私が本来の私です。優美な姿で破格の強さ。素敵ではありませんか？　まずは結果をご覧にいれましょう』

トリアが歩き出した画家に『気をつけてね』と声をかければ、彼は陽気に片目をつむる。

『我が姫君、無事に戻るとお約束します。これより見事跳ね橋を下ろし、あの固い扉を、これ以上開けないほど開け放ってみせましょう。不気味な黒い頭巾どもの布をひっぺがし、雁首並べて素顔をさらしてみせますとも』

画家が去ってから、どれほど時が経ったのか、トリアはその場を動かず固唾を呑んで見守った。じっと城を見つめていると、兄がこちらに近づいた。

「おい、王族は思いを顔に出さないものだ。不安なのはわかるが筒抜けだぞ」

ギーゼラと、慌てふためくレーニがトリアの隣を開けると、兄はそこに収まった。

「フラム王子はだいじょうぶだ。あいつには常人には考えられないほどの知恵と勇気がある。簡単に死ぬものか。それに、ぼくがやつを死なせない。いままで散々ばかにされてきたんだ、恨み言のひとつやふたつ浴びせてやらないと気が済まないからな」

鎧に包まれた兄の手がトリアの頭にのせられる。

「おまえのことだ、自分のせいで皆に負担をかけているとでも思っているんだろう？　違うぞ。おまえを救うことは当然第一の目的だったが、ぼくたちはいま、あの神隠しを解決しようとしている。これは、歴史的な大事件だ。遠征中の叔父上も驚くだろう」

兄は、「しかし、あの男もなかなかだな」とつぶやいた。

「アルベリックは陽気に見えるが、おまえたちがすぐ傍でかどわかされて、いまだに落ちこんでいるんだ。あれは空元気ってやつだ。かわいそうなことをした。そしてそれは当然ぼくの責任だ。あの時のぼくの判断は愚かだった。おまえの髪まで短く切られたからな。父上のさらなる噴火は必至だろう。ウーヴェの落城でなんとか許してもらうしかない」

「……お兄さま、気をつけてね。ウーヴェの男の人はたくさんいるわ」

「たくさんいようが関係ない」と兄は言う。兄によれば、騎士は二百人ほどいるらしい。ウーヴェの男が数にものをいわせて束になって襲ってきても問題ないそうだ。

「おまえはここで見ていろ。我が国の力を知っておけ。――ん？　そろそろか」

兄の勘は鋭いものがある。その視線の先、跳ね橋が音を立てて下りてきた。大扉が開いた時を見計らい、兄は手早く皆に指示を与えて、行動を開始する。

開け放たれた大扉から、兄や騎士たちが吸いこまれるように入城したのち、トリアはギーゼラとレーニの手を握った。

もともとは、兄と再会した際、トラウドルの城に無理やり帰されそうになったが、ごねてここまでついてきた。兄には「絶対に動くな」と強く命じられたが、トリアはじっとしている気などなかった。フラムのもとに行くと決めている。

杖を支えに立ち上がり、一歩進めば、ふたりの騎士が、がちゃりと鎧を鳴らして遮った。

「トリアさま、いけません。ヨシュカさまが禁じておられます」

トリアは胸の位置で手を組み、「ベリエス、ファルコ、お願い」と懇願する。

騎士たちはかたくなだったが、その時、足音が聞こえて、皆、音のほうを注視した。それは先ほどの衣装から一変、黒い服を纏った画家だった。彼の息は切れている。

「申し訳ありません、遅くなりました。このとおり不気味な変装をするはめになり、そのあとで扉を開けて跳ね橋をかけたものですからね。みすぼらしくてやれやれですよ」

画家は先の尖った黒い頭巾をわざわざ被り、顔が隠れたあとも続ける。

「無駄に殺せば、ごきぶりのようにやつらが湧いてくると判断しまして、斥候はほら、皆この格好になりました。私が馳せ参じましたのは、ヨシュカさまにあなたを託されたからですよ。さあ、ぜひ私に守られてくださいね」

トリアは黒い穴から覗く画家の瞳を見つめる。

「アルベリックさん、フラムは？」

「いいえ、まだ合流に至っていませんが、トラウドルの騎士は大変優秀です。まさに大人と赤子の戦い。力の差は歴然としています。じきに良い知らせがくるでしょう」

良い知らせを待ってなどいられない。こうしている間にもフラムは――。

トリアは画家の服にすがりつく。

「お願い、アルベリックさん。わたしを城のなかに連れて行ってほしいの」

涙を滲ませると、画家は「はあ？　なんて無茶を」と頭を抱えた。

「わかっておいでですよね？　いまは交戦中ですよ？　いや、でもしかし……ああ、私は弱いのです。特に、ご婦人の涙に。しかも相手はあなたときている。困った方だ」

うめいたあと、画家は騎士ふたりに渋々「共に来てください」と言う。

「本来ならば断固としてお断りするべきですが、しかたがない。私はあなたに好かれていたいのです。よって、あなたの望みはこの命があるかぎり、最大限叶えてみせましょう」

それにはすかさず、ギーゼラもレーニも「もちろん私たちも同行します」と進み出た。

「え？　ちょっと待ってくださいよ。婦人がふたりも増えてしまえば手間も倍増です」

画家の言葉に、レーニは剣を抜き、「私たちも戦える」と言い張った。

「ああ……、神は私になんの恨みがあるのでしょうね？　ヨシュカさまに締め上げられる時間も倍増です。……まあ、いいでしょう。私の強さを見定める目が増えるだけのこと」

トリアの膝に手を差し入れて、身体を持ち上げた画家は、「行きますよ」と声をかけた。

「婦人のおふたりは、それぞれ騎士の方にお願いします。よろしいでしょうか」

ふたりの騎士は、顔を覆う兜の目の部分だけを押し上げて、了承の意を示した。


城内は、想像していたよりもひっそりしていた。兄たちはもう奥に進んでいるのだろう、遠くのほうから剣がかち合う音がする。床には血が散っていて、絶命した黒ずくめの男がそこかしこに転がっている。負傷した騎士が数名座りこみ、傷の手当てを受けていた。

トリアは平静を装うも、穏やかではいられなかった。騎士の国で育ったものの、すぐ傍にある死体には縁がない。けれど、なにがあってもフラムのもとに行くと決めていた。

画家はふいに「不気味だな」とつぶやいた。彼はいまだに黒い頭巾を被ったままだった。

「こんなに静かな戦いははじめてです。通常、勝鬨《かちどき》なり断末魔なり『わ――』といった声が聞こえるものではないですか？　と、いっても私は戦場自体はじめてなのですが。ヴィロンセール国は政争絡みの個々の戦いはしますが大規模なものはしませんからね」

トリアはなおも話を続けようとする画家に問う。

「アルベリックさん、人の急所はどこなのかしら」

「え、まさか戦うおつもりですか？　その腕で？　やめてください、冗談でしょう？」

ぎゅっと杖を握り、トリアは「守られるばかりではだめだもの」と唇を引き結ぶ。

「ああ、言葉が過ぎました。ぜひ私に守らせてくださいと言いたいところですが、そうですね、トラウドルの騎士は大きな剣で戦いますが、彼らは斬っているのではありません。相手を叩き潰しているのです。これには相当な力が必要ですからあなたにはまず無理でしょう。トリアさまが戦うのであれば、小刀で、首かおなかを狙うのが一番でしょうか」

「首かおなか？」

「ええ。的が広くて簡単ですし、どちらも深く傷つけられれば人は生きていられません」

真剣なまなざしで聞き入るトリアに、画家は自身の武器の説明をはじめる。

「私の場合は斬るのではなく相手を突きます。トラウドルの騎士は力、私は速さで屠ります。あなたは特別な訓練をされているわけではありませんから、騎士よりも私のほうが参考になるでしょう。ですから、ふいを突く戦いが最善です。あなたの見た目はとてもではないですが人と戦うようには見えません。これは利点ですよ。相手の油断を誘えます」

話のさなか、突然「サッシャ！」と声が上がった。そちらに目を向ければ、ヘルガが手を振っている。隣に、見たことのない娘を連れていた。

「ギーゼラとレーニまで……あんたたち、戻ってくるなんてどうかしているよ」

ヘルガは続けて、「この子はヤネットさ」と小柄な女性を紹介した。

「なにが起きているのかさっぱりわからないんだ。いきなり騎士が来たからさ」

彼女はちらりと、画家の背後の騎士を見る。なぜ、トリアたちと一緒に騎士がいるのか不思議そうな顔つきだ。

「あたしとヤネットは、この城から出ようとしていたところなんだ。——ああ、あんた」

ヘルガは、トリアを抱える黒ずくめの画家をつかんだ。

「無事でよかったよ。てっきり死んじまったかと思ってた。本当に無謀なんだから」

「お言葉ですが赤毛のお嬢さん。私が死ぬはずはありません。なにせ、強いですからね」

「……あんた、話せるのかい？」

「話せますよ。内気に見えるかもしれませんが、こう見えて話すのは得意なほうです」

ヘルガは画家に、「あんたはサッシャの婚約者じゃないね」と顔をしかめた。

「ヘルガ、一体なにがあったの？　教えて」

眉根を寄せたトリアが問えば、ヘルガは請け合った。

「結構前のことなんだけどさ、あんたたちが城から出てしばらくしてから、あんたの婚約者が歩き出したんだ。『どこに行くんだ』って聞いたらさ、女王のもとに行くっていうじゃないか。とんでもないって止めたんだけど、結局行ってしまった」

がくがくと膝が震えた。動揺し、涙ぐむトリアの代わりに、ギーゼラが言った。

「ヘルガさん、その、女王というのはどちらにいるのでしょうか」

「いや、そこまでは。女王は塔にいると聞いたことがあるけど……」

「私、塔を知っているわ」

小さな声で参加したのは、ヘルガの友人ヤネットだ。

「女王の塔は、身ごもった女たちがいる階からも行けます。でも、塔にたどり着くまでに男たちがたくさんいるから、みんな近づきません。……あの、私、案内しましょうか？」

「お嬢さん、それには及びませんよ。いまから城を出るのでしょう？　樹海を抜けるには早めに行動したほうがいいですからね、この私に場所を教えていただければ」

画家はトリアを下ろして懐から紙と炭の棒を取り出すと、ヤネットに手渡した。彼女は説明しながら大まかに描いてゆく。画家はその紙を受け取ると、後ろの騎士に回した。

「我々は六階に向かいましょう」

ヘルガは心配そうにこちらを見ている。

「止めたいところだけど……気をつけるんだよ？　あんたの婚約者の無事を祈ってる」

トリアは大きくうなずいた。

「ヘルガも、ヤネットも気をつけてね。また会いましょう」


塔までの道すがら、見かけた娘は混乱している者が多かった。騎士の誘導に従う者もいたが、信用できないのか、縮こまっている者もいた。なかでも騎士たちが苦労していたのは、娘を盾に交戦するウーヴェの男たちだった。巻きこまれた娘は、生死は定かではないが、床に倒れ伏していた。そのすぐ傍を、トリアたちは通り過ぎてゆく。

途中、兄のヨシュカとばったり出くわし、「なぜおまえがここにいる！」と怒鳴られた。けれど、結局兄とともに騎士たちが加わり、一行は五十人程度に膨らんだ。兄は、一気にかたをつけるため、ウーヴェの女王を捜していたのだ。つまり、向かう先が一致した。

度々ウーヴェの息子が徒党を組んで、ふいをつくように剣を閃かせたが、そのつど騎士たちは応戦し、返り討ちにした。兄曰く、ウーヴェの男たちはばらばらに見えても、統率がとれているとのことだった。

〝黒の間〟と呼ばれる大広間は、トリアが初日に連れて来られた大広間と色違いの部屋だった。控えの間を探ると、ヤネットが紙に記したとおり、仕掛けで開閉する壁を見つけた。開けば、上に繋がる階段が現れた。

身ごもった娘たちがいる部屋に近づけば、騎士たちは示し合わせたように静かに歩く。彼女たちはなにが起きたのかわからずに、萎縮しながらこちらを窺っていた。

塔へと続く道には大きな回廊があり、下階から六階へ貫く階段が備えられていた。おそらく一階からぶち抜かれているのだろう。その階段を、ウーヴェの男が数人のぼってきたが、こちらを見たとたん、けたたましく笛が鳴らされた。それを合図に、男の数が増えてゆく。瞬く間に広い階段は黒いっぱいに埋め尽くされた。これほどまでに人がいるなんて驚きだ。兄は、おびただしい敵を前に、やれやれとばかりに金の髪をかき上げる。

「さすがに女王とやらの近くなだけあって数も多いな。だが、ウーヴェの男どもは、かよわい女を攫っていきがる変人どもだ。恐れるに値しない」

ちらと、背後の騎士たちを一瞥した兄は続ける。

「神隠しによる積年の恨み、いまこそ晴らす。各々力を見せつけてやれ！」

騎士たちは、鎧に包まれた胸の位置で剣を打ち、一斉に音を鳴らした。

「皆、ぼくに続け！」と兄はマントをひるがえし、先陣をきって駆けてゆく。それが皆の士気を高めるのだと知っている。トラウドルの騎士に臆病者は存在しない。前に兄がいるから余計に掻き立てられるのだ。騎士は、誰ひとり後《おく》れを取らずに駆けてゆく。ほどなく、剣と剣がぶつかりあった。熾烈な戦いを目の当たりにし、トリアの毛が逆立った。

――お願い、負けないで！

そんななか、兄たちを尻目に、画家は一直線に塔へと急ぐ。

「いまはまだ余裕でしょうが、ちょっと相手の数が多過ぎですね。時間が経つにつれ、ヨシュカさまとて苦しい戦いを強いられるでしょう。その前に、我々は女王を討ちます。このたぐいの敵は、上が倒れれば、即、烏合《うごう》の衆《しゅう》と成り果てますからね」

画家は、「しばらく危険ですから」と、トリアを下ろし、その身体をギーゼラに託す。

そして、ふたりの騎士にあごをしゃくって合図する。

兄たちが果敢に戦い、ウーヴェの男をひとりも通さないため、女王の塔まで手薄であった。残り少ない敵を倒すべく、画家は近づき、すらりと剣を抜きざまに素早く足を踏み出した。深々と、男に剣がめりこんだ。ふたりの騎士も、画家と同様に黒い男たちと戦った。

その時、ぎぎぎと軋みをあげて、女王の塔の扉が開く。

「この不届き者どもめ！　神聖なる儀式のさなかぞ！」

腹に響く野太い声だ。現れたのは、先の尖った緑の頭巾を被り、同色の衣装を纏った司祭ゴットヒルフだ。恰幅のよい身体をゆさゆさと揺らしながら歩み寄る。

「神の国たるウーヴェにおいて、許しがたき蛮行ぞ。ごみどもが、死で贖え！」

司祭が腰から細身の剣をすらりと抜くと、画家は「ふん」と皮肉げに鼻を鳴らした。

「ごみどもとは心外ですね。ごみのようにみすぼらしいあなたが言っていい言葉とでも？しかし、その剣。どうやら我々は同じ方法での戦いを得意とするようですね」

黒と緑。それぞれ色の違う頭巾を被ったふたりは対峙した。穴から見えるのは鋭い双眸。

しかし、どちらも動かない。手練れ同士の戦いは、相手を牽制しあい、攻守の機会を窺うため、隙がない。周囲にひりひりとした殺意と緊張感を撒き散らし、彼らはじりじりずれてゆく。

トリアは、塔へと続く道を見つめた。兄も、画家も、騎士も、皆、戦っているなかで、動けるのはトリアたちだけだった。ギーゼラとレーニを窺えば、彼女たちはうなずいた。言わずとも、トリアの心を理解してくれているようだった。

「早く、私の背にのって。一気に駆けるよ」

屈んだレーニも、隣にいるギーゼラも、頼もしくてまぶしい。それでいて温かい。フラムにしても、兄にしても、画家にしても、騎士にしても。トリアは自分がどれほど恵まれているかを思い知る。彼らがいるから怖くない。気がつけば目の奥が熱くなる。

トリアは、涙をこらえてレーニの背中に抱きついた。

女王の塔は言い尽くせないほど不気味であった。床も壁も天井も黒い髑髏がびっしり埋めこまれ、塔そのものが髑髏で作られているのかと思ったほどだ。時折、口を開けた髑髏が置かれていて、それらは発光する石をくわえている。仄暗い空間は悪夢めいていた。

階上より冷えた空気が、さあ、とすべり降りてくる。風は、心なしか生臭い。

しばらく上がれば、扉があった。先を歩くギーゼラがなかを覗けば、彼女はとたんに後退る。口もとに手を当て、首を横に振りたくり、息をつく。ただごとではない様子だ。

「ギーゼラ、どうしたの？」

トリアが小声で聞くと、彼女は浅い呼吸をくり返し、唾をごくんと飲みこんだ。

「こ……。は。……この部屋は、見てはいけません」

真っ青なギーゼラに、トリアもレーニも目を瞠る。ギーゼラは、うまく息が吸えないのか、胸に手を当て苦しげだ。それでも、しっかりと扉を閉めた上で言う。

「女性が……おそらくは、額に赤い印があるので、ウーヴェの乙女だと思うのですが。は……。……皆、死んでいます。たくさんの遺体が山積みに…………うっ」

話の途中でギーゼラはしゃがみこみ、肩を震わせる。トリアは、衝撃的すぎて言葉が出なかった。頭をめぐるのは、かつてフラムと交わした文字だった。

【あなたはわたしをウーヴェの乙女ではなく母にしたわ。それはなぜ？】

【おまえをウーヴェの乙女にするわけにはいかなかった。ウーヴェの乙女は女王の塔に閉じこめられる。そうなれば二度とおまえに会えない。救えなくなる】

トリアは奥歯を噛みしめる。彼は、乙女の末路を知っていたのだろう。知っていたからこそ、危険を冒して救ってくれた。もしも彼に救われなければ、ギーゼラが見た地獄のなかにトリアはいた。

トリアは、胸で手を組み、亡くなった娘に祈りを捧げる。

「……こんな。残酷なこと……この城は、あるべきではありません。消えるべきです」

ギーゼラのか細い声に、トリアはレーニとともにうなずいた。ギーゼラが心配で、トリアは床に下ろしてもらおうとしたけれど、その前にギーゼラは立ち上がる。

「すみません、……行きましょう」

それからは無言で、螺旋階段をひたすらのぼる。ギーゼラもレーニも、なにかに急き立てられているかのようだった。もちろん、トリアも例外ではない。

トリアはレーニの背中で画家の言葉を反芻する。

『先ほどの続きですが、首と言いましたが難があります。おびただしい血が噴き出しますからね。おそらくトリアさまは視覚的に耐えられないでしょう。ですから、私はおなかを推します。刺しても抜かずにいてくださいね。とはいえ人の身体は硬いです。自分の重みを相手に預けるように刺さなければ、命を奪えないどころか返り討ちにあってしまう。刺すなら半端な思いではなく必ず仕留めるという覚悟を持たねばなりません。と、いうわけで、できれば私に任せてくださいね。あなたがその美しい手を汚す必要はないのです』

ぐっとこぶしを握ったトリアは、怖くない、わたしはやれると、暗示をかける。生半可な思いなどではないのだ。この手がいくら汚れようとも、大切な人を守れるならば。

やがて、階段が尽きた時、たどり着いたのは黄金作りの扉の前だった。

三人は示し合わせるでもなく手を重ね合う。声に出さなくても、心が通じ合う。

——絶対に、みんなで生きて、ここを出る。

空気が湿り気を帯びていた。壁も天井も床も白い大理石でできてはいるが、仄暗い。それらには、すべてにおいて薔薇と目の文様が掘られていた。大きな部屋だ。そこかしこに置かれた石が、ぼわんぼわんと赤や青、緑と、淡く光を放っている。

部屋の中央には、大広間で見た、大きな樹木を象った黒い鉄が鎮座している。広げられた枝は勇壮だ。家具らしい家具は、これまでウーヴェで見たことはなかったが、この部屋には机や長椅子が据えられていた。

辺りは静寂に満ちていた。目をさまよわせて進んでいると、向こう側から声がした。

「入室は禁じているはずよ」

怒りを孕んだ女の声だ。樹木を越えれば、薄布の向こう側、寝台に寝そべる全裸の女がこちらを窺っていた。長く、艶やかな黒髪から覗く顔は、神を思わせるほど美しい。その口の周りに、べったりと赤いものがこびりついている。血だと思った。

「ごみども、邪魔するな。出て行きなさい」

トリアたちが皆、一様に瞠目したのは、女が青年を組み敷いているからだ。ぐったりしている青年の顔は青白く、目を閉じていた。その首は血に染まり、女は、続きを再開するかのように首にかぶりつく。ぐちゅ、と音がした。

「いやああ！　フラムっ！」

トリアがさけべば、フラムはぴくりと身体を動かした。薄く目を開け、小刻みに震えながら青い瞳をトリアに向ける。とたんに目を瞠る。信じられないといった顔つきだ。

――よかった、生きてる……。

「フラムですって？　違うわ。彼はエミール。わたくしの愛する夫よ」

女は、赤い口の端を鋭く上げる。

「んふ。あら……そう。あなた、トリアなのね？　ウーヴェにいたの。んふ。んふふ。わたくし、なぜ彼がごみと契ったのか不思議だったのだけれど……あなただったのね」

女は、フラムの首に舌を這わせてから、むくりと起き上がる。

〔虫けらは駆除しなくちゃね〕

古代の言語で紡がれた言葉は、トリアにはわからない。しかし、フラムにはわかったようで、顔を激しく歪ませた。彼は動こうとしたけれど、動けないようだった。その顔と瞳は、必死になにかを訴えかけている。〝来るな、逃げろ〟と言われている気がした。

大切な人なのだ、逃げるわけがない。

トリアがフラムのもとへ行こうとすると、察したレーニは、背から下ろしてくれた。

「その人を返してもらうよ。力ずくでね」

レーニは腰の剣を手に取った。ギーゼラも、短剣を構えて、戦う準備をする。

ふたりはうなずき合うと、寝台に向かっていった。トリアも杖をにぎりしめ、懸命に足を引きずり、その背を追いかける。知らず、涙をこぼしていた。

――わたしが、助けるもの。絶対に、助ける。

「ごみどもが！」

女は寝台から下り立った。その身体は透き通るほどに真っ白であった。まるで石像だ。女は、かっと目を見開くが、すぐに、怪訝そうに自身の手を見下ろした。

「ばかな……移動できない。……身体が？　血が、足りないというの？」

「ぐじぐじうるさいよ！　破廉恥な女め！」

まず、地を蹴り、女に飛びかかったのはレーニだ。彼女は剣を振りかぶり、女を斬ろうと試みる。が、すかさず手で切っ先を払われる。続いて顔を殴られたが、レーニは倒れる前に「ふんっ！」と足を踏ん張った。その隙に、するりと突進したのはギーゼラだ。彼女は懐に入りこみ、上へと剣を突き上げる。短剣は、女の胸の間に深紅の線を引く。レーニもすぐさまふたたび飛びこんだ。深々と、剣が白いおなかに突き刺さる。

女は、愕然とした様子を見せたが、唇は次第に「んふふ」と弧を描く。

「……んふ、わたくしは死なないわ。無駄なのよ。……口惜しい。儀式のさなかでなければ、ごみどもなど消してやるのに……司祭はなにをしている！」

その間に、女の傷口はぶくぶくと皮膚が盛り上がって塞がった。「はあ？　なんなの？　気持ち悪い！」と、レーニは眉をひそめる。

女は「黙れごみが」と、レーニを引きずりながらも歩き、傍机に手を伸ばした。呼び鈴を取ろうとしたが、ギーゼラは「させません！」と剣でなぎ払い、それを飛ばした。

からんからんと、鈴ははずみをつけて、トリアの足もとに転がった。

トリアは鈴に構うことなくフラムを見た。フラムしか見なかった。

彼の瞳と目があった。苦しげにその目が細まった。右頬がひどく腫れている。乱れた服の間に見えるのは、刺されたのだろう、痛々しい傷跡だ。赤い所有の痕も散っている。首にくっきり歯型がついている。流れる血はやけにぬらぬらと赤く見えていた。絶対に、彼を殺させるものか、許さないと思った。

傷だらけにもかかわらず、必死に起き上がろうとする彼を見て、トリアの目から涙が落ちる。

覚悟を決めたトリアは胸の位置で杖をにぎりしめ、持ち手の部分を引き抜いた。すると、鋭く先の尖った細い刃が現れる。それは、母が守護の願いをこめてくれた剣だった。

女は、これまで余裕を見せていたものの、その銀の刃を見たとたん、瞠目する。レーニは女の変化に気づいたようで「サッシャ！」とさけびながら女の身体にしがみついた。

「ギーゼラさんも早く！　こいつの動きを止めて！　恐れちゃだめだ、熊より弱い！」

ギーゼラは、短剣を床に放ると、レーニと同じように女を押さえこむ。ふたりは必死の形相で、女を羽交い締めにした。女は振りほどこうと身体をよじるが、ふたりは離れない。

「なにを……汚らわしい！　放せっ！」

「放すもんか！　サッシャ、この女、私たちの剣には見向きもしないけど、あんたのそれをどういうわけか恐れているよ！　押さえているから、早くそいつで刺して！」

「ふざけるな！　人間ども！」

トリアは足を引きずりながら、女のもとに近づいた。

――絶対に、フラムを助ける！

女のおなかに狙いを定め、ぎゅっと目を閉じる。ありったけの殺意と憎悪、力をこめて、女にぐさりと突き刺した。だが、助走をつけることができずに、それは浅くみぞおちに刺さっただけだった。女は目を剝いてはいたが、余裕だからだろう、唇の端を持ち上げる。

「ちょっとサッシャ、そんな弱々しいのじゃだめだ！　もっとぐさっとやるんだ！」

「…………んふ……んふふ。言ったでしょう？　わたくしは死なないの。残念ね、んふ」

女が言い切る前だった。背後からトリアの手が血まみれの手に包まれた。この手はよく知っている。愛しい手だ。後ろから、ぎゅっと抱きしめられて、女から遠ざけられる。よろよろとフラムがトリアの代わりに銀の杖を持っていた。その手に血管が浮き上がる。彼が、トリアに代わって力をこめたのだ。

これまでとは一変し、女の顔がぐしゃりと歪んだ。

「エミール……なんの、つもりなの？　このわたくしを！」

女は慌てふためき、古代の言語を紡いでいったが、フラムはみぞおちに刺さる杖をぐっと深く、斜め上にめりこませ、女の身体が宙に浮くほど押し上げた。心臓だ。

その時だ。女は「ぎゃあぁぁ」と叫んだが、いきなり色という色を失い固まった。

トリアはなにが起きたのかわからずまたたいた。すると、その間、人型から一気に煙が噴き出して、周囲が濁り、ありとあらゆるものが見えなくなった。

「わっ、なんだ？」といったレーニの声。誰かが倒れ伏す音がした。トリアは目を凝らしたが、様子がわからない。手で煙をかけば、その手が大きな手にしっかりとつかまれた。濃い煙のなかから現れたのはフラムだ。彼は、銀の杖を落とすと、トリアをかき抱いた。抱きしめられる前、トリアはあるものが見えた。言いたいことはたくさんあるのにそれを言う。

「フラム、髪……。黒ではないわ。金色だわ」

トリアには彼の胸しか見えない。が、確かに先ほど見た彼の髪は白に近い金だった。

「金？　成約が、解けたのか」

まつげをはね上げたトリアはフラムから身を剝がし、彼を振り仰いだ。

「あなたの声……。フラム、話せるの？」

知っている声よりも低い声だった。とても好きな声だと思った。

「わたし……わたしね、ずっと——」

言葉は途中で、彼の口に食べられた。フラムに激しく貪られていた。

彼に包まれている。なにが起きたのか見えないまま、トリアは幸せを嚙みしめる。

「終わったんだ、トリア」

彼が、わずかに口を離して言う。青い瞳はぐずぐずに濡れていた。

トリアの顔に、彼の熱いしずくが降りかかる。もう一度、彼は言う。

「トリア、おまえのおかげで、すべてが終わった」

終章

トラウドルの城にて。

ウーヴェに囚われの身となり、兄に救い出されてから三か月が過ぎようとしていた。

トリアは頬を膨らませ、隣の兄をにらみつける。正装姿の兄は、「ふん、ちびが」とでも言いたげに、挑戦的にトリアを見下ろした。ふたりは、誕生日を迎える父王のために着飾り、晩餐に出ようとしているのだ。

「お兄さま、わたしはとても怒っているのよ」

「なにを言う、ぼくのほうこそ怒っている。当然とてもだ」

トリアの髪は少しは伸びたが、まだ肩を過ぎたほどだった。その髪はギーゼラによりりぼんで飾られ、綺麗に整えられていた。傍に、レーニの姿も見えている。彼女は兄に手柄を認められ、即刻トリア付きの召し使いとしてトラウドルの城に迎えられたのだった。

「明日になれば、バウムヨハンからベルタが来る。おまえ、ちゃんとしろよ？」

「もちろんちゃんとするわ。お姉さまと会えるのは、とっても楽しみだもの。それよりもお兄さま、あとで話があるわ。絶対に逃げないでね」

「なんだ、くだらない話なら聞かないぞ。ぼくはおまえのせいで忙しいからな！」

兄の〝忙しい〟とは、父からトリアの神隠しを責め立てられて、強制的にお妃選びをさせられていることだ。連日、兄のもとに姿絵が届き、他国の娘にも会わせられている。

「うんざりだ！　ぼくは女が苦手なんだぞ。香水くさいやつらめ。それを毎日毎日……」

「いい気味だわ」

「おまえ、トリアのくせになんだその性格は！　生意気だ！」

トリアが兄に腹を立てているのにはわけがある。兄は、ウーヴェでフラムをねぎらうでもなく、開口一番、厳しい言葉を投げつけた。結果、フラムと離れ離れになったのだ。この三か月、会えていないし文すら交わせていなかった。もう、狂ってしまいそうだった。

あの日、女王が消えたのち、トリアたちのもとに駆けつけた画家が、兄たちに結果を届ければ、ほどなくして兄は息を切らせてやってきた。その、はじめの言葉がこれだった。

『フラム、いまのおまえは地位のないただの男だ。その上死人。わかっているな？』

『お兄さま、なんてことを言うの。他にかけるべき言葉があるはずよ』

トリアの言葉はさっくり無視された。兄はフラムしか見ていない。

『おまえ、自分がトラウドルの王女にふさわしいなどと、図々しいことを思っているんじゃないだろうな？　もともと、こうしてぼくと話すことすらおこがましい。当然、トリアとおまえの婚約などとうに消えている。ぼくは、ただの男が妹に抱きつくのは断じて許さない。しかもだ、おまえ、妹に接吻していただろう！　ぼくは見逃さないぞ！』

フラムはその言葉に腹を立てるでもなく、『言いたいことはわかる』と引き下がった。それに調子づいたのか、兄は鼻先を高く持ち上げた。

『妹の隣に立ちたいのなら結果を出してもらおうか。このぼくが、おまえの生存をバーゼルトに証明してやる。だからおまえは、あのいけすかない王を引きずり下ろして王になれ。――ああ、おまえがのんべんだらりと結果を出せずに過ごせば、当然バーゼルトとの同盟は破棄だ。裏でハンネス国に共闘を持ちかけられているから、うちは参加する。おまえのばかな叔父がハンネスに攻め入ろうとしているからな。早くやつを止めろ』

フラムは黙ってうなずいた。

『とはいえ、ぼくは悪魔などではない。いまのおまえはバーゼルトにおいて敵だらけだ。トラウドルの騎士三十名、それから、優れた諜報員を貸してやる』

兄が画家に向けてあごをしゃくれば、画家は『はあ？　私？』と黒い頭巾を取り去った。

『彼はアルベリック・ピエール・バイヨンだ』

『ちょっと、待ってくださいヨシュカさま。諜報員？　聞いてませんよ。なぜこの私が』

『きみは父上にトラウドルの爵位を求めただろう。結果、認められてブローン男爵の地位を得た。すなわち、きみはぼくの臣下だ。違うか？』

『違わないですが……いいえ、違いますよ。私はヴィロンセール国の貴族ですからね』

『いいじゃないか、このフラムはバーゼルトの王になる男。こいつを手伝えば、きみはバーゼルトの爵位をも手に入れられる。しかもだ。トリアはバーゼルトに嫁ぐんだ。そうなれば、きみは妹の近くに堂々とい続けられる。絵も描ける。どうだ、いい話だろう』

フラムは眉間にしわを寄せ、『どういうことだ?』と兄と画家をにらみつける。

すると兄は、思い出したように、『おい、誰かフラム王子を手当てしてやれ。血まみれだ』と騎士に声をかけ、それから意地悪そうに唇を笑みの形にひん曲げた。

『フラム、うかうかしていられないぞ。このアルベリックはトリアを妻に求めている。彼の思いは強い。なにせ、トリアのために神隠しを解決に導いた男だ。しかも父上の信頼も厚い。おまえはこの男よりも上だと父上に証明せねばならない。それも、迅速に、だ』

トリアが口をぱくぱくさせていると、画家はトリアに向けて片目をつむる。

『トリアさま、フラム王子はこのとおり瀕死の状態です。彼が倒れたらすぐに私は花束を持参し、あなたにひざまずきましょう。二度めはよい返事をいただけると信じています』

不機嫌そうにしかめ面をしたフラムは、『誰が瀕死だ!』と吐き捨てた。

『いいだろう、結果を出してやる』

『ああ、いますぐここを発て。ぼくは男に二言は許さない。結果を出すまでトリアに接触はおろか文も禁止する。鳩を飛ばせば撃ち落とす。破れば、そうだな。罰としてアルベリックにトリアとの接吻の権利を与える。時間がないぞ。グンドルフの背を借りていけ』

片手を上げた兄に従い、騎士が『グンドルフです』と進み出るなか、フラムはうめいた。

『むちゃくちゃだ。ヨシュカ、なんのつもりだ。接吻の権利だと?』

『嫌なら急ぐことだ。おまえのせいで妹の五年はひどいものだった。二度と苦しめるな。

脇目も振らずに問題を解決し、力を見せつけ、一刻も早くこいつを幸せにしろ。言っておくが、アルベリックをおまえにつけるのは嫌がらせだけではない。優秀だからだ』

画家は、やれやれと脱ぎ捨てていた先の尖った黒い頭巾を被る。

『まったく、人使いが荒いにもほどがありますよ。フラム王子、行きましょうか。早くあなたを王にして、トリアさまのもとに帰りたいので。ご褒美のキスをいただかなければ』

『おまえはおれに殺されたいのか！』

その後、フラムはトリアに『必ず迎えに行く』と言い残し、騎士と画家とともに去ったのだった。


晩餐では、トリアはうわの空だった。女王の塔に思いを馳せれば、すぐさま思考は濃霧に閉ざされる。あのときなにが起きたのか、いまだにトリアはわからなかった。フラムはざっと説明してくれたが、それでも理解はしていない。

――女王は煙になったわ。フラムは灰になったと言っていたけれど。

あれは夢のような光景だった。時々、本当に夢なのではないかとさえ思う。フラム曰く、女王はトリアのおかげで倒せたらしい。正しくは、銀でできた杖のおかげとのことだった。

『あの女がおまえの杖を恐れた時に思い出した。話したことがあると思うが、バーゼルトでは、死者の心臓を銀杭で貫くのが習わしなんだ。なぜ打たなければならないのか理解ができなかったが、始祖フレルクから続く伝統であれば従うしかなかった。フレルクはあの女に関わりがある。ここからは文献がないから想像でしかないが、おそらくフレルクは死の際、あの女を殺す方法を身をもって示したんだ。彼は結局、兄を救えなかったが』

トリアは混乱してしまった。彼の話にわからない部分が多々あるからだ。

『全部、教えてくれる？　あなたのことが知りたい。この五年のこと、いいえ、その前のことも、フラムが生まれてからのことも全部。もちろん、女王のことも知りたいわ』

『ああ、長くなるがおまえにはすべて話す』

『あのね、手紙を読んだわ』

その言葉に、頬を紅潮させたフラムは、『あれは忘れろ、なしだ』と言った。

――ここでお兄さまが来たから、結局フラムの話を聞けていないのだわ。

トリアは机の杯を握ると、ため息をこぼした。口に運び、杯をくっと傾ける。

その時、隣の兄が、「おい」と小突いてきたから、トリアはむせてしまった。

「お兄さま、なにをするの」

「なにをじゃないだろう。おまえ、いまの話を聞いていなかったのか？」

トリアはぱちぱちとまたたいた。広間にいる皆が自分に注目しているようだった。父もこちらを見ている。

「……ごめんなさい、うっかりしていて聞いていなかったわ」

視線が痛くてしゅんと肩をすくめていると、兄は戸口に立つ騎士に向け、指で合図した。

「悪いな、トリアにもう一度言ってやってくれないか。こいつ、喜ぶだろうから」

「はい。トリアさま、バーゼルトからフラムさまがいらっしゃいました」

「えっ………本当？」

トリアは両手を口もとに宛てがった。顔はみるみるうちにりんごのように赤くなる。

――やっと、会える。

「父上が計画したらしい。明日の夜、おまえたちの結婚が大々的に発表される。フラムはたったのひと月で王になっていたそうだ。普通、ぼくたちに知らせないか？　言っておくが、ぼくはわざと憎まれ役になったんだ。フラムはおまえの前だと昔から相当無理をする。あいつは怪我を癒やす時間が必要だった。本人は自覚がなかっただろうが、肉体的にも精神的にもぼろぼろだった。あいつは強いが弱い。おまえ、この先一生あいつを支えてやれ」

トリアがぷるぷると喜びにわななないていると、兄は深々と息を落とした。

「おまえ、さてはぼくの話を前半しか聞いていないだろう」

「ちゃんと聞いていたわ。結婚だって」

「おまえな。……まあいい。あいつのもとに連れて行ってやる。急いで行きたいよな？」

うなずけば、兄は、トリアの膝に手を差し入れ、父に向かって声を上げた。

「父上、しばしの退室をお許しください」

父は鷹揚に手を払う。

「ああ、ヨシュカもトリアも外すがよい」

＊　＊　＊

夏が近づくにつれ、北方の国、バーゼルトとトラウドルの日の入りは遅くなっていた。時間的には夜だが、いまだに空は明るい。

貴賓室で椅子に座るフラムは杯を持つ。葡萄酒を喉に押しやると、扉が二度叩かれた。扉は開かれて、ヨシュカが淡い日差しを背負って現れた。フラムは露骨に眉をひそめる。

「なんでおまえなんだ。トリアは」

「なんでとはなんだ。あいつはドレスを着替えにいった。あのばか、おまえに見せたいドレスがあるとごね出した。まったく、このぼくに『フラムを退屈させないでね』だと？　そういうわけでおまえの相手はしばらくぼくだ。ぼくはひまではないのだが、あいつめ」

ヨシュカを目で追えば、彼はフラムの前の長椅子に座った。

「まあ、おまえに内密の話があるから従っただけだが。ギーゼラから相談されたんだ。トリアは少しも気づいていないが、聞くか？」

「そこまで言っておいてなんだ。聞くに決まっているだろう」

「あいつ、おそらく……いや確実だ。身ごもっている。おまえの子だろ。そうだよな？」

フラムはまつげをはね上げた。「おれの子だ」という声は震える。

「これが平時であればぼくのこぶしでおまえの歯は粉砕されている。だが、いかんせんぼくはウーヴェがどのようなところか知っている。おまえがトリアを守ってくれたんだろう？　しかし、どんな理由があるにせよ父上に知られれば大変なことになる。トリアにはまだ知らせないほうがいい。あいつは嘘が破滅的に下手くそで、なにも言わずとも周りに言いふらしているようなものだ。結婚は発表してから半年、へたをすれば一年かかる。それじゃあ遅い。父上をうまく騙して説得し、すぐにトリアをバーゼルトに連れて行け」

ヨシュカが、「話はそれだけだ」と付け足すと、フラムは椅子から立ち上がる。

「トリアは居室にいるんだろう？」

「いや、母上の居室にいる。おまえに見せたいドレスとは母上のドレスらしい。知らせておいてやるからあいつの居室で待っていろ。——ああ、今日のおまえの睡眠は一瞬たりともないと思え。ぼくもトリアもウーヴェの真相が気になって仕方がない。なぜおまえは攫われた？　女王にしても謎だらけで、考えれば考えるほど禿げそうになる。ぼくの髪のためにも、洗いざらい話してもらうからな。当然、コインゲームにも付き合ってもらう」

「話すのは構わないが、コインゲームはなしだ。おまえは弱い」

「なんだと？　ぼくが弱いわけがあるか」

話しながらヨシュカとともに貴賓室を出て、トリアの居室に向かう足は、ふわふわと地についていないようだった。本当に？　と自分が自分に問いかける。そのつど、納得するたびに喜びがせり上がる。ウーヴェで夢を思い描いていたから余計に。

「フラム、そういえばアルベリックがいないが、どうした？」

「画家はしばらくしてから来るはずだ。いまはウーヴェにいる」

「なんでまたウーヴェなんかに」

歩廊にさしかかったフラムは、ヨシュカと別れ、ひとり、景色を眺める。

王になるまでの道は拍子抜けするほど楽だった。バーゼルトで内乱が起きてから、トラウドル側が警戒を強めたのか、あらかじめ情報を握っていたため、なんなく現状を把握することができていた。

民とは現金なもので、新たな王が期待にそぐわなければ落胆し、あっさりと次なる王を求め出す。デトレフは器が小さく、皆の不満は早くも積もりに積もっていた。それもあり、フラムはあっけなく彼らに受け入れられて、苦労せずともデトレフを蹴落とせた。かつて十三歳のころに苦労した日々はまるで泡沫《うたかた》のようだった。

フラムは己を知っている。ウーヴェでの五年間で頭の先から足の先まで作り変えられた。以前とは見方が違う。世を憎みすぎている。人が汚いことを知っている。己が汚いことも知っている。絶望を知っている。思考も行動も、どこまでも残酷になれるのだ。この身体には、国や民に対する高尚な思いなど、かけらも残っていなかった。

歩廊の手すりにつかまり、遠くの黒々とした森を眺める。そこは迷いの森だった。

フラムは王になったあと、まずはウーヴェに赴き、司祭ゴットヒルフと対峙した。

『樹海に道を作ることになった。これは以前にも話したはずだ。覚えているだろう』

『エミールさま、我ら一同、承知しています』

ゴットヒルフはすでにフラムが知るゴットヒルフではなかったが、緑の頭巾を被っている者がウーヴェの代表者だ。

『女王は死んだ。ウーヴェの息子の寿命は四十と言わず、さらに伸びることになる。乙女はもはや不要だ。息子も乙女も母も関係ない。すべては自由。だが、おまえたちは人のなんたるかを知らないだろう。学びたい者がいればおれの国に来るといい。吸収できることがあるはずだ。道を活用し、気ままに外の世界を知るといい』

すでにフラムは村を新たに作り、ウーヴェで希望者を募ったのちに、民を受け入れた。バーゼルトは内乱で数多くの死者が出たからちょうどいいというのもあった。とはいえ、ウーヴェの息子も乙女も多くがウーヴェを好み、陰気な城に留まった。

『今後についてだが、当然女を攫うのは禁じる。ひとりでも攫えばこの国を滅ぼす』

仕込んだ爆弾はそのままだ。いつでも消せる。フラムは唇の端を持ち上げた。

『とはいえゴットヒルフ、おまえたちには崇める対象が必要だろう。土産を持参した』

フラムが扉に向けて『入れ』と命じれば、バーゼルトの騎士がふたり入室し、続いて部屋に入った騎士は、ぐるぐると紐で巻かれた大きな包みを担いでいた。

緑の布の穴から見える司祭の瞳は、怪訝そうに細められた。

『おれは女王にエミールと呼ばれていたが、しかし、実のところ偽物だ。よって、本物を連れてきた。いま、エミールを見せよう』

フラムがあごを持ち上げると、騎士が包みの紐を解く。なかから、ごろんと人が転がった。それは、フラムと同じ白金の髪、青い瞳をしている。

フラムは剣呑な目で見下ろした。舌を切り落としたため、彼は話せない。手の腱《けん》も切断したため、字も書けない。

『うう――、う……う！』

憎しみとも懇願ともとれる色を宿した瞳だ。心底どうでもいいと思った。

『おれと似ているだろう。土産を気に入ってもらえればいいが』

『謹《つつし》んでお受けします。とこしえの都ウーヴェは新たなエミールさまを歓迎する』

司祭が手をあげて合図を送れば、背後に控える先の尖った黒い頭巾の者たちは、土産を宝物のように持ち上げた。それはばたばたと手足を動かしたが、男たちは軽々対処した。

『注意点がある。エミールはひどく身体が弱いんだ。この城からは一歩も出さないほうがいいだろう。彼は陽に弱く、陽は彼を焼き殺す。彼が声を出せないのは、陽が彼を殺しかけたからだ。結果、残念だが舌を失った。身体だけではなく、心も弱い。鋭利なものは近づけないほうがいい。彼は、自分を傷つけてしまう。その手を見ればわかるはずだ』

『すべて承知しました』

フラムは遠くを見つめる。あの男も、寝ても覚めてもおびただしい数の黒い髑髏に見下ろされる地獄を味わうといいだろう。

――母上、これであなたの心は、少しは晴れるだろうか……。

　五年ぶりに見たトリアの居室は、懐かしくて感慨深いものだった。バーゼルトに帰国した際に感じた思いとは対照的だ。他人の国。それが、自身の国で感じた思いだ。

　叔父のデトレフにより、かつてフラムに味方していた臣下はすべて没落し、もしくは処刑されていた。帰国した当時は周りには敵しかいなかった。しかし、敵ばかりだったからこそ、すぐに王位を奪還《だっかん》できた。建前の情けを見せるより、非道になるほうが慣れていた。

　フラムは大きく息を吸い、かつてのトリアに思いを馳せる。

『恋はおれ以外とするな』と無茶を言った時、『しない』と即答してくれた。会いに来れば、必ず『会いたかった』とうれしそうにはにかんだ。別れを覚悟していた日、彼女は『ずっと待っているから』と泣いていた。ウーヴェでの日々は、彼女が現れてからというもの、地獄がたちまち天国に変わった。

　フラムはトリアの寝台に座り、身を横たえる。たちまち彼女のやさしい匂いに包まれた。せつなさが込み上げて、フラムは腕を両目に当てた。青い袖はじわりと色が濃くなった。

　——おれは、父親になれるのか。

　かすかに、こつん、こつんと杖をつく音がした。とたん、フラムは起き上がる。意識せずとも、足は扉へ向かっていた。

　扉を開ければ、音はさらに大きくなった。フラムは駆け出した。頭のなかで、トリアの名前を何度も呼んだ。

螺旋階段ではち合わせると、トリアはいかにもびっくりした様子で緑の瞳をまるくしたが、すぐに満面に笑みを浮かべて、「フラム！」と思いっきり抱きついた。

「会いたかった！」

身を屈めたフラムはトリアの耳もとで、「おれも」とささやいた。彼女が笑っているから、フラムも知らず笑顔になった。

後ろに控えるギーゼラとレーニに目配せすれば、彼女たちは会釈をしたのち、きびすを返して去ってゆく。トリアを抱き上げ、居室に運ぶと、彼女は入室してからすぐに唇を尖らせた。フラムはそこに口を重ねる。一度では足りなくて、くり返し、何度も吸った。

「トリア、迎えに来た。支度はすべて調えてある。おれと来てくれるだろう？」

「もちろん行くわ。あなたと一緒にいたいもの」

フラムはくちづけながら寝台まで歩き、彼女の身体を横たえた。自然とおなかに目がいった。トリアはそれが気になるようで、かっと頬を赤らめた。

「もしかして、気づいたの？」

フラムがトリアのおなかに手を当ててさすれば、彼女の手がそこに重なる。

「あのね、パンがおいしくてたくさん食べてしまったの。だからわたし……おなかが」

妊娠のことを話すのかと思い、構えていたが、思いもよらぬ言葉にフラムは噴き出した。

「笑ったわね！」

「笑っていない」

「嘘よ」と、トリアはしがみついてくる。見つめれば、彼女はにっこり笑顔になる。

「とうとう結婚だな。長かった」

「そうね、結婚だわ。とても長かった」

「おなかを見ていいか？」

うなずいたトリアは起き上がり、膝立ちになった。そのまま素直に深緑色のドレスをめくりあげ、白いおなかを披露する。フラムは顔を寄せ、まぶたを閉じてそこにキスをした。

——ぼくはいい男ではない。だが、トリアがいればいい夫になれる。子がいれば、いい父になれる。家族のためなら、いい王になれる。

「……くすぐったいわ」

「我慢しろ。言い忘れたが、ドレス、綺麗だな」

「ありがとう」

トリアには悪いが、彼女が纏うドレスはさして好みではなかった。背伸びして大人に見せようとしているのだろう。けれど、フラムはありのままの彼女が好きなのだ。脱がせてしまおうと考えていた時だ。トリアが言った。

「ねえ、フラム。あとでひとつになってもいい？」

恥ずかしそうに唇を動かす彼女のそれを食んで言う。

「王にあいさつしてからな。おまえが傍にいなくて狂いそうだった」

「わたしも、狂いそうだった」

言い終えて、顔を上げたトリアがフラムの口に、ちゅ、と音を立ててくちづける。

「おまえを国に連れて行く。王を説得しなければならないが、手伝ってくれるか？」

「ん……。わたしも、お父さまにお願いする」

彼女と両手を重ね、十指を絡ませる。彼女の大きな緑の瞳を見つめる。

バーゼルトで、ウーヴェで、何度この瞳を思い浮かべただろう。

「とっくに知っていると思うが、おまえが好きだ。愛している」

「わたしも、あなたは知っていると思うけれど、フラムが大好きよ。愛しているわ」

トリアの目が、「幸せ」と、みるみるうちに潤んでいった。

「わたしね、あなたに伝えたい言葉があるの」

「なんだ？」

彼女の目もとを指で拭えば、後から後からあふれ出る。トリアは泣きながらも微笑んだ。

「フラム、おかえりなさい」

ぶわりと肌が粟立った。トリアの顔にしずくが落ちた。自分からこぼれたものだと知ったのはあとのこと。

フラムは彼女の身体を抱きしめた。きっと、ドレスもフラムの服もしわになってしまうだろうが構わない。

口先をつんと突き出す彼女の唇に、フラムはそっと唇を押し当てた。

「ただいま……トリア」

あとがき

こんにちは、荷鳩《にこ》と申します。本書をお手にとってくださいましてありがとうございます！　今回のお話は中世な童話を意識しました。幼なじみ、神隠し、妖しげな古城など、好きなものをつめてみました。好きなものだらけだったので、とっても書くのが楽しかったです。ちなみに、毎回編集さまに地雷チェックをしていただいているのですが、このたびの女王の食事は、当初「だいたい三日にひとり消費かな」と考えていましたところ、編集さまが「いや、鮮度的に一日ひとりでしょ」とご意見をくださいまして、残酷さがレベルアップした次第です。残酷野郎なのはわたしひとりではなく編集さまもなのであります。

ところでわたしは、愛のなかでも自己犠牲愛がいちばん好きです。なので、フラムは理想のヒーローでした。ちなみに『氷の王子の眠り姫』は、本作と同じ世界が舞台です。樹海のひとつが登場しますので、ご興味のある方は目を通していただけるとうれしいです。

このたびも、編集さまに大変ご迷惑をおかけしました。いつもありがとうございます！　そして、美しいイラストを描いてくださいました涼河《すずかわ》マコトさま、素敵に描いてくださり感激しています。とってもうれしくて幸せです！

最後になりましたが読者さま、お読みくださりどうもありがとうございました。それから、この本に関わり、ご尽力くださいました皆々さま、心より感謝いたします。どうもありがとうございました！

荷鳩

Sonya
ソーニャ文庫

この本を読んでのご意見・ご感想をお待ちしております。

◆ あて先 ◆

〒101-0051
東京都千代田区神田神保町2-4-7 久月神田ビル
㈱イースト・プレス　ソーニャ文庫編集部
荷鴣先生／涼河マコト先生

不滅《ふめつ》の純愛《じゅんあい》

2019年6月3日　第1刷発行

著　　者　荷鴣《にこ》
イラスト　涼河《すずかわ》マコト
装　　丁　imagejack.inc
D　T　P　松井和彌
編集・発行人　安本千恵子
発　行　所　株式会社イースト・プレス
〒101-0051
東京都千代田区神田神保町2-4-7 久月神田ビル
TEL 03-5213-4700　FAX 03-5213-4701
印　刷　所　中央精版印刷株式会社

ISBN 978-4-7816-9649-2
定価はカバーに表示してあります。

Sonya ソーニャ文庫の本

『氷の王子の眠り姫』　荷鳩

イラスト　ウエハラ蜂